Who knows whichever comes first,
love or tomorrow?

东方莎莎 著

谁也不知道，
爱情和明天
哪个先到

SPM

南方出版传媒

花城出版社

中国·广州

图书在版编目（ＣＩＰ）数据

谁也不知道，爱情和明天哪个先到 / 东方莎莎著
. -- 广州 ：花城出版社，2014.10（2021.7重印）
ISBN 978-7-5360-7244-2

Ⅰ. ①谁… Ⅱ. ①东… Ⅲ. ①长篇小说－中国－当代
Ⅳ. ①I247.5

中国版本图书馆CIP数据核字(2014)第224956号

出 版 人：肖延兵
责任编辑：林 菁
技术编辑：凌春梅
封面设计：刘 凛 刘黎立
封面摄影：郑 曦

书　　名	谁也不知道，爱情和明天哪个先到	
	SHUI YE BU ZHIDAO，AIQING HE MINGTIAN NAGE XIAN DAO	
出版发行	花城出版社	
	（广州市环市东路水荫路11号）	
经　　销	全国新华书店	
印　　刷	北京一鑫印务有限责任公司	
	（北京市顺义区北务镇政府西200米）	
开　　本	787 毫米×1092 毫米　16 开	
印　　张	14.5　1 插页	
字　　数	228,000 字	
版　　次	2014 年 10 月第 1 版　2021 年 7 月第 2 次印刷	
定　　价	43.00 元	

如发现印装质量问题，请直接与印刷厂联系调换。
购书热线：020 - 37604658　37602954
花城出版社网站：http://www.fcph.com.cn

引子

人是什么？

人是一种最贪婪、统治欲望最强的动物。狼、狮、虎、豹等肉食动物只是在极度饥饿下才出击；而人总是时时处处都会出手，使明枪的、耍暗箭的，笑里藏刀的、趁火打劫的……所以，人常常处在悲喜交加的情绪之中。人的快乐大多来自于欲望号的心灵之车满载而归，而人的痛苦则大多来自于贪婪的梦境被现实的晨钟敲得粉碎。

善良、美好和光明与贪婪、肮脏和欲望一直在搏斗，一直在较量。

目　录

3

5 明朗和灵狐

目　录

外，你一段美好的爱情就成了你婚姻的祭了。"

他听了我的话，长长地出了口气，"你真的是个不错的心理医生，你有与时俱进的价值观、爱情观，也有善大宽容的心灵。你没有怀疑我，也没有责备我，谢谢。"

"美好的东西我从来不怀疑，更不会去责备。爱情是一种多么美好的情感啊，现在很多人为了金钱、权力都不愿意再提这动人心弦的词汇了。再说这种事情也没有影响到你的婚姻。"

其实我仔细想了一想，我连对妻子都没有说过爱，不是爱在心里口难开，而是因为从来没有爱过，但喜欢过，结婚只是因为年龄到了，差不多就结了吧。为了生意我也逢场作戏过，但更没有对谁说过爱，可是我爱你，从我见到你的第一眼开始就已经成定局了，这是大脑电波不断发出的信号。"他停顿了一下，"我说这些你不反感吧？"

"哪会呢，心理医生的职责就是要学会倾听嘛，你继续说。"我起身给他倒了一杯水，说实话，听到他说爱我，我还是窃喜的。

"我忘了，我现在是你的病人呢。"他笑哈一声，接着说，"其实和我太太之间没有什么浪漫的故事，我们是高中同学，在学校也没什么特别的交往，我甚至都想不起她的座位在哪。上大学后就各奔东西了。她在北方的大学读文科，我在中原的大学学电子。大一下学期时她先给我写信追求我，说其实学生时代就喜欢我了，可一直没有勇气，也怕被拒绝，但终不敢太久，现在隔得远，她怕错过了最后不再见面了，所以就鼓起勇气给我写信。说真的，我们理科学院漂亮的女孩子也不多，我浅浅地谈了两次恋爱，一点也不动人。我太太长得不漂亮，但还算可爱，我觉得她让我们理科学校的女孩子活泼一点、有女人味一点，就同意交往了。毕业我们就结婚了，也是她提议的，我们交往第三年头了，刚好又分到同一个城市，冥冥之中似乎一切都被安排好了，我就不能违背命运的安排了。我的家庭生活平平淡淡，过的就是老百姓的普通日子，我的心思一直都全部放在事业上，太太在美国生孩子，也一直留在美国。她父母在旁边身边照顾小孩子，我隔两个月会去看他们一次。对你所做的一切，我是情不自禁，如果对你造成伤害，请你原谅我。为了孩子，为了责任，我还暂时不能离婚来正大光明追求你，但是我希望和你保持你愿意的关系，爱情、亲情，或者友谊。"

"那天晚上的事你也不要多想，都过去了，好在我们没有过界。"

1　美人散散

　　"滚开，你这头蛮牛！有本事别拿臭烘烘的屁股对着我！你不是有牛角吗？你高昂你的头颅啊！你来顶我啊！"我歇斯底里大叫着。

　　我这是在和一头野牛打架，茫茫原野，除了天地和野草，只有我和牛。感觉已经是五月了吧，可草原上的嫩草还不见踪影，只有成捆的干草垛横七竖八地躺在那里无人问津。一个冬天下的雪像面膜似的阻隔了太阳的照射，把地皮敷成了浅褐色。夕阳快下山了，此时的夕阳也不血红，因为偶尔盯我一下的牛眼睛比它更红。我拿着草绳抽打比我重好几倍的牛，那牛并不拿惯用的牛角顶我，只是屁股对着我往我身上狂喷牛粪，那是些比土地色深一些的排泄物。牛"哞哞"叫着，偶尔回头，并以蔑视和嘲笑的眼光瞅我。它的叫声又召唤来了一群野牛。那群黑乎乎的牛，集体拉出了黑糊糊的牛粪，它们漫过我穿着靴子的脚背，有的已经粘在我的手上了。草原上的我有时是现在的模样，有时又是小小孩童。我挣扎着，大叫着。

　　一阵狗叫声响起，把我惊醒了，这是我设定的手机铃声。原来我靠在诊室的沙发上睡着了，而且我又在做从小到大都困扰我的那个牛粪梦。

1

"准没好事！"我心里嘀咕一句，滑开手机。

是散散的姑妈打来的，她用怯生生的口气说："纪医生，散散快不行了，她让我转告你，她对不起你一片苦心。"此时，红眼睛的牛们不见了，窗外的夕阳却如血般逼人，一股热流从丹田直冲我头顶，把我从沙发上顶起来。

"什，什么？散散怎么了？什么叫不行了？为，为什么？"我声音有些颤抖，嗓子一阵发紧，我竟然有些结巴。人是站起来了，腿却明显发软。

"前几天她把小米纳狗从我这里抱回去了，不知怎么的，又弄得经期大出血。唉，这就是她的命！纪医生，谢谢你之前给她的帮助，忘了她吧。"她急急地收了线。

"散散，你这个愚蠢的家伙！"我对着多次打过去都回复"电话已关机"的手机狠狠地扔出这句话。

此时我已经无气可叹，我一边使劲地用水龙头冲洗梦中被牛粪沾染的手，还不停地跺跺脚，好像脚上也被牛粪侵犯；一边绝望地望着墙上患者们赠送的"妙手回春"红丝绒锦旗，心里实在觉得这一切都很讽刺。平时看它们，我充满成就感，我真的觉得自己是一个能解除病人痛苦的心理专家。现在看它们，仿佛是一块块板砖拍痛了我的头。我不忍心再看，用肥皂洗了三遍手，擦干了，然后抓了丝巾包住我的头，连同我滚烫的面颊一起捂住，让那上面的"雨后森林"之香抚慰我脆弱的肌肤与灵魂，并匆匆走出诊室。

经过前台大厅，前台小兰提醒我："咦，纪医生，你漂亮的miumiu包包呢？怎么没拿？难道你晚上还要回来加班？"我知道这小家伙这几天一直对我的这款名包赞不绝口，眼球好像被包包上的褶皱吸住出不来了。我转身回到诊室，从工作台下面拿了包包，只摸出手机和三百元钱，然后再次经过前厅，把包包递给小兰："求保管，可以在任何场所使用。"小兰欢天喜地接过，嘿嘿嘿嘿直傻笑。我拍拍她，然后走出医院。我们是一家民办医院，院长是从几个先进国家研修了博士课程并很有实践工作经验的"海归"，而且他的老爸是著名中医，从公立医院退休后也来我们医院支持儿子的事业。我当然也是他非常看重的得力干将。

其实体制内的医院也比较欢迎我去，但我不喜欢坐班，这家民办医院给我时间上的自由度要高一点，比如没有病人预约的工作时间，可以适当调整成休息时间。预约的病人多，则需要加班加点。

我现在实在承受不住包包等身外之物的任何分量，而且这个包包也不是哥哥送我的礼物，这是我去美国探望哥哥闲时自己溜达进商店买的，没有对待哥哥的礼物那么爱惜，自己买的东西借给别人用我是舍得的。

我慢慢向"多瑙河酒吧"走去，动作机械而僵硬。街上的行人匆匆下班回家，都惦记着自家的事情，也没有多少人来注意我。只有那些散发小广告或者说服人学英语学瑜伽买保险的人，会来缠着我说几句。不过我面无表情，他们就知难而退了。

当华灯初上的时候，我已经在酒吧把自己灌醉了。

我醉了，真的，虽然我没有呕吐，也没有头晕，但我知道自己醉了。因为我的泪腺活跃起来，这是我喝醉的明显标志。我深知，如果我清醒，泪水是绝不会来光顾我的。

当四罐德国黑啤输入到我的胃里，咸咸的泪水便被它们从我的眼眶里挤出来。每次流泪我都很欣慰："我居然还能够流泪！"是啊，假如我连泪都不会流了，那我这个垃圾站就会因沼气充溢导致爆炸而灭亡。

我是垃圾站，真的，一个贴着美女标签的垃圾站。

如果你发现有个个人网站叫"垃圾站"，千万别惊讶，那是我的。

我成了垃圾站的原因是我不幸当上了心理医生。平日里，需要我的人把烦恼、痛苦和各种惊心的丑陋往我这个垃圾站里扔，我却要绞尽脑汁把美丽、希望和力量送给他们。他们心满意足、一身轻松地走掉了，我却要独自承受他们留下的这些垃圾的臭气与重量。白天，我装得像个超人似的为别人排忧解难；夜里，我原形毕露，就像一个泄了气的皮球，前胸贴后背地没有了内容，没有了精神气，没有了支撑点。我常把自己扔在酒吧的某个角落，让酒精松弛神经，让垃圾站里所有的丑陋随泪水一起流出，以便明天太阳升起的时候我能继续做超人。我常常觉得自己是天底下最虚伪的人。

从小到大我都被人说拥有美貌，大家觉得我可以去当演艺明星，尤其是导演凌小零，只要一有机会就想说服我当演员，甚至都有点苦口婆心。可我却不知好歹地迷上了心理学，戴上心理学学士硕士帽还嫌不过瘾，又想将博士帽据为己有。后来我发现我的理想竟与西方的一句名言不谋而合："一个成功人士，总是一手牵着律师，一手牵着心理医生。"所以有不少朋友说我崇洋媚外，怀疑我是受了这句话的鼓动才选择了心理学专业。我说我比窦娥还冤啦，我要是早知道这句名言，绝对会去选择做一个成功人士，一手牵着律师，一手牵着心理医生，而不会做成功人士这些鲜花们身旁的狗尾巴草。

不过，就像一句假话说了三遍以上就变成了真话一样，尽管我在光天化日之下绝对不承认自己崇洋媚外，但私底下我也隐隐约约觉得自己的潜意识里有这样的倾向了。

但我的崇洋媚外朋友们又能看成是理所当然，有的甚至说我这叫做回归本质，因为我有八分之一的法国血统。

就连散散也是受潜意识影响，在对她自己说了很多遍"狗狗就是我的米纳"之后，才与狗发生了一段畸形恋爱的。

散散长得极美，如果说我是美女的话，那么就得把散散划归到超级美女之列。我的美是一开始很抢眼，她的美是慢慢抓住你的心，让你无处可逃。女人看女人也许和男人看女人角度是不一样的。外表无可挑剔的她，说起话来像柔风轻抚耳畔。十九岁大一时，她遇到了她的最爱——同系三年级的学长米纳。其他同学走马灯似的换朋友，还有的早就约定毕业就分手。可她和米纳却如胶似漆地相爱着，对身后众多的追求者视而不见。大家笑他俩是天外来客。

"米纳什么地方让你最着迷？"我问她。

"他看我的眼神，他的声音，还有他的拥抱，那样的深情，那样的温柔，足以把我溶化掉。"散散有些羞涩地笑。

我逐渐了解了散散和米纳的故事。

米纳毕业两年后，凭着超强的业务能力，当上了一个很有历史的公司高层，公司又公派送他出国深造，六年中，他金屋藏娇，让散散在没和他结婚的状态下却能安分地守着他，尽管他出国两年并没在散散身边，他却有本事只凭着远隔重洋的声音，就把散散抚慰得眼里心里都只有他。拿散散的话说："满屋都是他甜蜜而柔情的话语，满屋都是他含情脉脉的眼睛，我确信是住在他的拥抱里。"那屋子四房两厅，是米纳为了结婚，出国之前就准备的新房，而且是用散散的名字买的，还叮嘱散散，别人要是问起，就说是她国外的舅舅资助的。其实这房子米纳的父母也出了不少钱。

米纳出国回来，当上了公司的董事长，他嫌婚房的装修已经跟不上形势，要重新装修一遍，而且他自己设计，也不请正规装修公司，只请不同的散工，有时候叫来的还是几个黑人。"这个城市有些黑人是偷渡来的，常常出来打黑工。"散散对米纳说。米纳叫她别胡思乱想，说那些个黑人是他的朋友。散散觉得原来的新房还是崭新的，这几年她在里面窝着，连出气都小心着呢，根本用不着重新折腾。但她把米纳的话当作圣旨来听，也就在家人朋友的追问中，用米纳"赌王何鸿燊的四太为了赶上潮流，每年都要重新装修一遍家"的话来搪塞。

家装修好了，散散总觉得新家好是好，就是面积看起来小了，特别是主卧室和衣帽间，明显是小了一两平方米的感觉。米纳说是墙纸造成了她眼睛的错觉，还说是因为她买的衣服多了把衣帽间塞满了，叫她赶紧打消这个念头。散散对米纳言听计从，幸福感也使得她渐渐忘记了自己最初的感觉。

米纳说三十岁之前她是父母家的公主，三十岁之后才是他的公主。所以到了散散三十岁，才让她享受了当新娘的荣光。虽然之前她就和米纳住在一起多年，但仪式对女人来说是重要的。十年的倾心终于如愿结婚，散散觉得自己是世界上最幸福的人。

但好景不长，散散做梦也想不到，自己那平时看起来正直不可侵犯的丈夫，却因为收贿受贿成了阶下囚。他收贿受贿的数目巨大，被判了死缓，没收一切财产。而他们住的婚房因为是婚前散散的名字，才得以保留。

散散在噩耗传来的那一个星期里，一下瘦掉六公斤。本来就大的一双眼睛变得更大了，如同雪白的墙上挖了两个黑洞。曾经1.5的视力，因为过度流泪的缘故，已下降到0.7。但是，就像病容使西施看上去更加婉约多姿那样，忧伤的散散仍旧美丽无比，而且更多了一些惹人怜爱的成分。米纳和另外几个高层的贪污行为也使得公司破了产，直接导致不少50后60后下岗。可就是这些可怜人看到散散的这副模样，也都心生恻隐不忍去指责这个贪官的妻子。

散散来找我，并不是要我帮助她摆脱米纳身陷牢狱的痛苦，而是求我帮助她摆脱对狗的畸形依恋。

2　散散和狗

　　散散第一天坐在我诊室里，她前后左右张望，手足无措。尽管我笑容可掬，声音温和，她还是感到紧张。

　　"散散，我把灯关了，你就把我当成你自己的影子吧，就算是你在自言自语，没什么可紧张的。"我抓住她冰凉的纤纤细手抚摸着。

　　她点点头，于是我关了灯，拉上窗帘。她开始向我述说："很早之前米纳就曾多次对我说过：'宝贝，如果我有什么事需要离开你一段，你千万别红杏出墙，去养一只狗来打发时间吧。我就是属狗的，就当我在你身边。'他伸出舌头，装着舔的样子。'讨厌，我不许你离开我。'我听他说这话，就扑过去打他。"

　　"老公支持你和狗亲热？"我有点吃惊。

　　"是的，他出国期间，我就养过狗，不过那时只是在我身上涂些好吃的，让狗狗舔舔而已。"她说。

　　"只是舔舔？"我眯缝起眼睛看她的影子。

　　"嗯，真的。但是很想，很想很想。你知道我说什么。"她扭着身子停顿了一下，确信我没有什么攻击她的语言，才继续说，"想到两年

6

之后米纳会回来，有这个可以等到的希望，我也就只停留在让狗狗舔舔的状态。后来米纳出了事，进去了，我的希望完全破灭。之前的狗狗在米纳回国后就送人了，有一天，我又去逛狗市场，无意中发现一条神态与我的米纳非常相像的狗，它那么深情地凝望着我，使我觉得是我的米纳再现。于是，这条眼神很像米纳的狗成了我家的一分子。它对我真的是温柔如水。我干活的时候，它就在一旁柔情地望着我，有时轻轻地叫几声，把小脸贴在我腿上。我拿出米纳和我合影的照片给它看，它竟痴痴地闻着舔着，然后跑过来依偎在我的怀中。我觉得它能给我幸福。我给它取名小米纳。"散散不好意思地低下头。

"既然你如此幸福，那为何还要来看心理医生？"我问。

"当我'性'趣消失后，我又觉得自己很肮脏。我冲着小米纳发脾气，不愿看到它，有时把它扔在阳台上两三天不过问。可当我'性'趣盎然时，我又把它当心肝宝贝捧在掌心上。我快乐，但也很痛苦。我想彻底摆脱这种困境。我不想成为另类。因为我终究还是要在阳光下生活。"散散怯生生地说。

"米纳现在知道你和狗在一起吗？"我打开了灯。

散散眯着眼睛适应了一下灯光后说："是的，他服刑之前偷偷对我说，我们的家不允许有别的男人来，但狗例外。也因为这狗狗的眼神的确太像米纳了，我需要它，就像需要米纳一样，所以狗就一直成为了我的家庭成员。"散散说。

"米纳在夫妻生活方面一定令你非常满足。"我盯着散散。

散散用手捂住了嘴，眼睛里有渴望："他，太棒了。"

"那你真的想改变这一切吗？"我需要再次证明散散的决心。

"是的，纪医生。"散散很有决心的样子。

"那好，首先你得忍痛割爱将狗狗送走，送得远远的。就像吸毒的人要戒毒，首先得远离毒品一样。"我说，"我知道这很残忍，但这是没有办法的办法，因为要治疗你的病。"

"我试试看。"散散望了我好一会儿才点头，但她欲言又止，"可是……"

"你说，大胆地说，可是什么？"我问。

"纪医生，你别笑话我，其实，我外表文静，内心很狂野，我爱米纳，最主要是爱他给我的性。但我知道他这一辈子很难再出来；即使出来估计都老了。我也不想再结婚，不想有其他男人踏进我的家。可是我需要性，怎么办呢？"

"对于我们成年人来说，性的需要是非常正常且合理的，如果你需要，暂时又没有合适的性伴侣，我建议你去买一个自慰器。我们医院就有卖的。"我说。

根据我个人的经验，散散是一个"恋兽癖"患者，虽然病史不长。她的这种邪异性心理（也叫变态性心理）是她过强的性欲埋下的种子，而且在米纳出国时就浅浅地尝了滋味。后来家庭的变故，丈夫的牢狱之灾让她对他的依恋没了着落，情绪病态让她必须找到替代品，这也和丈夫长期的心理暗示有关。要一朝根除，非常不易，得一边用药物镇压住她的冲动，一边进行心理分析疏导。假如她能积极配合，且有坚强的毅力，那么，经过一两年的治疗，情况可能会大有改观。

我仔细询问散散在生活中有没有特别厌恶的东西，因为我想教她利用厌恶疗法来治病。散散想了一想说："我最不能容忍'咬不断'这三个字，一听到或一想到，我就恶心得要吐，所有的兴趣都会消失。"

原来网上曾流行过一段时间的恶心段子，专门让人听后吃不下饭，从而让某些人达到减肥目的。有一个段子这样写道："一个财主闲来无事，在家门口放了一口大缸，对周围的人说：'谁能往缸里吐一口痰，我就给他一个铜板。'大家都来吐痰，很快缸就满了。无聊的财主又拿出一大袋铜板说：'谁能将这缸痰喝下去，我把这一大袋铜板都给他。'有两个人跑出来争着要喝，前面那个人动作快一点，把一缸痰都喝了。后面那个人不满地说：'你怎么这样贪心，给我留一点啊。'前面那个人说：'我是想给你留一半，可我咬不断呀。'"散散听同事讲了这个恶心段子后，足足呕吐了半个小时。

于是，我让散散在一有和狗狗亲热的欲望的冲动时，就不断地念"咬不断"这三个字，并回忆这个段子的内容，直到感觉恶心为止。利用这种恶心感来达到彻底改变此行为的目的。

散散半个月后第二次来我这里，精神似乎好了许多。她告诉我，把小米纳送到姑妈家了，一直忍着没去看它，因为去国外度假，意外遇到一个比米纳还健壮的男朋友，她心中的创伤开始愈合了。

坦率地说，我没有为散散的变化而高兴，因为我感觉这变化太快了一点，这种外表的平静所掩盖的变数令人格外担忧。可我只能祝福她，鼓励她。

"太好了，恭喜你。这么说你想开始重新恋爱了？带回家了吗？"我问。

"不，我永远不会带别的男人回家，这是我对米纳的承诺。那个人明确表示不会和我结婚，我们只是一周开车出去小小的旅游一次。"散散说。

"他结婚了？还是有女朋友？"我追问。

"如果他有婚姻，我是不会去做破坏别人家庭的小三的，但我没有看见他手上的结婚戒指呀。可他不说，我也不问。"她笑一笑，露出很洁白的牙齿。

"散散，如果你能换个环境生活，那就更好了。比如说出国留学，比如去找份适合自己的工作，甚至换个住的地方等等，让新生活的多姿多彩冲淡以往的痛苦。环境和时间是最能改变和影响人的。"我这样建议她。

"除了住的地方不能换，你其他的建议都很好呢，我考虑考虑。"她说。

一周后，散散来找我，坐下就发呆。

"有什么开心或不开心就说出来，痛痛快快地笑一场或者哭一场。"我握住散散的手说。

"我和那男人分手了。我们亲热的时候，我教他前戏，他竟然说麻烦，不如直奔主题好，真的没趣。"她望了我一眼，垂下眼帘，"我又把小米纳接回来了，你骂我吧。"

散散的反复对我来说是有心理准备的。这种有变态性心理的患者大多数都意志薄弱，一遭遇挫折就走回头路。

散散这种亮丽女人，从小就迎接着来自各方面的赞美，自我感觉好得很。我若继续不痛不痒地劝她，意义不大。打击一下她，可能还会有效果。我于是说："我以前觉得你无论从外表到内心都是无可挑剔的，现在我发现，其实你有很多缺点。比如你很自私，你把自己的幻想与白日梦强加在狗狗的身上。狗狗如果会说话，早就提出抗议了。再说，一个男人不合适，你就否定所有男人，心胸也太狭窄了。世界上不止一个

9

米纳适合你，肯定还有其他男人是你需要的。"

我深信，散散已经觉得自己在某方面有缺陷了，那么在其他方面就想做个完美的女人。果然不出我所料，散散抓住我的手："我自私吗？我心胸狭窄吗？我很令你失望吗？"

我一一点头。

"我改，我改。"她诚恳地看着我，"你是我唯一的朋友，我听你的。"

"散散，你来看心理医生，说明你已经意识到在对待自己的身体和欲望方面走了弯路，你觉醒了，还有救。只是很多事情需要的是毅力。我相信你是一个有毅力的人。"刚才打击了她，现在要给她戴顶高帽子，抚慰一下她。

"你对我用心良苦，我不会辜负你的。"散散说。

"我希望你首先不要辜负自己，还有你的父母，他们一定希望你拥有一段健康幸福的人生，而不是一段畸形的生活。"我说。

散散点点头，甚至挺挺胸。我瞟了她一眼，原来她是个"太平公主"，外表并不是无可挑剔。我暗想：上帝真的不会把所有优点都装饰在一个女人身上。

之后的三个多月，散散仍旧是反反复复的，报三五次喜，又添一次忧。有时她眉飞色舞地对我描述新男友对她的宠爱，连我都相信她已摆脱了对狗狗的依恋，但下一次，她又会告诉我：毛病又犯了。

她最后一次到我这里来，面如桃花。她说："昨晚我梦到红梅花怒放了，满世界都是。"

"现在可是秋天，红梅花还在树妈妈肚子里怀着呢。"我笑。

"我也这样想呢。后来我发现，那红梅是我的鲜血变的，那可真是耀眼的红梅花啊。"她的眼睛里流露出幻想和憧憬交织的迷雾。

我的心一下紧缩了："散散，你不是在渴求经期性行为吧？经期子宫口呈开放状态，子宫内膜脱落后有伤口，细菌最容易长驱直入，各种炎症在此时最易感染或复发。另外，由于性高潮时子宫强烈收缩，也容易引起血量增加，以至使经期延长。经期做爱有害无益。"

"我知道，这点常识我还是有的。你别担心。"散散说。

散散离开的时候，还回头对我笑了笑，那笑很甜美，她的脸就像一朵艳丽的红梅花。

我真的想不到，我和散散竟只有四个月的缘分。

散散对不起的岂止是我的一片苦心？她对不起的该是她自己如花的生命。

假如我能早一点认识散散，情况会不会好一些呢？假如我为散散制定更周密的治疗计划，她会不会还好好活着？一切的假如都有为我自己开脱的嫌疑，所以，今天我把自己弄醉了，我觉得自己是个蹩脚的心理医生。尽管为了那些需要我的人，我愿意把自己脱层皮，且把心都掏出来，但许多时候，我仍旧无能为力。比如散散，她还是死了，她牵着我这个心理医生的手，没有奔向成功，而是奔向了死亡。

今天，可能很多人都觉得是一个极为普通的日子，某个年份某个月份的6号，每个月都有的6号，毫无特别之处。但对我来说，却满世界都写着"沮丧"两个字，挫败感像千万只蚂蚁一样在啃噬着我的骨头和神经。痛和痒到了极致，已经不能区分是何种感觉了。如果此时手里有把刀，我想为我自己刮骨疗伤，然后把我体内的那些刮出来的蚂蚁一刀刀切得粉碎，再把它们扔进火里烧得无影无踪。

其实，我虽然不高尚，但也并不是一个很自私的人，我的沮丧不是来源于我自己的荣辱，而是来源于对青葱般生命消逝的痛惜。我是一个医生，虽然现在医患关系比较紧张，出现了一些极端的案例，但"救死扶伤"这四个字在我心里还是很重的。

回璇经常对我说，她最不适合当医生，因为天天要面对得小病大病甚至病入膏肓的人，她觉得生活都没有希望了。我说我喜欢当医生，看到那些小病被我治好，大病和病入膏肓的人被我治得有好转，我就觉得生活还是很有希望的。

但今天，我的沮丧无法形容。

"喝酒！喝酒！谁来陪我干一杯？"我有些歇斯底里地叫道。

"来，小妹，我们干一杯。"一个坐在我旁边一桌的男人和我碰杯，并用他充满磁性的男声说道，"为今晚美丽的夜色干杯！"

"错！错！错！是为今晚我糟糕的心情干杯！"我答，却并没有去看说话的人。酒吧里总是有些像我这样喝得醉醺醺的人，喜欢跟其他客人接茬答腔，这没什么大不了的。

待喝下半罐黑啤，我问身边的人："如果我没听错，你是说今晚的夜色很美丽？有月亮还是有星星呢？"

"是的，因为有你的出现，你比月亮和星星都美丽。"那人柔声说道。

"那是，月亮上都是千篇一律的环形山，而我，至少姿态袅娜。"我做了一个戏曲中的兰花指，"我在想，如此美丽的夜晚滋生一些别样的情感是不是可以把我糟糕的心情赶跑？"我问他，又像是在问自己。

"希望我能用友情来抚慰你，这该比酒精的效果要好一些。"他轻拍我的肩。

"友情？好！那就来一点吧！"我把头在他的肩上靠了一下。

只那么一下，一股幽香袭来，让我有些振奋。虽然我醉了，但我能准确无误地判断出这位男士身上所发出的香味是来自于意大利古琦公司著名的男用香水"嫉妒"。我有一个爱好，就是收藏世界各地的香水，并已练就了闻到一种香水基本就能说出其品牌和名字的本领。我给自己取的一大堆绰号中就有一个"品香小妖"的美名。我的收入不俗，但常常觉得银根紧缩，就是被这个爱好所害，但误入歧途后却不知悔改。因为信用卡总是透支，就应编辑之约在多家报刊上开辟香水专栏，还经常应一些俱乐部之邀，为白领金领们开些香水讲座，换点稿费和讲课费糊口。

"嫉妒"是我非常喜欢的香水之一，它清新透明，其香味灵感来自葡萄藤花香。葡萄藤花颇为珍贵，每年只在六月初开放，花期也只有短短一周的时间。花儿必须在这一周内采摘下来加工。此外，还要加上蓝鸢尾花、紫罗兰、风信子和草木的清香。多种花香有机地组合调配，才使它宛如一剂活力素，补充情感的缺乏，表达现代男性心灵深处率直而真实的感觉与渴望。

这款香水增添了我对身边这位男士的好感，熟悉的香味也使我回想起他是酒吧的常客，之前和我聊过，是个彬彬有礼的帅气素质男。

3　一夜倾情

一条闪着波光的河流横亘在我的面前，月光把河面映照得通透明洁，我飞身腾空，翱翔在月亮河上，看这河水把天上那一个月亮复制成不见首尾的一串月亮，作为自己的标签，贴在河面上。这时，一个我万分熟悉而又万分陌生的神秘男子，用飞毯托住了我，他戴着千层面纱，我看不清他的模样。但他用柔软的唇亲吻我，我一边享受他甜蜜的吻，一边急不可待地一层一层揭他的面纱，一层两层三层，快要揭开了，飞毯却失灵了，我跌落到河里，把那一串长长的月亮给打碎了，波光沾染到我的身上，我被镀成了一片银色。面纱男子好像在河里托起了我，然而我只能感受到他的力量，却看不见他的形状。

"小妹，醒醒，醒醒。"我睁开眼睛，借着一束并不十分强烈的透过窗帘缝隙的光线，我看到了一个男子的脸，就在我眼前。

"啊，你是谁？"我大惊失色，慌忙推开他，坐起来。

他并不急于回答，在我身边躺下去，温柔地望着我："没事没事，刚才你乱抓着，我想你是做梦了。"

这时我才想起我刚才又梦见了飞毯和面纱男子。我捂住脸叹了口气："为什么，为什么在我忧伤的时候，总是同样的两个梦来回纠缠着我？"

"能告诉我是什么样的梦吗？"男子问。

"能告诉我你叫什么名字吗？"我甩开那个梦，开始查户口。

"小明。"他答。

"哈哈，小明？网上惯用的名字，很出名的。"我笑。他也笑。

"多大了。"我问。

"奔四了。"他答得很从容。

"我们怎么会在一起？"我继续问。

"在多瑙河酒吧相遇，天意如此。"他的陈述很简单。

呵，酒吧，我想起来了，为散散的死，昨夜我把自己弄醉了。

我环顾四周，雪白的天花上压着十分考究的石膏花纹，顶灯和壁灯都有欧洲中世纪流行的蓝白方格图案。墙上那幅半裸的女人画像是法国画家符埃的《云中的维纳斯》的仿制品。衣柜和桌椅是白色镶金的款式。套房间隔没有门，典雅的两排布艺门帘挂得错落有致。宽大柔软的双人床非常特别，因为它是心形的。床边的一辆白色小推车上放着各式矿泉水、饮料和洋酒。房间里若隐若现飘着一股说不清楚的淡淡的香气，但我肯定这是我喜欢的气味。檀香混合了百合？还有鸢尾花？也许是。

"这是哪里？"我问。

"我的住所。"他答。

"你竟然把一个陌生女人带回家？"我十分惊讶。

"第一，你不是陌生女人。第二，这不是家，至少之前不是，现在有你，我很乐意把它叫做家。"他说。

我仔细端详这个与我共枕的人，他有着晒出来的古铜色的肌肤，高挺的鼻梁，温情的双眸，尤其是轮廓分明的嘴唇让人产生性的冲动。我忍不住俯下身去，想把他的嘴唇轮廓再看清楚一点，他顺势将我抱住，我的头贴在他的胸前，听他的心有力地跳动着。那股熟悉的幽香又袭入我的大脑中，哦，是"嫉妒"香水的气味。

"能问一下你的职业吗？"我轻轻地说。

"做点小生意。"他回答得不紧不慢。

"小生意？做小生意的人不会住得起这比五星级宾馆还豪华的住所

吧？"我紧追不放。

"碰到你这样的美女妹妹，就打肿脸冒充胖子呗。"他笑起来。

"你是个大土豪！"我又抬起头再次端详着这个男人，发现他对我来说竟没有半点陌生感。连这个散发着欧式情调的房间也使我觉得很自然。

在小明的启发下，我渐渐回忆起昨夜的事。

出了酒吧，招了一辆的士，他扶着我上车，我头倚靠在他的肩上，嘴里直嚷着："开远点，离开这个鬼地方！多瑙河酒吧今天已经被我倒的垃圾填满了。"

他拍着我的头，附和着我说："好，开远点，离开这个鬼地方！"

下车后，基本是他连扶带抱把我弄进这房间。对了，进房间之前，我要了他的身份证，并用手机拍了照，用QQ传给了我的闺蜜齐格格。我用食指点了点他的鼻子说："我还没有醉得不省人事吧？"

"会保护自己，好，这我就放心了。"他笑，然后把我抱进房间。他去泡茶，我翻开他的衣柜，找出一件宽大的白衬衫，直奔浴室。等我把自己身上的酒吧味洗得干干净净出来，他看着把他的白衬衫当袍子一样穿的我，深深地呼了一口气："出水芙蓉。"

相互有好感的一男一女，在一起喝茶，聊天，也有身体接触，拥抱，接吻——只限于脸上和嘴上的轻吻。让我回味的是他的温柔体贴，哪怕是轻吻，他的唇也能激起我一阵战栗。酒精虽然把我弄得有点迷糊，但是本能却没有使我忘记赞美他的性感。谁说只有女人才喜欢听好话？男人的耳朵绝对不是样子货。

其实，我倒是真想和他发生点更进一步的关系，至少是身体上的。因为有酒精支持的我，平时的矜持溜走了，应该更妩媚。我也想在酒精的鼓吹呐喊下，让自己这朵十年未开的花能被蜜蜂采一次。但在我的记忆中，他并没有这样做。他不走一般男人都走的道，是他有病还是怕我有病？

"小明，你是叫小明吧？"我并不看他。

"是的。明天的明。你不是拍过我的身份证吗？忘记了？"他指指我的手机。

"昨晚不是醉了嘛，拍照只是本能的保护，其实我根本没看清楚身份证上的名字。"我撇撇嘴。

"这本能的保护还挺管用的。"他笑。

我不再接他的话，望着床上的他，我叹了一句："我太失败了，作为一个单身了十年的女人，想有一夜情，还没法实现。"

"我不想有一夜情，有情，就希望能长久。而且，我也不希望在两个人醉醺醺的时候做人生中最美好的事情，我想一点一滴的性与情都在我清晰的感觉中进行。"他搂紧我。

"你这张爱心一样的床，睡的却是一对对还没有爱的人，你不觉得是一种讽刺吗？"我笑。

"纠正一下，小妹妹，这床除了睡过我，便只有你，只有一对，而不是一对对。你的量词运用错误哦。"他刮了我一下鼻头，然后翻身想把我压在身下。我推开了他。

"现在你和我都清醒了，我很负责任地说，我真的想和你更进一步，不为金钱和权力的性也是美好的，性也能助长感情之花绽放。"他的目光直视我，很有威力。

我不是不想更进一步，昨晚就渴望，但清醒之后的我又披上了伪装，刀枪不入。我以嘲笑的口吻说道："晚了，过了这个村，就没有这个店了。"

他温存地看着我："上天这样安排我们在一起，相信一定有它的意义。"

然后他吻我的指尖、手背、手心、胳膊、脖子，在他亲吻我的身体的时候，我并不想闭上眼睛感受他的爱抚，眼睛是心灵的窗户，我要用眼睛去把这种爱抚摄入我的心灵，促使我为了保护自己而已经闭合的情感之花慢慢张开。我们四目相对时，电流碰撞出的火花使我们都打了个激灵。他轻轻地说了声："小妖精！"

他又亲吻我的头发、前额、耳朵、眼睛、鼻子，当他的唇接触到我的唇时，我又是轻轻一颤，不由得本能地将他抱紧。但是这种紧是让他窒息的，他感受到我不愿意再进一步，而只是想把此时定格。

窗外已经大亮，而在那束日渐强烈的光线的照耀下，我和这个叫做小明的男人，还缠绵在一起。虽然并没有真正负距离的接触，但这种不舍在阳光已经灿烂的上午还在继续演绎。

我的记忆大门现在彻底开启了，我记起来，和我亲密的这个男人，平时在酒吧是和我经常聊天的，算是个认识了几年的熟悉的人，虽然并

16

不知道他的来历，但起码知道他不是个骗子或者歹徒。不然以我的敏感，即使醉了，只要不是烂醉如泥，也不可能和一个完全陌生的人一路狂奔到他的家度春宵。以前我也醉过，但我只会打电话给凌小零，让他这个"保镖"来接我。再说"多瑙河酒吧"也是广州出了名的白领金领酒吧，老板是我的病人，对我多有关照。去泡吧喝酒的人互相间也有一些浅浅的熟识。

我和小明一起吃中餐，是他的邀请。我想买单，因为我麻烦了他一晚上和一个上午，我的身体也浅浅享受了他令人回味的滋润，这种滋润又冲淡了我对散散离世的忧伤，请他一顿午餐不为过。但我没带钱包，昨晚离开医院的时候，包包给了小兰，我只带了手机和300元买酒的钱，现在剩下的钱似乎不够付这一餐的。

"不要为餐费再伤神，请你一顿饭我还是请得起。"他淡淡地笑，"你经常去多瑙河酒吧，为什么？"他转了话题问。

"有个哲人这样说：把你的烦恼都扔到多瑙河里去吧。所以，我有烦恼就总往多瑙河酒吧跑。"我答。

"这个哲人肯定不是住在多瑙河边上，所以他不怕河水被烦恼所污染。"小明的眼睛转了转，"这句话是哪个哲人说的？"

"这个哲人嘛，"我冲他眨眨眼，"远在天边近在眼前。"

他听后，哈哈大笑起来："你是一个非同寻常的女孩子。"

"你经常到酒吧猎艳？"我漫不经心地问，"就像昨天那样，对喝得有几分醉的女孩子下手，一定一抠一个准吧？"

小明并不急于狡辩，一边吃，一边缓缓说道："第一次去是无意中路过，可能也是有点心烦，随意去坐坐，喝杯啤酒。但一去就看见了你，当我看到你的第一眼时，我就知道自己完了，你的形象深深地刻进了我的记忆，挥之不去。所以以后我就经常去，我总是找时机和你聊天。我们应该算是老熟人了。昨晚，是上天给我们的一个机会。"

"原来你密谋已久。看来我是遭你暗算了。"我目不转睛地看着他。

"别对我放电。"他用手挡了一下眼睛，"我相信没有哪个男人能抵制得了你的一双勾魂眼。"

"我没有放电啊，我这眼睛有一百度的散光呢！目标都还没看清。"我说，的确，我没有对他放电，我只是比较专注地看着他。

"你没有放电都把我电成这样，要是放出电来还不得把我烧焦？"他认真地说，"希望我们不仅仅只有这一夜，虽然这一夜并没有达到常人说的一夜情，但我还是奢求有更美好的日日夜夜，无论你规定的刻度在哪里，我都能接受。"

"日日夜夜？谈恋爱？要娶我？还是要做长久的情人？"我故意逗他。

他一下陷入沉思中，久久没有说话。

我也不说话，我喜欢看他为难的样子。

他叹了一口气："除了不能给你婚姻，其他的我都能给你。"

"谁要你给婚姻？我是个独身主义者。"我不屑一顾地说，"难道你经常遭遇被逼婚？"

坦白地讲，这个男人对我有强烈的吸引力，且不说他那轻轻的吻至今还让我回味，就是这样坐着和他聊天，都会感到彼此的气息是相互融和的。没有抵触，没有排斥。反之有一种力量在悄悄把两个人往一起拉。这样的情形于我，还真是少见。或许这里面有一种神秘的力量，它就是这几年牵引我越来越依恋多瑙河酒吧的原因吧，只是我一时还没有理顺。

吃完饭，他打的送我到医院门口，并飞快地下来为我开车门，这一幕恰好被来找我的"保镖"凌小零碰见。

"老弟，献殷勤的水平不错嘛！"凌小零笑着对小明吼道。

"零哥，是你？好久不见。"小明一把搂住凌小零的肩膀，"又拿了不少电影电视的大奖吧？"

"别提了，辛辛苦苦拍的两部电影都还盖着'禁演'的被子躺在仓库睡大觉呢！还需要再次剪辑才行。"凌小零一摆手。

"你们认识？"我好奇地问。

"岂止认识，老朋友了，自家兄弟。上次获奖的那部片子，就是和他们灵狐集团联合摄制的。"凌小零把我推到小明的身边，"老弟呀，当初让这小丫头片子出任女主角，她就是不答应。"

"纪之梵？"小明看看我，又看看凌小零，"你就是大名鼎鼎的心理医生纪之梵？"

"明朗？你就是灵狐集团的掌门人？"

我俩的问号几乎是同时出口。

"什么，老弟，你献了半天殷勤竟不知美女大名？"凌小零摇摇头，然后拍拍明朗的肩膀，"对了，你们还有一层八杆子可以打得到的关系，纪若非知道吧？"

"当然，若非兄是我的学长嘛！读硕士时我们是同一个导师，他可是我们导师的得意门生呀。年初我去美国还特意去拜访过他呢，我邀请他回来加盟我们公司，成为合伙人，他说可以考虑。"

"这个小机灵就是你学长的亲妹妹，你可不能欺负她呀。不然，你学长的拳脚工夫是不认人的哟。"凌小零做了个武打的姿势，"我知道你也学过一些功夫，但你绝不是若非的对手。"

"啊？"明朗惊讶得嘴都合不上了，他望着我，轻轻地说，"哪舍得欺负？心疼还来不及呢。"

我们各自在大导演凌小零那里把对方的名字和故事听得滚瓜烂熟，只是尚未对号入座。凌小零也好多次约我们见面，可不是我有事，就是明朗有事。在酒吧里，我们也只是以酒客身份聊天，而昨夜的醉酒竟让我们各自都现了原形。

"你们无论多缠绵，现在也要分开一下。接下来的时间，我得和这小美女商量点大事。"凌小零和明朗道别，然后不由分说，拉起我就往医院里走。

4　裤衩楼三结义

太阳升起来了，我把早餐搭配成鲜艳的颜色：深红的樱桃和绿色的奇异果沙拉、金黄的煎鸡蛋、五彩的蝴蝶面、雪白的杏仁汁。这耀眼的色彩象征缤纷绚烂的生活，我坚信，我不会被散散离世的挫折打倒。

我的同屋还有两个女孩，一个是作家、记者齐格格，一个是现代舞团的艺术总监回璇。不用说，齐格格还在睡梦中，这个黑白颠倒的家伙，昨晚不知又喷薄而出了多少灵感，肯定是写得天昏地暗，现在睡得正香。而回璇此时已经坐镇歌舞团的练功房行使职责了。下周有台晚会，舞蹈部分全由她们团承担。我们三人中回璇比我大一岁，31岁，齐格格比我小一岁，29岁，我们都是名副其实的剩女。她俩本来以前是我的患者，后来成为知己。这两个人物，还是以后再说吧。我有点饿了。

在吃早餐之前，我想起来应该先给凌小零打个电话："喂，圆圈大导演（为什么这样叫他，容我稍后再解释），还在睡懒觉啊？你昨天下午对我说的事我都考虑过了，我现在还是不打算演你的角色，因为我还要继续做心理医生。你另谋高人吧。"

"之梵，你知道我最佩服你的是什么吗？"凌小零在电话那头说，

"就是你对事业的执著和不向困难低头的个性。你是个超人！真的。"

我笑："哈，你说的是你自己，不是我。都说导演火眼金睛，但你却被我的表象骗了。你又不是不知道我常常在酒吧把自己弄醉，会痛哭流涕，会……"

"你会寻找发泄和疏导坏情绪的途径，这正是你的高明之处。"凌小零说。

"戴着你送的高帽子，我都飘飘然了。"我心中真是喜滋滋的，我需要生命中这些像亲人一样的朋友给我鼓劲。

"我不会放弃你的，有时间我会专门为你度身订造写个剧本，讲一个心理医生的故事。你一定得来演。"凌小零说道。

"呵呵……哈哈……哦哦……"这是我惯用的敷衍他的方式，凌小零已经对我这从鼻子里面发出来的声音习以为常了。

"之梵，不演我的片子，嫁给我还是可以的吧？"凌小零说这话时显得有点低声下气的，与他平时的作风格格不入。

"你又失恋了吗？"我知道这家伙身边女人不少，当然我也知道这家伙让我演他的戏的目的是想和我经常呆在一起。

"和其他女人没有关系。有一句名言说，找个爱自己的人做老公。我很合格呀。"他说。

"你的火眼金睛怎么一看到我就失灵了呢？你是独生子，你的老娘还等着抱孙子呢，这么重要的任务怎能交给我？你又不是不知道，我是个独身主义者，做贤妻良母可能是下下下下下下下辈子的事了。"我说，"要再投七次胎呢。"我一连用了七个"下"字，因为我太钟爱我的幸运数字了。

"是谁让你受伤了？"凌小零问，"是明朗吗？"

"瞎扯！不是具体的某个人，是整个社会环境。"我答。

我们身处的这个地球，危机四伏，险象环生：环境污染日益严重，气候变暖，树木遭砍伐导致水土流失，沙漠恣意扩张；恐怖事件一桩接着一桩，今天飞机撞击大楼，明天人肉炸弹毁坏公交车；拐卖妇女儿童，盗窃人体器官；暗娼嫖客遍地，贩卖毒品猖獗；军备竞赛越演越烈，你有化学武器，我有核弹头；艾滋病、炭疽病、疯牛病、禽流感、埃博拉病毒、SARS接踵而来；到处是暴力、欺骗、腐败和独裁。尽管邪不压正，但太阳穿云破雾真是步履维艰。

而我又不幸入错行做了个心理医生，每天坐到我面前的病人不是患强迫症、抑郁症、自闭症，就是歇斯底里症……要不是有坚强的毅力、乐观的性格和健康的心态，我早就崩溃了。

"正是大环境太恶劣，所以我们才需要小家庭的慰藉。"凌小零知道没戏，但还是不死心。

"我现在从两个方面怀疑你对我的爱的真实度，第一，文艺圈是个大染缸，你却偏要把我拉下水；第二，你的怀抱不缺女人，却拼命要让我成为其中之一。圆圈大哥，求求你，饶了我吧。"我说。

"你有从事表演的条件和天赋，不搞这一行很可惜。另外，正是因为我见过太多动机不纯的女孩子，所以才觉得你难能可贵。我对你都不执著的话，那我真是地地道道的大傻瓜了。"他说。

"你不是说太漂亮的女人不适合做演员，容易流于花瓶的角色吗？"我说。

"我可没说你漂亮，你个自恋狂。"他在那头嘲笑我。

"讨厌讨厌讨厌！"我有点撒娇似的咆哮起来。

"我没说你漂亮，但我说你美丽，嘿嘿。"他答。

"我不理你了。"不等他再说话，我就挂了电话。

我深深地吸了一口气，开始享用我五颜六色的早餐。先吃水果，再吃鸡蛋粉面。早上要吃好，这是我们前人总结出来的经验，于我更是必不可少，没有精力，怎么为需要我的人打气啊？

凌小零、康子都是我哥哥的铁杆哥们儿，哥仨也称"开裆裤朋友"，是一个部队大院一起长大的邻居，小学、中学都在一个班。三个人还被称做"裤衩楼三结义"，因为我们住的那栋楼好像个裤衩，而他们三个又是结拜过的，同龄的他们按月份排我哥算最小，被称做老三，但他的威信颇高，原因是他遇事冷静，又会武打真工夫。我叔叔是全国散打队的总教练，哥哥很小就在叔叔的指导下习武。只有一次我哥被康子嘲笑而闷闷不乐，原因是在十六岁那年，康子的身高飙升上1.82米的高度，而我哥只有1.80米，为了这两厘米，我哥足足憋了半年的气，又是练习引体向上，又是苦练跳高。不知道这些到底对增高有没有用，反正在差一个月满十七岁时，他长到了1.83米。多出来的0.01米终于让他扬眉吐气。其实我们家都出些高人，祖孙四代男的全在1.80米以上，女的都在1.70米以上，我爸1.85米，我妈有四分之一的法国血统，1.72米，我1.70米。按理说一代更比一代强，可我和我哥都没长过我爸和我妈。

幸好没再往上长，我从小就觉得女孩子长得太高不好看，牛高马大是属于男孩子的，女孩子嘛，1.60米左右就足够了。娇小的人经老，我的同屋齐格格就只有1.55米，可细皮嫩肉的，混在二十岁的人堆里看起来还最小。邻居师师姐也只有1.54米，可"裤衩楼三结义"中的康子迷她迷得不得了，说她小巧玲珑，娇媚可爱。天啦，真让人既羡慕又嫉妒。人总是贪心的，大都渴望拥有那些自己缺少的东西。

"裤衩楼三结义"后来都被部队看中，也因为都是部队子弟，近水楼台先得月。康子去了八一游泳队，凌小零从小喜欢画画，考进解放军艺术学院。我哥最有天赋搞体育，比如散打队的人，整天都到我家来磨嘴皮子，可我哥却硬是考进了信息工程学院，与计算机打起了交道。硕士生毕业后，他转业去美国读博士。

凌小零在军艺学的是美术，后来脱了军装到电影学院研究生班进修导演课程。作为新锐导演中的精英人物，他的电影频频抱回一些国际性的奖项，但这些片子大都在国内遭到短暂禁演，要经过反复剪辑才能上演。看他的发型就知道了某些信息：留长发络腮胡子——正在构思或挑选剧本；光头——正在拍片；梳马尾辫——片子禁演；小平头——片子开禁公演。

现在，凌小零留着较长的头发，说明他正在剧本上下工夫。

"裤衩楼三结义"中，康子属于早熟的那类，穿开裆裤时，就经常为师师姐和其他男生争风吃醋。不过那时还没有我呢，听大人们说，其他男生若给师师姐一颗糖，康子一定要给师师姐一个苹果。有谁欺负师师姐，他一定要跑出来英雄救美。我爸有一天故意逗他道："师师长得又不是很好看。"康子气得摇头晃脑连着大声说了三遍："不好看我也喜欢！不好看我也喜欢！不好看我也喜欢！"把大人乐得喷饭。后来我爸给康子道歉："康子，刚才叔叔是故意逗你玩的，就是想考验你是不是真心喜欢师师，其实叔叔也觉得师师挺好看的。"康子的气这才消了。不过这个笑话传遍了裤衩楼。当时康子也就八九岁吧，我还没出生呢。师师姐后来真的嫁给了康子，我们戏称他们是"军阀联姻"——师师姐的爸爸是我们这个部队学院建筑系的主任，康子的爸爸则是材料系的主任。师师姐则说嫁给康子是为了他小时候说的那句话。

我哥在三人中长得最帅，是我的偶像——韩国单眼皮影星帅哥车仁彪的翻版，但我哥是双眼皮。可他对女孩子似乎不大开窍，那些小女生为了引起我哥的注意，经常用糖果来贿赂我，让我给我哥递话、递纸条、送礼物，但哥都爱理不理的。他迷上舞棍弄棒，在大院中就喜欢打架，凡有动拳脚之类的事，一定是我哥领头干的。可能是小时候把气都淘完了，曾经大动的他，现在又变成大静，有时呆在计算机房几天几夜可以不出来。饿了煮点面条，吃根黄瓜和水果，困了就在沙发上睡一觉。

小时候我长得很丑，主要是没几根头发，妈妈一次次把我好不容易才新长出来的小绒毛剃成光头。于是乎我有了一个"胡传魁"的外号。大家笑话我时，都会用到阿庆嫂的那句著名唱词："那草包到底是一堵挡风的墙。"再加上我那八分之一的法国血统让我的眼睛呈海蓝色，虽然听我外婆说蓝眼睛是法国贵族的标志之一，可那时它只给我带来了一个"波斯猫"的外号。哥哥倒是很拿我这个妹妹当回事，打架的原因十有八九是为了帮我出气。我也很为有这样一个哥哥而骄傲。每当他被我爸罚去面壁思过时，我都要给他送些零食去以示慰问，并陪他一起面壁。哥就给我许诺以后要钓好多鱼给我吃，因为我是属喵的，从小我就认为自己属喵，大家也就认可了。我们兄妹的感情一直都很好。哥哥可以说是我的保护神，在爸妈工作忙、妈妈身体不好的时候，大多是比我大九岁的哥哥照顾我。

"裤衩楼三结义"中除了我哥，就算凌小零对我最好了。他是三结义中的老大，可只有对他我是直呼其名而不称哥的。他在三个人中性格最文静，整天拿着纸笔画画。小时候，我是他随叫随到的模特儿。我经常被他画的原因是我常常留光头，而他总是画不好头发，我的光头模样他画起来比画别人的小辫子要容易得多。

凌小零其实长得也挺帅的，是很温和的帅，很阳光的帅。个子不算太高，只有1.75米，但也是属于运动型的男孩子。他有精致高挺的鼻梁，轮廓分明的嘴唇，特别是那双眼睛，毛茸茸的。虽然他也比我大九岁，但看上去和我差不多大。经常听到有人叫他小帅哥。

凌小零却不喜欢他自己这副尊容，觉得太细腻了，于是经常不是光头就是胡子拉碴地把自己故意搞得很粗糙。

据说凌小零生下来时，全家就为他的名字颇费了一番功夫，因为他是独生子。爷爷奶奶那辈当然离不开"福"啊"贵"啊之类；父母喜欢"军"啊"勇"啊等等，军人嘛；姑舅之流却是文化人，用字就比较讲究，喜欢"韬"啊"蒙"啊什么的；而与凌小零一辈的表哥表姐们却喜欢简单省事，就有了"0"啊"1"啊这些数字。因为大家的意见久久都不能统一，也不知是谁提出要当事人自己来决定，于是就让凌小零抓阄，结果他自己抓到了"0"。名字嘛，当然要用大写，就成了零。不过奶奶去上户口时，自作主张加了个"小"字上去，最后就成了凌小零。长大后凌小零常对奶奶开玩笑说："零本身就够小了，您老人家还要给我加个小，那我是一点指望都没有了呀。"

圆圈是我的创意，因为0就是个圆圈嘛，我不但叫他圆圈，还把他的名字写成0小0。后来大家都叫开了。凌小零不但欢快地答应着，还把我的创意接受了，他也经常按我的写法签自己的名字，他那些粉丝喜欢得如获至宝。

我十五岁时，凌小零二十四岁，在他大四的那个春节，我问他在学校有没有女朋友，他幽幽地望着我说："之梵，知道吗？我一直在等你长大。"

"等我？为什么？"我不以为然地说。

"娶你当老婆啊。"他说得很肯定。

"呵呵……哈哈……哦哦……"我甩出惯用的口头禅，就头也不回地跑掉了。我没把他的话当真。我听康子说，倒追他的女孩子多得很。

到了我十八岁时，凌小零就正式打电话向我表白："之梵，知道吗？你是我一生的最爱。至今没有哪个女孩子能够取代你在我心中的位置。从小就发誓要娶你做老婆，你就让你的圆圈来爱你吧。我一定会努力使你成为一个幸福的女人。"

"我怎么没感觉啊？我可从小就把你当哥哥呢。"我这回是真有点吃惊了。因为我比三年前终究要成熟一点了。

过不多久，他实在忍受不住感情的煎熬，就从北京逃了研究生的课坐了近两天的火车来广州看我。那时我恰巧在军训，很难抽出时间来与他碰面。一周中只溜出来三次并且每次只有半小时，说是见他，其实也就是拉着他的手在校门口转了几个圈子而已。

让凌小零绝望的不是我接见他的时间太少，而是我根本不接受他的爱。我喜欢直来直去，因为爱情掺不得半点杂质。我不想委屈自己迁就他人，也不想欺骗他人伤害自己。长痛不如短痛。所以我坚决地拒绝了

25

他，没留一点余地。

凌小零住在表弟家里，表弟十岁就到加拿大多伦多读书，其父母后来也移民过去了。广州的房子还保留着。凌小零有钥匙。每次从我学校回住处，凌小零都不坐车，而用走路来消磨时间，大约要走两个多小时。本来初秋广州是很凉爽的，可是那个秋天不知是怎么了，格外阴冷，凌小零蜷缩在秋风中有气无力地拖着沉重的步履走着。有段路上行人并不多，但有几个下岗工人总推着手推车在街上卖饮料和小食。凌小零觉得他们和自己一样可怜。虽然身上的钱不多，但每次遇见都要买一大堆东西帮衬他们。可凌小零没有胃口，没有食欲，对他来说，只有啤酒有用。失恋让凌小零变得无比憔悴，几天的时间他的脸上似乎瘦得就只剩下一对眼睛和胡子了。那些胡子茬像是地里的饿鬼爬出来张牙舞爪要吃喝。

我还是低估了凌小零对我的感情，因为被我拒绝之后，他竟想到了自杀，他觉得用水果刀切断静脉的痛苦远远比不上失恋带给他的痛苦那么大，因为他从来没有正眼看过别的女孩子，因为他一直以为自己会赢得我的爱，毕竟童年时我们也算是青梅竹马。可我对他竟是这样没有丝毫的儿女情长，只有兄妹之爱。他接受不了这样的现实，他没有活下去的勇气了，他想在我读书的城市里了结自己，起码死了也离我近点。但是这时他的眼前掠过了他奶奶的影子，因为奶奶从小把他带大，对他这个唯一的孙子寄予了无限的希望。为了奶奶，他就和自己打了个赌，房子里有一部座机，他想，如果用这部电话能够和在多伦多的表弟对话，他就活下去。其实，当时凌小零是料到自己必死无疑，因为表弟一家离开半年了，这部电话肯定没缴费被停机了吧。就算没被停机，也最多只保留了市内电话，再退一步，国内长途也还保留着吧，而国际长途还开着的可能性几乎可以说是没有。再退一步，就算打通了国际长途，那时是夜里五点，而多伦多是下午四点，表弟绝对还没下课回来。这是个不让凌小零存有生机的赌注啊。他当时就是不想活，一门心思奔死神而去，只是想死前对奶奶有个交代。

然而，国际长途居然接通了，表弟的声音从大洋彼岸传来时，凌小零忍不住就号啕大哭起来。表弟在那边劝他："零哥，你想过没有？要是你死了，所有的流言蜚语都会落到你最爱的纪之梵身上，她的良心要怪罪自己，你奶奶和爸妈要怪罪她，她还怎么活得下去？你不能这么残忍啊。我要是你，就要好好活着，得不到她，也可以爱她关心她一辈子嘛。"

凌小零哭完了，想想表弟的话也很对，是啊，我死了，谁来保护我爱的人呢？他决定活下去，爱情虽然已丢失，还有友情，还有亲情，还要追求事业。不能再像来的时候那样忍受两天两夜的火车硬座生活了，他把身上最后的一点钱用来买了一张回北京的早班飞机票，从此一头扎进事业中。

当我从师师姐口中知道这一段故事时，非常震惊。眼泪如断线的珍珠，落下来打湿了我的裙子。有一个人竟然为了我不要自己的生命，有一个人竟然把对我的爱看得比自己的生命更重要，有一个人竟然因为没了我的爱而觉得这世界黯淡无光。我要是不感动，那就是一块木头了。

军训结束后，我谎称家里有事，就请了一个星期假去了北京。我天真地想，不能给凌小零爱情，就给他我的处女身吧，算是对他的一种补偿。

凌小零看到我当然是异常的激动，虽然我不能给他爱情，但我的行动还是给他很大的安慰。"之梵，既然我在你心中是一个哥哥的形象，那就不要去改变，因为是徒劳的。我愿意像哥哥那样照顾你。以后我再说要你嫁我的话，你大可不必在意，左耳进右耳出就是了。"他说得很轻松，但我现在想起来，他当时每说一个字都像赤脚踩在刀刃上那么钻心的疼痛。

在那个秋风瑟瑟的夜晚，一个二十七岁的处男和一个十八岁的处女就这样和衣躺在一起，相互抱着，却什么故事都没发生。凌小零说这是"神交"。他说那是他一辈子最幸福的时刻。

这个时候，康子已经娶了师师姐，并且生了一对龙凤胎；他们的婚礼和孩子满月酒我都跑去北京替我哥参加了，而且我和凌小零分别充当伴娘伴郎的角色。我还接到过师师姐扔出来的花球，我用余光看到凌小零仍旧很沉重地叹了一口气。

我哥这时在美国也结了婚，从小就听他对我妈说："为什么梵梵有海蓝色的眼睛，而我没有？"我妈就逗他："是你自己不会长呀。不过以后你可以娶个蓝眼睛的媳妇，再生个蓝眼睛的小宝宝。"这时哥总是不屑一顾地"哼"一声就走掉了。长大了，他真的找了个蓝眼睛的法国籍美国姑娘，还生了个蓝眼睛的小宝宝。嘿，那小家伙别提有多可爱了，一岁多时回来过一次，在飞机上就被乘客们借去照相，以至于后来见到相机就哭。他有个中西结合的名字叫纪威廉。可惜，如今才五岁的小威廉已经失去了母爱。他那漂亮的妈妈已在美国一次恐怖事件中丧失了年轻的生命。她只是路过，却成了十几名不幸的冤魂中的一个。

我哥结婚前打电话来征求我的意见，不知道为什么，我就冲着他发无名火："那么多中国美女不够你选的，干吗要去找个老外？！"

"她不是有和你一样的蓝色眼睛嘛。"哥在电话那头幽幽地说。

我一时语塞，然后还是不饶他："少拿我的眼睛说事！以后你的事情别来烦我。"然后就摔了电话，任凭哥再打来，我就是不接。哥的蜜月让我莫名的烦躁和伤感，就像当年他去美国读书一样，我心里特别恐慌和失落，我甚至把电话打到我妈那里，怪她当初指使哥找老外。妈一时语塞，然后有点抱歉地说，其实也是一句玩笑。我心里更气，"一语成谶"这个词就蹦出来，不过我悄悄给咽了回去。哥哥结婚是喜事，我一个当妹妹的凭什么闹情绪，想想自己也挺劲。慢慢地就把这事放下了，特别是见到可爱的小侄儿，我的母爱大放光芒，甚至把哥都冷落了。我有时逗着小威廉，看到哥在一旁寂寞的眼神，我竟然有点幸灾乐祸。

"裤衩楼三结义"中有两人都结婚生子了，唯独凌小零还单吊着，零妈急了："你爸家已经是三代单传了，你都而立之年了，还东游西逛地干什么？"

凌小零后来也谈了不少次恋爱，大多和他片中的女主角，我问他是不是以权谋私，搞潜规则，他说尽管演艺圈有黑暗之处，但他自己还不是那种拿主角来交换女人身体的人。和他有过感情和性的女人，多是朝夕相处一起拍片产生了好感的结果。最多算近水楼台先得月罢了。不过他的恋爱总不见结果。他说没有结婚的冲动。

我读完研究生留在广州，他也放弃北京的阵地跟来了。

"我不会嫁给你的，圆圈，你跟着我，到时别怪我耽误了你的事业和青春。"我说。

"我是想到南方重新开辟一块新天地。北京啊，你知道的，人才太多。"他说得很轻松。

凌小零到了南方这块风水宝地，事业发展得格外顺利，频频在国外获奖。我很为他高兴，说真的，他拍的片子画面很美，哪怕是一池残荷，都有一种悠然的美感。我喜欢他的作品胜过喜欢他这个人。他隔三岔五地来劝我做他片中的女主角，有时随口又提起让我嫁给他的事，我一生气，就狂吼："当初我要把处女之身奉献给你，可你竟然不敢要，也许要了我，我就真成你的人了。可是今天你又来缠我做什么？"他见我生气就不说话了。就像今天，我挂了他的电话，他就不再来打扰了。

"丁零……丁零……"

我的手机响起来了，我打开一看，是个很陌生的号码。"喂，你好，哪位？"这是我惯用的开场白。

"之梵医生吗？我已经挂了你的号，在医院等你了。"电话那头传来了一个磁性男声。

是明朗。因为他的声音让我的心颤抖了一下。

5 明朗和灵狐

　　我和明朗对坐在诊室里。今天的他一身T恤牛仔裤，更像一个运动员。而前天晚上，他西装革履，系着爱马仕的皮带，拿着一个土豪金的名牌手机，派头十足。他说当时是参加完一个酒会，临时路过酒吧，就摘了领带，进来看看。那晚他叫我小妹，今天他郑重其事地叫我之梵医生。

　　他端坐着，一直看着我，久久没有吭声。

　　"我这里是一个小时收费两百元，你就准备这样干坐着让时间和钞票一起流失吗？"我指指手表提醒他。

　　"说话或不说话时间照样都会流失，难道来找你的病人都必须喋喋不休吗？"他问。

　　"当然不是。只要你愿意，也不心疼钱的话，想这样坐多久就坐多久。"我答。

　　我们对望着有十来分钟，然后他说："假如有一百个人一齐望着你，你该怎么办？"

　　我想都没想就说："我要把他们一个一个望得把目光都统统收回

30

去。"

"你厉害，我看不过你。"他用手挡了一下眼睛，"你像太阳一样耀眼，像刺猬一样扎人。"

"那你闭上眼睛嘛。"我笑，我喜欢他说我像刺猬。

"不，就是被你刺死、烤死，也要睁着眼睛死个明明白白。"他突然清了清嗓子，非常认真地说，"之梵医生，我爱上你已经很久了。你知道奔四的男人没几个随便说'爱'这个字的。"

我狠狠地瞪了他一眼："这是工作时间，情话留到下班时再说。"

"我这是在向你咨询呢。我狂热地爱上了你，在你毫不知情的情况下，坦白地讲，我买那个小爱巢的时候，脑子里的女主人都是你的形象，就是前晚你去的那个住所。感谢上帝，他终于听到了我执著的呼唤，把你送给了我，也把我送给了你。可我有太太，而我们的小宝宝已降临人世两年了。"他居然这样坦白。

太太？我不知为什么突然为这个我并未见过面的女人感到悲哀。辛苦怀胎十个月，为一个男人生了小宝宝，可能还陶醉在幸福中呢，可这个男人已经移情别恋了。虽然他移情于我，我也并不感到十分得意，当然，高兴还是免不了的。这十年来，除了凌小零还在继续说爱我，几乎没有其他人敢来爱我，追求我。高处不胜寒，我并不在高处，却感受了无限的寒凉。

人类感情的忠诚度从来都是有限的，它只是阶段性地表现出忠诚。爱情从来都不是时间上的永恒，它只是那一刻誓言上的永恒和唯一。是谁规定我们当初爱一个人就一定要爱他一辈子？谁能干干脆脆地做到在该爱的时候一定可以爱上，不该爱时一定关闭心灵的通道？精神与欲望、人性与道德无时无刻不在发生着碰撞。

爱情和婚姻是最不能划等号的，因为爱我们走进了婚姻，但婚姻如果能持续一生，除了爱，更重要的是责任、包容。

"人世间有很多无奈，比如，爱情在看似不该来临的时候来临了。爱一个人也没有什么错。但我希望爱情只会给你的生活增添许多的美好，而不是破坏美好。"我看着他说，"一个真男人是应该有强烈的责任感的，孩子已经降生了，你不能一味放纵自己的情感和欲望，你要尽可能多地让你的情感回归到家庭中去。产后的女人很敏感也很脆弱，最容易得产后忧郁症，她现在最需要你的关心。假如她因此出了什么意

31

外，你一腔美好的爱情就成了你婚姻的杀手。"

他听了我的话长长地出了口气："你真的是个不错的心理医生，你有与时共进的审美观、爱情观，也有豁达宽容的心灵。你没有怀疑我，也没有责备我。谢谢。"

"美好的东西我从来不怀疑，更不会去责备。爱情是一种多么美好的情感啊，现在很多人为了金钱、权力都不愿意再提这动人心弦的词汇了。再说这种爱情也没有影响到你的婚姻。"

"其实我仔细想了一想，我连对妻子都没有说过爱，不是爱在心里口难开，而是因为从来没有爱过，但喜欢过。结婚只是因为年龄到了，差不多就结了吧。为了生意我也逢场作戏过，但更没有对谁说过爱。可是我爱你，从我见到你的第一眼开始就已经成定局了。这是大脑电波不断发出的信号。"他停顿了一下，"我说这些你不反感吧？"

"哪会呢？心理医生的职责就是要学会倾听嘛。你继续说。"我起身给他倒了一杯水，说实话，听到他说爱我，我还是窃喜的。

"我忘了，我现在是你的患者呢。"他轻叹一声，接着说，"我和我太太之间没有什么离奇的故事，我们是高中同学，在学校也没什么特别的交往，我甚至都想不起她的座位在哪。上大学后就各奔西东了。她在北方的大学读文科，我在中原的大学学理科。大一下学期时她先给我写信追求我，说其实学生时代就喜欢我了，苦于没有勇气，也怕被拒绝，自然不敢表态。现在隔得远，被拒绝了最多不再见面了，所以鼓起勇气给我写信。说真的，我们理科学校好看的女孩子也不多，我浅浅地谈了两次恋爱，一点也不动人。我太太长得不漂亮，但还算可爱，我觉得她比我们理科学校的女孩子活泼一点，有女人味一点，就同意交往了。一毕业我们就结婚了，也是她提议的，我想交往都三年多了，刚好又分到同一个城市，冥冥之中似乎一切都被安排好了，我就不能违背命运的安排了。我的家庭生活平平淡淡，过的就是老百姓的普通日子。我的心思一直都全部放在事业上。太太在美国生孩子，也一直留在美国，她父母在她身边照顾小孩子，我隔两个月会去看他们一次。对你所做的一切，我是情不自禁。如果对你造成伤害，请你原谅我。为了孩子，为了责任，我还暂时不能离婚来正大光明追求你，但是我希望和你保持你愿意的关系，爱情，亲情，或者友谊。"

"那天晚上的事你也不必多想，都过去了。好在我们没有过界。"

我说这话是想安慰一下我自己，**掩耳盗铃**也好。

"时间过去了，印记深深留在心上。我想知道你爱我吗？也许这种要求太过分了，或者应该这样问，你喜欢我吗？"他紧盯着我。

"还没想清楚，下班后再告诉你。"我也死死盯着他。

"反正我预约了你今天上下午的所有时间，上班下班都可以想。"他有点得意。

"打土豪，分田地。哼！"我不知道为何出口这句老口号。

他却哈哈大笑起来。

"那天晚上其实我很挣扎，一边是责任、背叛，一边是爱情、激情，你又在迷糊状态中，让我下不了手。现在想起来真的很后悔，多么好的机会啊，默默爱了很久的女人就在自己怀中，我却虚伪地装作自己是柳下惠。"他拍拍自己的脑袋。

"你是对的，不能和我一起疯掉，不然彼此会有罪恶感，连朋友都没得做。"我低下头。

"这么说，你至少愿意成为我的朋友了？"他有点激动，一把拉住我的手。

我抽出手，像哥们那样拍拍他的肩膀："当然，拒绝朋友的友谊是愚蠢的。再说了，你都和我哥和圆圈导演那么铁杆了，我逃也逃不掉啊。"

明朗并没有他想的那么自由，公司一个工作电话还是把他叫走了。我给自己泡了一杯叫做"双龙戏珠"的工艺花茶，望着水里千日红、茉莉花和绿茶银尖串成的花篮，一个人把记忆闸门打开，搜罗出凌小零口中的明朗的故事。

明朗出生在西北，长到十二岁时，全家才迁回祖籍浙江温州。所以，他的性格中既有西北人的豪爽，又有江浙人的细腻。他的这种粗犷与细致的交织，其实在他拥着我时就有很强烈的表现。和他在一起的那个晚上和上午，我们虽然只是浅浅的亲吻，但我却感受到他内在的力量。想到这里，我觉得我的脸上肯定是泛起红晕了。我有意识地把脸埋在了双掌中，尽管此时诊室里除了我自己外并没有其他人。

别看他现在是响当当的民营企业老总，学生时代他可是"劣迹"斑斑呢。

——高考时，明朗所在的考场集体作弊被媒体曝光，情节严重的学生被停考一年，轻一点的被扣分。明朗属于后者，因为讲义气，前面的同学转过身来问答案，他就把答案一五一十地告诉了那位同学。本来他的成绩可以上一流的学校，被扣掉八十多分后，他就只好上了一个三流的大学，学的是计算机专业。

——上大学时，老师教的那点东西明朗一学就会，闲来无事，他就开始做生意，一会儿牵线把老家的棉线卖到学校附近的纺织厂，一会儿又把学校所在城市的特产卖到老家。挣了很多钱，却不知存银行，就把钱放进枕头里。由于学校所在城市是个小城，人们的思想观念还很保守，他念的"生意经"被认为是不务正业，一心只往钱眼里钻。这事使他差一点毕不了业。

——读研究生时，明朗因为打架挨了好几个处分。不过说来有点冤。比如说，有一次，他办完事在路边急等的士回校上课，这时正值下班时分，的士像十八九岁的大姑娘一样又俏又拽。好不容易来了辆空车，前面的两位近七十岁的老人正要上去，却被两个牛高马大的小伙子抢了先，老人一个趔趄，差点摔倒。明朗这下看不过去了，他走上前去就把两个小伙子从车里拖出来，并把老人请进车里。两个小伙子见明朗虽是大高个，但不如他们壮实，就你一拳我一脚地向他开战。明朗一直都在练习拳击，几个回合下来，就把两个壮小伙子打得鼻青脸肿。两个小伙子看见他戴的校徽，就来个恶人先告状。由于明朗没有证人，校领导见告状的小伙子的确带着伤，又鉴于明朗以前的表现，就给了明朗处分。不过明朗最后还是甩给那两个小伙子一句话："记住，你们也会老的，今天的一切到那个时候会重演，只不过角色变了，你们是那摔倒的老人。"

明朗的生意头脑可以说是天生的，温州人历来被称为"中国的犹太人"，整个中国的版图上，都留下了温州商人的痕迹。作为温州人的后代，明朗也继承了祖辈的特质。他大学期间做生意并不是因为生活的压力，当时，他父亲已开了好几间工厂，生活蛮富裕。他只是把做生意当成一种乐趣。

明朗的这种生意头脑和对商机的敏感，使他后来成为灵狐公司的统帅，公司其余几十号人全是技术研究与开发人才。大学期间念的生意经，为他后来经商积累了丰富的经验。

研究生毕业后，明朗被分配到南方的一家银行，在同学中他算分配得最好了，可工作不到一个月，他就烦恼顿生。因为学了多年的软件开发与人工智能应用在此竟毫无用处，每天除了去计算机房坐坐，打打游戏，就只能去其他处室打打杂，代人开开发票、填填贷款证。多年的苦心钻研，就是梦想着有朝一日去开发软件，没想到理想与现实的差距竟如此之大。

有一天，明朗突然想明白了：继续留在银行数别人的钱是消磨自己的时间，也是对生命的浪费。如果去外企或者国企，也都是去打工，始终是沿着别人定的路走。不如自立门户，独立创业！

说干就干，明朗辞了职，取出自己学生时代就赚回来的九万元，再向父亲借了十六万元，用二十五万元启动资金，就把灵狐公司成立起来了，全公司就他一个职员。但随后他招募了同门的师兄师弟，以开发游戏软件和网站为主业，逐渐把公司发展壮大起来。

就是这样一个人，却与我有了千丝万缕的联系。我对其他男人少有感兴趣的，但明朗像一辆坦克，已经缓缓开进我荒草丛生的心。我推开窗户，猛吸了一口这城市并不新鲜的空气，发现窗台上飞来一颗不知名的种子，竟然在水泥缝中长出了新芽。这是我的爱情吗？我转身将工作台上另一个杯子中隔夜的茶水轻轻地浇了一点上去，既然是生命，或许也是一种象征，我自己赋予它的，那么我就要珍惜。

下班后，我给齐格格打了个电话，说不回去吃饭了，然后在"太平沙财记"吃了一碟素肠粉，白白的软软的米粉，翻开后会有红色的胡萝卜丝、黑色的木耳丝等，绵软和清脆交织。这是广州的名店名小吃，我百吃不厌。人真的很聪明，本来就是一碗大米饭，配胡萝卜炒黑木耳，为了迎合人们的喜新心理，同样的食材只是换了做法，就变成了素肠粉，变成了地方名小吃。总有第一个发明此小吃的人吧？但现在已经无从考究，我也就只好默默向他或者她致敬了。

之后来到多瑙河酒吧，我没有约明朗，他也没有约我，但我们彼此知道，会在这里相见。果然，他已经早一步到了。经不住他的软磨硬泡，我明确地告诉他："我爱你的身体，尽管还没有得到，也许以后只能是意淫了。至于精神和灵魂，现在还只是喜欢，淡淡的喜欢。"

"我把责任和义务留给太太，但你可以收留我的爱和身体吗？"他在隐约的光线中将嘴唇凑近我的耳垂。一股醉意袭来，我把持不住自己在阳光下装出来的矜持，我知道夜色又把我出卖："不要勾引我，我可以收下你的爱，但你永远只能当柳下惠，不是不乱，点到为止。"

"为什么？就是因为我在婚姻内？"他问。

"这是一个原因，另外我有洁癖，我也是一个病人，我清醒的时候根本无法和男人亲热。"我确实有洁癖，但也不至于严重到这个地步，此时，我就想用它当挡箭牌，为自己的热望浇一把水。

我想起下午泡的那杯叫做"双龙戏珠"的绿茶，又联想到我、明朗和他太太，"双凤戏龙"这个词就大大地写在我眼前。

那晚，明朗恳求我再去他的小爱巢，他举手保证绝对不侵犯我，只是特别想和我呆在一个独立的空间。其实，我何曾不想和他一起，十年了，已经没有一个亲人以外的男人给过我拥抱，更不要说吻了。现在，我假装明朗是一个单身汉，把道德之衣折叠好暂时放在看不见的角落，就和他缠绵在那张爱心的床上，虽然并不在巫山云雨中，但仅仅被他拥抱着，我也觉得很幸福。

面对我，他的精神出轨了，但我们死死守着自己的身体，不变成负距离。其实，这也不是定力的问题，两个人的亲密如果其中一方有心理障碍，那就无法达成完美境界。我和他都是对性爱要求非常高的人，面对酒醉的我，他不行；我清醒之后，我不行。

但是，被他拥抱着入睡，我又做了那个从我少女时代就开始重复做的梦：一个面纱男子用一张神奇的飞毯托着我，我们舒展地漂浮在空中，然后深情地接吻。我一层又一层地揭开他的面纱，却总也揭不完，所以从来也看不清他的模样。随着我揭面纱的速度加快，好像还剩下一张了，可此时飞毯失灵，我跌下了月亮河。我被包裹成一身碎银，星星点点的光焰迷了我的眼，我更看不清他的模样，但我知道他继续托着我的身体在河中畅游，我们游过之处，将月亮串拍打成了碎片。

我醒来之后，把梦中人和身边的明朗做了比较，还是得不出任何结果。

从小到大，折磨着我的有两个梦，一个是带我畅游月亮河的面纱男子，一个是草原上朝我狂喷牛粪的牛。他们之间隐喻着什么呢？我这个学心理学的也百思不得其解。

"快回来吧，亲爱的，我快要活不下去了！我又要被爱火烧死了！快来救我！"是我同屋的齐格格打来电话。

6 为爱而生的齐格格

对于广州这个一线城市，大家可以举出它很多很多的不好，比如潮湿，比如脏乱，比如人多嘈杂，黄皮肤、黑皮肤、白皮肤，甚至红皮肤，应有尽有。我父亲家族中那些来自农村的亲戚小孩子们，本以为广州好玩，纷纷来省亲，结果节日一上街，就哭闹着要回家。我一问情况，孩子们说，广州没看头，一出门尽是看到大人们的屁股，有的人边走边放屁，还有满大街卖炸臭豆腐的，简直比农村刚浇了肥料的庄稼地还臭。哈哈，这可是实情，孩子们人矮，正好齐大人们的屁股高，挤在人流中确实只看到屁股。而臭豆腐的气味更是以压倒一切气味的高姿态到处乱钻的。但是，在这样那样的问题中，我以为广州的宽容度是别的城市很难相提并论的。北京人因为身处皇城根儿下，个个好像都与皇室沾亲带故，傲气了些；上海人则把上海市区以外的人称为乡下人，自恋了些。而广州人，虽然也把其他省份的人称为北方人，但只要你有本事站得住脚，一律英雄不问出处。外地人广州人相安无事，和平共处。

这种宽容是有历史的。广东省是五十六个民族成分齐全的省份，而广府、客家、潮汕、雷州四大主流汉族族群，也大多来自中原。他们和

37

长江以南的古越族友好相处，共同把南粤这片土地经营得有声有色。所以改革开放的前沿阵地选在此，是英明之举。而它也是当之无愧的。

这是一个位于新的城市中心天河区的小区，虽然周边车水马龙，人声鼎沸，但它处于一个大超市高楼的背后，最外围是一圈铁栅栏，结实而有序，刚刚油漆过的金属条散发出冷艳的银光。铁栅栏里面又围了一圈树，有高大的榕树、木棉、香椿，也有娇柔一点的紫荆、紫薇、冬青。树的里面才是围着的一圈高楼，有十二栋，每两栋连在一起。我们三个女人的家在其中两栋的顶层，也就是二十八层的复合式房里，已经算闹中取静了。

二楼四间自带洗手间和小露台的卧室被我们三人各住了一间，另外一间卧室早前被我当作了衣帽间。一楼有两个客房和两个工人房，两个开放式大厨房、两个客厅、两个大阳台则是共用的。对了，大客厅旁还有两个公共洗手间，供来玩耍的客人使用。按照我们三个所挣，当然谁也买不起这套价值上千万的房子。它实际是由两套复合式房打通的，是我一个好朋友的房产，他们夫妻俩是改革开放初期从广州高第街走出来的最早万元户，祖上是华侨，后来他们全家移民到澳洲，房子就低价租给我了。房子靠人养，我这种有点洁癖的人来养房子，我朋友自然是最放心的。齐格格和回璇是后来软磨硬泡才搬进来的。一楼还剩两个大房间和两个工人房未住人，两个大房间暂时成为齐格格和回璇的衣帽间，工人房则成为大家的仓库。我们一致认为该招两三位男士来住，不但可以分担一点房租水电，还能增加一点阳气，以达到阴阳调和的目的。

凌小零想来住，被我毅然拒绝了。你想想，他要住进来准得招一屋子的花蝴蝶，那我们的阴阳失和比现在不知要糟糕多少倍了。

还有几个想来的，有的是齐格格认为不够年轻有活力的，有的是回璇认为没气质的，当然有的也是我认为生活习惯不好，邋里邋遢，而被我们通通踢出局。之后大家又笑成一团，怎么找同屋像找情人一样严格呀。三个女人嘛，呵呵，一出戏了，可以理解。

"哎呀，亲们，我不行了，当了半年农民，满脑子只有黄土和黄脸，早忘记爱情是什么滋味了。前两天回来就在戏曲群里遇到一个情魔，他又缠住我不放了，我得去北京看他。不然我要被爱火烧死了！"齐格格穿着睡衣从楼上的卧室奔下来，不由分说坐到我和回璇中间。

记不清这是齐格格第N次说要去看男孩子的话了，反正我和回璇已经习以为常。她谈恋爱的速度得我和回璇坐火箭去追赶。每一次都爱得死去活来，可高潮一过这段情好像就渺无踪影。用她的话说是"已经晒干了藏于心房的最深处，以后老了再拿出来下酒喝"。

齐格格说自己是为爱而生的，没有爱宁愿去死。但她声称会用身体思考，决不会用身体去写作，尽管她说自己有能力比某某慧某某美写性写得更激动人心。她说写作是神圣的，是一颗孤独的心的自我神圣；做爱也是神圣的，是两颗孤独的心碰撞揉捏的神圣，可两种神圣加在一起，就凝重得不能让人承载了。

齐格格人长得娇小玲珑，写的作品却非常大气。从小在皇城根儿下长大，却跑到西部贫困山区一呆半年，写出一部当今中国西部农村的报告文学，引起各界关注。尤其她提出，知青文学让我们了解了当年把城市的就业危机转嫁给社会底层的农民那段辛酸史，小小年纪的男女知青们遭遇了悲苦的精神与肉体的双重折磨，后来，以血的代价争取到回城的机会。可是那些祖祖辈辈生活在农村的农民们呢？他们的生存环境至今很多并没有改变，有的甚至更难，比如工业化对家园的污染。难道他们就注定该一直苦巴巴地活着吗？

"哪个小帅哥又让你着迷了？"我问。齐格格喜欢比她小的男孩子，她说老男人大多心灵被沧桑纠缠，满口都是"我比你先老，你要对我好一点，你要尽心尽力照顾我，你不要背叛我"这一类的话，她不想用青春去充当他们伤口上的云南白药。而年轻的心总是活力无限，可以带着她一起去飞翔。阳光般的心总是这样宠着她："我能为你做些什么吗？我怎样做能使你更快乐？让我来照顾你吧。"齐格格长期被这些语言感动着。她说尽管誓言是最不可信的，但能说誓言的人起码比说都不说的人要真诚，要有情趣。

"抱着青春尾巴、拽着青春裤腿的老男人比较急功近利，他们没时间去等待，去奉献，唯有尽快得到，才能平衡他们被岁月的风霜冻得有些扭曲的心态。"齐格格说。

其实年龄的大小并不能说明什么问题，可能只是齐格格更适合比她小的男孩子。她的心理年龄在不工作的时候只有十七岁，我笑她还是未成年少女。她把自己的成熟、深沉都献给了她的作品，写作之外的她则只是一个简单快乐的为爱而生的女孩儿。

齐格格深受其父母的影响，她的母亲在三十五岁那年，与共同生活了十年的前夫离了婚，分手的表面理由是性格不合，实际上是"性"格不合。床上的具体问题——男弱女强，直接影响了夫妻的感情。不久，其母和一个比自己小十六岁的男孩子相恋，这段看似不和谐的搭配，却结出硕果——齐格格，格格是他俩相恋三年结婚后三年的爱情结晶。如今，其母已经年过七十，仍指着衣柜里那些黑色的棕色的衣服对还不到六十岁的丈夫说："这些衣服等我老了再穿吧。"丈夫总是笑意盈盈地摸着妻子的头说："宝贝儿，你什么时候才能长大呀。"

"为了你，我就是不老。"其母调皮地说。

"妈妈真的不老，她的心态怎么看都只有十八岁，而她的外貌看上去也很年轻。我常说她是中国的索菲亚·罗兰，越老越有光彩。嘿嘿，难怪爸爸总是宠着她，倒像他长她十六岁似的。"齐格格说这话时，眼睛里放着光。

听到齐格格讲这个故事的时候，我的脑海里立即浮现出一幅国外的摄影作品：观众席上大家笑得东倒西歪，也许是台上的表演太令人捧腹。可有一位先生的心思却没在台上，他的目光锁定的是身旁的妻子—— 一个胖胖的大嫂，他对已经笑得见牙不见眼的妻子的笑态生出难以遮掩的爱意。妻子是他眼中最美丽的风景。

从生理的角度来说，二十来岁的小伙子和三四十岁的女人性的搭配是最协调的，他们绽放生命激情的时候，往往能碰撞出最绮丽的火花。但女人五十多岁更年期之后，丈夫还年轻力盛怎么办呢？齐格格的母亲是这样说的："我们趁身体最健康的十几年，把生理的爱都几乎做完了，尽情享受性的美好。之后，我们把注意力集中到情的培养上、内心世界的沟通上、精神领域的协调上。再说了，女人无论身处各个时期，只要你还爱着他，只要你还有自信，就可以让他幸福，让自己幸福。"

其母还强调一点："不要认为找个比你大的男人就一定可以疼着你、让着你。体贴、宽容、大度、谦让、成熟从来和年龄无关。有的男人比你大三十岁照样需要你去疼他、让他。他有时候比一个三岁男孩更能胡搅蛮缠。现在有些小女生是所谓的'大叔控'，实际是被大叔们事业和经济上的成功蒙蔽了双眼。"

母亲的观点齐格格十分赞同：哪怕你的幸福注定只有一小时，你也要深情地拥抱它，尽情地享受它。因为它的余温会浸润你一生，让你的人生更加丰满。

齐格格也问过父亲，娶了比自己大十六岁的女人真的幸福吗？有没有后悔过？有没有外遇的念头？其父回答说："我是那种既在乎曾经拥有，又在乎天长地久的人。我既想看到你妈妈光彩照人的一面，也想看到她的倦容愁容，这样才真实。我觉得如果不结婚，我就真正走不进你妈妈的心扉。我希望我们有性的亲密，但更渴望我们有心的贴近，我迫切需要用结婚这种形式来证明我和她彼此相爱，亲密无间，是自己人。这么多年过去了，事实证明我是对的。你妈妈的内心像大海一样深邃辽阔，我还没完全读懂，所以我还想继续读。娶了你妈妈，我真的很幸福，她做了我需要的角色：情人、老婆、朋友、女儿、母亲，甚至是老师。所以我从没后悔过。每天早晨睁开眼第一时间看到你妈妈，我心里就非常踏实。至于外遇嘛，想过，还不止一次地想，在生活中或者银幕上，遇到心目中的美女，也会编织一个或者温情或者火辣的故事，但还没有编完整，就被现实中你妈妈的形象给拆掉了。至今为止，都没碰到可以让我的心从你妈妈的心中溜出来真正开个小差的人，而且我也不想因小失大。你妈妈不是完人，我也不是，所以我俩相互包容着，感觉很合适。"

　　是啊，我们的思维常常受到世俗观念的阻碍和左右，世俗认为男小女大不幸福，男小女大们就真的觉得不幸福了。世俗认为五十岁的女人没有性欲了，五十岁的女人们就真的觉得再要求男人给予性自己是妖魔了。世俗认为中年男人肯定都会对出墙红杏感兴趣，中年男人就真的开始嫌弃糟糠的黄脸而把目光转移了。约定成俗的东西常常引经据典，威力是如此之大，它虽没有"山雨欲来风满楼"的磅礴气势，但却像白蚁蚀墙那样一点一点地把人的意志啃噬得丧失殆尽。

　　其实，无论男大女小还是女大男小，只要自己觉得幸福就好。但这个社会基本还是男权社会，总有一些扼杀真正爱情的人言在泛滥着。

　　"不过我被请到老年大学讲课，看到孤老太太居多，因为男人的寿命永远追不过女人，所以我觉得找比自己小一点的男人至少能多陪自己几年。我这个想法有点自私哈。"我对齐格格和回璇说。

　　"可不是啊，我们去养老院慰问演出，那里也是大多剩下些老太太。"回璇说。

　　"你不用担心，黎安不错，比你小四岁吧？你是老牛吃嫩草。"我笑回璇。

齐格格更是把她父母称之为"摒弃传统与世俗的爱情冲浪者",是"男权社会的一个奇迹",我和回璇举双手赞同,并对两位长辈充满敬意。"真希望这种幸福的个案能再多一些。"我说。

齐格格从父母那里懂得了:要把握今天的幸福。只忧虑着明天,而忘了关心今天,是本末倒置的生活观。

所以,齐格格快乐着今天,创造着今天,享受着今天。虽然她也不断受着情伤,但她很坦然:"痛苦和快乐本来就是一对连体双胞胎,你拥抱一个的同时,也就选择了另一个。"

初见齐格格,很快就可以找到两个词来形容她:开心果,乐天派,有她就有笑声;她不是非常的漂亮,但是非常的美丽。她的美丽招牌是:甜甜如蜜的酒窝,银铃般清脆的笑声。爱笑的女人真正是美丽无敌手。

齐格格最初也是我的病人。一个快乐无比的女孩子有什么心病要来求助我这个心理医生呢?当初她来到医院找我,我也这样问她。原来,齐格格有过耳不忘的本领,许多东西尤其是不幸的、丑陋的事情她一旦在采访途中听说,加上她作家爱联想的思绪,就重重压在她的心上。她表面是在笑,但如她自己所说:笑声掩盖着诸多的忧伤和愤怒。这也使我联想到好多大家心目中的乐天派自杀的案例。

我教她用替代法,把一件不幸的事转换成一件幸福的事情来记忆,每天对自己说上三遍。比如听到一只流浪猫被车碾压死去了,就马上转换成"猫有九命,它已经折腾九次折腾完了,上帝招它灵魂上天,它的肉身则变成了你阳台上正在开放的紫罗兰花了",直至自己记住。这样,给自己的压力就会小很多。

一开始齐格格不接受,认为这是粉饰太平。我说,那些问题,在你能力范围内的,你去帮忙解决,解决了的,就变成了好事。不在你能力范围内的,——记住来折磨你自己,把你解决问题的能力都折磨尽失了不划算。再说,事物都有两面性,换个角度看问题没什么不好。

"忘记意味着背叛。"她又找出这句话来顶我。唉,心理医生有时候像单位的书记或者部队的政委,是做说服工作的。我说齐格格呀,你不能钻牛角尖,国耻家仇你绝对不能忘记,但阿猫阿狗死了你都要把自己的心撕裂,你也太把自己当个人物了,还是有多少热发多少光的好。大多数时候,记住花开的声音总比记住魔鬼的嘶吼更好。

一来二去，齐格格接受了我"这人世间正因为有了痛苦才衬托出幸福的可贵"的观点，替代法的记忆也慢慢对她有了效果，快乐更纯。再说她有武器啊，笔和电脑是她与假丑恶斗争的工具，尤其是电脑，她使用的是王永明教授发明的五笔字型输入法，每次写完一篇文章，她都要高呼："王永明，我爱你！"

　　她也成了我的闺蜜。后来我笑骂她看似简单实则狡猾，因为成了闺蜜后，我不但要接受她随时随地的咨询，还收不到咨询费。她"嘿嘿嘿嘿"地撒娇："承蒙之梵医生厚爱，你的能量大，就多发点光。"我直接做晕倒状。

　　"你们一个晕倒，一个叫嚣吧，我要去和我的爱聊天去了。"半天没发言的回璇起身上楼了。

　　"亲们，都别抛弃我呀，我需要你们！"齐格格拦住回璇去路。回璇则在齐格格的酒窝处亲了个大大的"啪"声，溜了。

　　"这就算闺蜜吗？"齐格格的声音在回璇身后寂寞地飘着。

　　我则闭上眼睛倒在沙发上，继续晕着。

7 舞之精灵回璇

　　一个女人走在街上，引起回头率不是因为她有多么的漂亮，而是因为她与众不同的运动与艺术交织的气质。随便系的一条头巾或丝巾，都让人感觉如沐春风。她看起来更多像运动员，个不高，但挺拔、健美，也不失灵动。这就是回璇。如果在"文革"前和"文革"中那些脸谱化的影片中，回璇绝对是属于演正面角色的，大气端庄，一看就像个好人。

　　她十二岁就考进歌舞团，一直跳舞，和她一起考进去的小学员们，多年后还是只能跳群舞，因为相貌和技艺皆不很突出。她却一直是跳独舞的。其实当年招考的时候，老师们对收不收她有过激烈的争论，反对的一方理由是：她的个子只有1.60米，跳群舞不够高；同意的一方认为她本来就是一个跳独舞的材料，因为她的"倒踢紫金冠"动作非常完美，又高又舒展，力度和柔韧度都具备。还有其他一些基本功都比大多数考生好。

　　"倒踢紫金冠"原本是中国京剧里刀马旦和武生运用的一个动作，打花枪的时候，脚往后踢一下，把棒头踢给别人，也有踢冠的，另外一

44

只脚可以不离地。后来，不管是芭蕾舞还是民族舞，抑或现代舞，都运用了这动作并做了改进，把它后腿的动作和双腿跳结合起来，把前腿踢得更高，后腿能够最大幅度地碰到向后伸出去的手。考试的时候，回璇连跳五个"倒踢紫金冠"，质量都是一样好，征服了其中一个爱才的老师。

招收的学员很少有不从跳群舞开始的，直接招个跳独舞的来，那年头似乎还没有这样的先例。"解放思想，多给有才华的年轻人一些空间。不必论资排辈，有能力就上去。"最后老师们作出了这样的决定。事实证明这个决定是正确的，回璇以加倍的努力，一直活跃在独舞的领域里。

男友黎安是她舞蹈队的战友，有时候他俩一起跳双人舞，专业上比较合拍。两个人无话不说，回璇把黎安当闺蜜，黎安把回璇当红颜知己。不过当时他俩都有各自的初恋，黎安的女友是舞蹈学校一起学习的同学，后留校当了老师。而回璇的初恋是她妈妈一个好姐妹的孩子，后来的时装设计师，名叫甄子漫。这段父母友谊中缔结的娃娃亲其实也很纯洁，但因距离——甄子漫去米兰深造而宣告结束。回璇觉得自己没有舞蹈活不下去，她属于舞台，她不愿去国外当个附属品。而且当时团里特别重视她，她觉得此时走人愧对曾经和正在培养她的那些老师们。而甄子漫去了就不打算回来工作了。他说时尚之地不是在法国就是在意大利，他必须时刻保持最前卫的眼光。

失恋中的女人是脆弱的，好似一个已经有了裂纹的玻璃杯，随时拿起来，随时就会掉一块两块玻璃碴。回璇虽然是男孩子性格，平时大大咧咧，看似坚强，但毕竟是初恋啊，人生的第一次，从小就粘在一起的人突然远离了，虽然有舞蹈陪伴，但爱的天平失衡了。

此时黎安也失恋了，因为女友找了个事业成功的离婚大叔，把他这帅小伙子抛弃了。于是在对的时间，回璇和黎安两个人互相为对方填了空。他俩各自都需要这样的肩膀来靠一靠。

"温暖多于激情。"这是回璇的话。黎安也认可："我们更适合做老伴。"

"那我们就提前进入老年家庭生活吧。"回璇拎起黎安的耳朵说，"老头子，给我捶捶背。"

"老婆子，来吧。"黎安嬉皮笑脸凑过去。

其实，这种状态未尝不好，这是爱情生活归于平淡却很实在的阶段。就像盛夏，慵懒地躺在绿荫下的摇椅上，听蝉儿们有一拨无一拨地叫着。旁边有一只同样懒懒的花狸猫，也打着哈欠，偶尔叫一声，却只见它嘴形，不见它"喵"的声音。这场景应了老子的理念：生命像河水那样缓缓地流淌。

回璇当初也是我的病人，她来咨询是因为她怀疑自己被黎安传染了性病。

"不能乱怀疑吓唬自己，先说说是怎么回事。"我安抚着她。

"今早和男友做爱之后约半小时吧，我就感觉身子下面奇痒难忍，好像都肿了。男人真不可信。"回璇还是气呼呼的样子。

"以前有过类似状况吗？"我问。

"之前怕怀孕，和初恋男友都一直是用安全套。后来我想，塑胶的东西总好像隔着一层感情，把我的初恋都隔离掉了。加之这段也是安全期，我们就没用套子，结果反而不安全了。"回璇叹气摇头，把自己弄得像个拨浪鼓。

"你没想过先去看妇科吗？也许妇科医生更能准确地说出你的问题。"我试探着问。

"上午刚去了，本来就顶着压力去的，你知道，一去妇科看病，旁边科的人似乎都在怀疑我患了性病似的，让我全身不自在。再说刚坐下，才说两句话，那男医生铁青着脸，就开了单子要我先去交诊疗的费用。Nnd，好像我真病入膏肓了，没病都给他吓出病来了。我一气之下不给他看了，就走掉了。所以下午就到你这儿来了。"她一耸肩。

"那谢谢你对我的信任了。我想，那男医生也许前晚和太太吵了架，也许加了班身体不舒服，也许遇到什么不开心的事情，不是针对你。但把自己的坏情绪带到工作中来，还是不对的，他也应该来我这里咨询一下。看我这笑脸多让人喜欢啊，是不是？"都是医生，我也为我的同行辩解一下，主要想解开回璇心里的疙瘩。我还打着趣，也想尽量让她别那么紧张。

"纪医生，我在电视上见过你，就是喜欢你的笑容呢，我男朋友还说有困难不找警察，而是找纪医生。没想到真的为了那个坏家伙来找你了。"回璇笑了一下，但看得出是苦笑。确实，一点小病都给人增加负担，更何况是她怀疑之中的性病呢。

"呵呵，那你可以躺下给我看看吗？虽然我是学心理学的，但我还是进修过其他科的医学课程。而且，不格外收诊疗费哦。"我坏笑道。

"我乐意给你看，只是怪不好意思的。"她起身朝我手指的方向走去，诊室帘子后有一张床，平时有严重失眠病人来咨询，我会叫他们去床上躺下，然后用缓缓聊天的方式或者音乐帮助他们放松催眠。

"你这么翘的臀部，东方女人难得有，是资本，不能老藏着。呵呵。"我赞美她，让她觉得更自在一些。

回璇的外阴和会阴部分的确有大面积水肿，而且还充血。"身上还有其他地方不舒服吗？"我问，"比如湿疹之类，或者过敏性鼻炎啊眼炎啊。"

"哦，对了，我的过敏性鼻炎今早也犯了，鼻子不通气，还不停地打喷嚏，我是喷了药的。优鼻，很管用，也没有依赖性，算是我的常备药了。"她说。

"你没有得性病，也不是阴道炎之类的妇科病，而是精液过敏。"我基本肯定了我的判断。

"啊？居然这个也能使人过敏？"回璇觉得不可思议。

精液的成分很复杂很特殊，其中包含了十几种不同的抗原性物质，引起女性过敏的罪魁祸首正是这些物质。但是对绝大部分人来说，它是安全的。只有对少数严重过敏性体质的女性，也有个别男性，才会引起过敏。

"你这不算是最严重的，严重的不但出现全身性的荨麻疹，还会有呼吸困难，剧烈的咳嗽、声嘶、胸闷、心慌等症状。那必须来医院静脉注射葡萄糖酸钙或者纯精液蛋白抗过敏。"我说。

"哇，纪医生，我不会发展到那种严重阶段吧？会不会死呀？"回璇抓住我的手，如同抓着救命稻草。

"不会不会，死人的事情极为罕见，而且过敏最严重的时候是在接触之后的半个小时内，过了之后症状就会慢慢减轻直到消失。这次你吃点扑尔敏这种抗过敏药来缓解一下症状，这几天用清水洗洗下身，不要用香皂和沐浴露去刺激。以后每次亲热前半小时，你都可以服用一片扑尔敏或者息斯敏。如果你不是要急着怀孩子，亲热完之后，你要立即去排尿，并及时用温水洗净下身。"我安慰她道。

"还怀孩子呢，我这样过敏是不是已经不能够怀孕了？"回璇有点丧气的样子。

"你不必紧张，一般这种过敏大都发生在初次接触这种物质时，以后大多会慢慢适应的。另外你说你有过敏性鼻炎，有时候也是因为精液过敏带动其他器官过敏，如果不是因为这个，也不是因为对冷空气和花粉过敏，那就要注意卧室内的清洁，比如床垫和被褥中的灰尘和螨虫等，它们都是过敏源。"我说。

回璇长长地出了一口气，她穿好衣服，张开双臂："可以拥抱你一下吗，亲爱的纪医生？今天真高兴，知道了自己不是得的性病，同时也了解到自己身体的秘密，我又身轻如燕了。以后你就是我的老师和密友了，空了约你出去吃饭喝茶泡吧可以吗？"

"当然可以了，我是夜店老手呢。"我眨眨眼睛，做了个鬼脸。

后来回璇真的约我出去玩了，有一次我们在咖啡厅遇到了齐格格，回璇作为市里的德艺双馨艺术家，接受齐格格的采访，这一下大家就成了密友。再后来，听说我一个人租住在那么大套房子里，她俩就积极要求搬来和我一起住了。我们三人的父母家都不在本地，我和齐格格都还没有找到婆家，回璇虽然有了男朋友，但黎安是广东潮汕人，父母都远在潮州。这样一来，大家也好相互照顾。再说，她俩对我有严重的精神依赖。有时候我出趟差或者探亲回来，她们就跑过来亲我，并大吼道："来一口，我的鸦片。"在我脸上亲过之后，还要大赞："爽，爽翻了！"结果我的心情就无风也凌乱了。

"'鸦片'这词不吉利，少说为佳，我反对你们把我当成精神鸦片。"我挤眉弄眼玩笑道。

"你不是还说有种你喜欢的香水叫'鸦片'吗？"齐格格问。

鸦片香水，我的夜场香水。它那丁香的辛辣、神秘的没药、幽婉的檀香，总能在我情绪低落之时将我扶起。我收藏过一个老版的"鸦片"香水，瓶身仿的是鼻烟壶，运用了大红和金色，具有浓烈的东方色彩。十七世纪在欧洲流行的鼻烟本来是一种裸烟粉，传到中国之后，在清代道光年间，由皇宫内的工匠们开辟了这项工艺美术的新门类——鼻烟壶。于是，东方的袖珍艺术品装载了西洋之物，加之鼻烟有明目避疫的功效，所以鼻烟壶也在坊间流行起来了，还流行并热火到国外。

"鸦片"香水是伊夫·圣罗兰第一瓶世界级香水，伊夫·圣罗兰本人也被波普艺术大师安迪·沃霍尔这样评价："灵感来源于街头，却从不舍弃那种优雅的质感。"

我喜欢在晚上使用"鸦片"香水，也是因为伊夫·圣罗兰说过："优雅不在服装上，而是在神情中。""鸦片"香水能给我在暗夜中展露自己的神秘力量，也许只有在晚上，我才认为自己的神情是个优雅的女人，尽管可以什么都不做，就在那里坐着，但我找到了我本来的自己——优雅从热烈与沉静的交织中来。

甄子漫在意大利结了婚生了子，太太是个法国人，但他还忘情不了回璇，毕竟青梅竹马的爱情扎根在心里更深一点。幸好有网络的帮助，两人在看不见的战线两端继续谈这断了一阵子的初恋。

此时黎安被派到美国工作，有一个舞蹈团和他签约了三年，有多场演出都卖出去票了。国外很多演出是提早一年就预售票的。他觉得回璇与我们在一起，是安全的。其实他大错特错了。

"我又没做错什么。"回璇狡辩道。

"对错不好说，但是，面对你的黎安，你的精神实际已经出轨了。"齐格格说。我听到这话，心里"噗哧"重重地跳了一下，我想到了我和明朗。

黎安隔三岔五都会打个电话来问候一下，但回璇和甄子漫却经常缠绵在QQ上，晚上没有演出的时候，回璇就从七点聊到十点，此时是米兰的中午十二点到下午三点。往往这时我或者齐格格谁有时间谁就会给回璇做一份晚餐或叫份外卖。凌小零笑说我们是典型的助长歪风邪气。

"爱一个人有什么错呀？何况他和她也没干什么实事，神交呗。"我用凌小零的"神交"来回敬他，他就举手投降了。他说一想起当年我和他和衣而睡未发生故事的那一幕，就后悔万分，恨自己恨得牙痒痒。"那年头为什么那么单纯？我是不是不够狠才没有得到你？"他经常问我，也是问他自己。

每当这时我就在心里骂自己：纪之梵，你相当冷血！

8 "纪之梵"垃圾站

齐格格和回璇都介绍了，接下来该谈我的故事了。

我的标签是"垃圾站"。心理医生嘛，是一个任何人只要愿意都可以来倒苦水和垃圾的地方。你也许会说："贵也，有钱人才倒得起，一小时两百元，让我肝疼啊。"没钱也行，那就在我的网站上盯准了我每月义诊的时间，不过，你最好先把要咨询的东西打好草稿，因为一个人只送半小时，否则你霸占我一天，其他病人就没机会了。

其实，不知是不是我外表长得比较冷艳的缘故，虽然在小学中学大学大家都把"校花"二字让给了我，但一直没人敢追我，除了凌小零。虽然我对凌小零无法产生男女之间的情感，但我仍旧非常感谢他的爱。直到大学毕业我都还是形影孤单。有人说我"曲高和寡"。我也的确尝到了高处不胜寒的滋味。

和男人在一起呆着最舒服的是和我哥哥纪若非，我经常在哥熟睡之际望着他英俊的轮廓默想：哥，你要不是我的亲哥该多好，那我就可以追求你了。

难道我是有点乱伦的倾向吗？竟然爱上了自己的亲哥？倒没有这么

严重，只是时不时会有这样的感叹而已。但这也阻碍了我的爱情，因为我处处以他为标准。凌小零首先长相和性格与我哥就不是一个类型，我直接就把他否定了。

我和哥的关系亲密无间，又绝对干净正常，没有越雷池一步，也不可能越雷池一步。再说哥比我大那么多，我在他眼里无非是个小破孩。

另外，我自己不主动亲近男生还有一个原因，那是我有洁癖，比较严重，在小学时代还经过了治疗。当年医生用满灌疗法为我治病，现在我也把这个方法运用到其他病人身上。记得医生用纱布蒙住我的双眼，让我全身放松，深呼吸，然后在我手上涂各种液体，如清水、墨水、酒精、油、染料等，并告诉我手已很脏了，但要我尽量忍耐，直到不能忍耐时再拉开纱布睁开眼睛看到底有多脏为止。当我痛苦到不能忍耐时，扯开纱布睁开眼发现手并没有想象的那么脏，提到嗓子眼的心才放回到胸腔里，这对我的思想是一个大大的冲击，说明"脏"往往更多来自于自己的意念，与实际情况并不相符。后来妈妈也帮我治疗，这种治疗让我从一开始的只能忍耐半分钟到可以忍耐一两个小时，病情得到了很好的控制。

记得那段时间，除了早中晚，妈妈白天总是尽量禁止我有事无事都洗手，我有时候会感到很痛苦，但也努力坚持住，然后妈妈就给予我鼓励，买我喜欢的白纱巾、白裙子、白皮鞋。也是从那个时候起，我觉得我要学心理学，去拯救和我一样得心理疾病的人，还将自己的网名改成了"垃圾站"，后来又把这个名字送给了我的个人网站。我在这个名字中挣扎着，慢慢看到不一样的天空。

得这个病的原因可能是因为从我有记忆起，不高兴的时候总是做那个被牛拉屎淹没双脚的梦，醒来就觉得自己很脏，觉得周围很脏，我的包包里面经常有酒精棉的瓶子。我对厕所的要求也格外高，因此我特别害怕到我国落后地区旅游，只愿意到欧美发达国家去，因为他们的厕所确实比我们的干净很多。我衣柜的衣服也多是浅色的，其中以白色、浅蓝色居多。

大三的那年暑假，我去欧洲省亲。记得我说过我有八分之一的法国血统，我的曾外祖父是法国人，那个遥远的家族对我们中国来说算是国际友人了，一直比较亲近中国人。但我爸爸因为找了我妈妈这个有四分之一法国血统的人，官职上也因此一直扶不正，只能当部队学院分管教

51

学的副院长，眼睁睁看着自己的下属一个一个当了自己的上司。幸好有我这个学心理学的女儿开导他，没使他得心理疾病，或者得了症状也很轻。我说老爸呀，要是在"文革"，还不得说你里通外国，把你当特务治罪呀。现在让你副院长当着，两毛四的大校军衔挂着，享受着正师待遇，知足吧。

"我闺女不错，人才啊。想当年老爸是你的主心骨，现在你是老爸的主心骨了。"老爸狠狠地拥抱了我，竟然露出了小男孩子般的依赖神情。

"对呀老爸，有我呢，怕啥？嘿嘿。"我的双手也来回在老爸宽厚的背上来回抚摸着。

到了巴黎，我拜访完我那些蓝眼睛绿眼睛的表亲们，当然也包括给我那些已故的先祖们献花。然后就一个人冲进了位于塞纳河左岸的欧洲最美博物馆——奥赛博物馆。并不是我故意要怠慢与它隔河相望的卢浮宫，但对于那些和卢浮宫同等重要的埃菲尔铁塔、凯旋门等法国的象征，我实在更喜欢奥赛博物馆，因为我急于瞻仰我崇拜的莫奈的《蓝色睡莲》。

我是一个喜欢坚持的人，法国画家莫奈，作为印象主义的创立者之一，只有他一人终其一生都坚持印象主义的原则和目标。这一点深得我的好感和敬意。

其实印象派的作品一开始是我自己找来治病的，因为我的洁癖最先只让我喜欢一丝一毫都清清楚楚干干净净的工笔画，而印象派主张根据太阳光谱所呈现的赤橙黄绿青蓝紫七种颜色去反映自然界的瞬间印象，画家们并不纠缠在细节上，他们都试图捕捉大自然的瞬息万变。那些堆积得厚厚的颜料和色块，由于我的病情的减轻，使我从无比讨厌到深深的喜欢。

我反复咀嚼莫奈的画，越品味越觉得有趣。他说："试着忘却你眼前的一切，不论它是一株树，或是一片田野；只要想象这儿是一个小方块的蓝，那儿是长方形的粉红……并照你认为的去画便是……"

那天，我神游在他的《蓝色睡莲》中，宝石一样的蓝色湖面，小舟一样的绿叶，被托起的白色黄蕊的睡莲，我听见那些出污泥而不染的精灵们在讲述着这涟漪中、倒影中、空气中水生世界的奇妙。

"不愧是镇馆之宝，镇住了多少人的心啊！"一个说中国话的浑厚男声在我身后响起。

我回头一看，是一个白衣白裤的高个男子，说他是亚洲人吧，他似乎又有点混血。四目相对，我们身上都起了鸡皮疙瘩，心颤抖了一下。

"为这么好的画，我们去喝一杯庆祝一下吧。如何？"他问我。

我知道我被搭讪了，但我并不反感，相反有期待，我甚至认为我对他是一见钟情，因为他和我梦中的面纱男子有点相像。

"男人中的男人，精英中的精英。"我这样评价他。我们相互着迷了，当他在路边的一个花店买了一束白色中杂着几丝蓝色的鸢尾花送我时，这法国国花竟然激起了我想嫁给他的欲望。我把这种感觉告诉他，他把我紧紧抱在怀中说："是我先爱上你的，但我却不能拥有你一生，因为把你留在身边就等于毁了你，就像爱娃毁在希特勒手上一样。"

"如果上帝要这样安排我们一起毁灭，我愿意。"我急切地说。

"不，假如哪天我遭遇不测，你要替我活着，替我体验生活没有给予我的幸福和快乐。假如我的生命还没停止，在你有不测时，我都会帮你化解。我的心会永远和你在一起。"他说。

后来我法国的亲戚们帮我分析了他的几种可能性，或许他是黑社会的领军人物；或许他是某个国家的双面间谍；或许他是某个国家的在逃犯；或许他是一个生意做得大得不得了的生意人；或许他啥也不是，就是一个普通的男人。是哪一种或者哪种都不是，我没去证实，对于他的身份我完全不在乎也不感兴趣。我们互称宝贝。他在我的呼唤声中一副知足的样子。

我和他真正在一起的时间只有三天，我们做爱几近疯狂。我俩各自在对方的怀中放纵真性情。一个老谋深算的狼一样的男人，此时在我的爱里像个通体透明的婴孩。他说和别的女人在一起只有性，而和我却是真正在全方位的爱和做爱。我说："是啊，我等了二十年，原来是在等你。我要把自己积蓄了二十年的热情和爱全都给你。"他帮我完成了从一个女孩儿到女人的完美转变。

那个房间有一整面墙都镶嵌着镜子，我的眼睛一直盯着镜子中的自己和那个我钟情的男人，看着我们的身心在爱的氛围中碰撞、缠绵、纠结，化为一体。所以很多年以后，我只要看到镜子仍旧可以清楚地回忆起我们爱在一起的全部过程。

不过我坦白，那三天中，有几次我看镜子，恍惚中竟然看到和我爱在一起的是我的亲哥纪若非，而有时又幻化成我梦中那个托着我畅游月亮河的人。我趁着进浴室洗澡的时候，狠狠地抽了自己几个耳光。这也使得我更加想把自己嫁出去，断了我心中的恶念。

那年我二十岁，那男人三十五岁。分手之后我发现我的心全部被他挖空了，我的爱随他的背影一起远去。在现实中我将自己如花的身体封尘起来，在梦中我却反反复复看到一朵含羞的蓝莲花花蕾，在夏季的朝露中灿烂盛放。

我去读硕士，并成了工作狂。

这段经历我没有隐瞒凌小零，当然，喜欢我哥的事情那是绝对不能说的。我有时也想倾诉，除了齐格格和回璇，凌小零也是不错的倾听者。当然，他有时也会酸酸地问我爱那男人什么，我说，爱是没有理由的。就这样相爱了，负距离吸引了。那是一匹巴黎的狼。

和明朗的相遇相拥，是我在极度压抑之后的释放。散散的死是诱因，酒精则是导火线。我惊喜的是十年之后我第一次对现实中的男人有了好感，有了被他拥抱的快感，甚至酒醉后竟然有和他更进一步的冲动。在这样的社会现实中，估计谁都不会相信我这夜店美女十年没有爱没有性。

多瑙河酒吧和我搭讪的人不少，但只要我不愿意，谁也不能把我怎么样，那里的人素质还说得过去，总之我即使想外遇一下，也没有找到有感觉的人，更没有遇到霸王硬上弓的流氓无赖。现在天生的、人造的美女一大把，十八九岁嫩芽一般的姑娘有很多，没有哪个男人有长长的耐心去苦追一个奔三的女人。这年头比的是速度和效率。最耗费不起的就是时间。

我是一个心理医生，同时也是一个有心理疾患的病人，我的病在于我的爱情之花闭合了，我的激情之阀门已经锈蚀了。但明朗好像正在用砂纸慢慢试着打磨这锈蚀的外表，给这朵花儿浇水。而我也并不强烈反对他的举动。但他穿着婚姻的盔甲，又成了我们发展爱情和激情的障碍。

我和他的关系现在仅仅是比朋友更多一点，比情人要少一点。

9　齐格格和柳晨

这一章摘自齐格格的日记。

10月1日（晴）　星期三

当车轮开始转动，汽笛鸣响，我真正感到自己在向柳晨靠近了。这种近是纯指距离上的近，因为感觉上的近和心灵上的近早已经有了。也正是因为有了它们，我才能在距离上向柳晨靠近。

"宝贝儿啊，一想到还有近二十个小时我们就可以在一起了，真的好高兴啊。"柳晨在QQ上说。

"是啊，我要好好呼呼一觉，让你看到最美的格格鸟。"我回复说。

"睡吧，亲爱的，我的爱枕着你，护着你。"柳晨的文字总是比我这个作家还有诗意。

我是该好好地呼一觉了，选择坐火车软卧就是想有时间好好休息一下，也好好梳理梳理自己的思绪。这些天，一直通宵达旦地缠绵在柳晨的爱里，分不清东西南北了。因为在农村的半年，我全身心沉浸在农民的疾苦中，那些被污染的河流与土地，那些被强拆的民宅和古迹，那些征地补偿金的大部分只属于开发商、村官不属于村民，那些留守的孤独老人和小孩，让我彻底地忘掉了自己所需。我在电脑上敲出了三十万字的采访初稿。回到城市，我才想起爱情于我是不可缺少的，于是我又恶补了我的爱情。但爱情把我折腾得很兴奋，也很疲倦。我要利用这二十个小时给自己充充电。另外没有选择坐飞机，也是因为我的耳朵发炎还没有完全恢复。前段在农村调研，生活条件实在艰苦，耳朵发炎没有好好治疗。起飞和降落都让耳朵压力增强导致难忍的疼痛。

10月2日（晴） 星期四

我真能睡呀，从昨晚八点一直睡到今天上午八点，足足睡了十二个小时。一照镜子，哈，黑眼圈没了，神采飞扬，真是美丽动人呢。迷死柳晨，嘿嘿。我得意地笑出了声，对面床的阿姨笑着看看我。我一吐舌，惹得她更是跟着我乐出声了。

"肯定是去见男朋友。"她说。

"嗯嗯嗯。"我笑着猛点头。

我想起临走的时候，之梵要求我把知道的有关柳晨的一切情况写下来，密封在一个信封里交给她保管，说如果我平安回来，她就把它还给我；反之就要交给公安局了。我们几个姐妹都有很强的自我保护意识，因为网上和生活中精华和糟粕并存，提高警惕没有错。就像之梵上次去和明朗私会，醉意朦胧间也不忘把明朗的身份证拍了照发给我，以防万一。

裤兜里面有个什么东西顶着我，我取出来一看，原来是我抄写下来的和柳晨（网名：欢乐斗士）在QQ上与我的一段聊天记录，有时候，我还是喜欢把网上的东西转化成纸上的文字，觉得踏实——

欢乐斗士：宝贝，如果你的吻让我窒息，那我宁愿一辈子放弃呼吸。

格格乌：我要呼吸，因为我想吻你。

欢乐斗士：我原本没有文采，是你给了我无尽的灵感，使我也能和你这位作家对话。你是打开我生命之门的那把钥匙，我的心已为你敞开。

格格乌：和我一起走进你心中的，希望还有阳光、开心和健康。

欢乐斗士：作为一个凡夫俗子，我的能力有限，但是我会用我有限的生命，为你营造一个多彩的人生。我会好好对你的。

格格乌：我会用无限的爱来延长你有限的生命。

欢乐斗士：宝贝，我觉得你简直就是一个精灵，轻易就让我迷失在你的爱里，分不清方向。能懂我的人不多，所以我会好好珍惜你的。我真怕你以后会离开我。亲爱的，你会辜负我吗？

格格乌：我不会辜负我的心。你就是我的心。

欢乐斗士：今年的年假我还没有休，有半个月，我准备用七天和你呆在一起，另外七天回一趟老家看家人。亲爱的，你能来吗？让我来好好陪你吧，好吗？我们把这一星期当作一生来过。

格格乌：假如我们见了面一点感觉都没有怎么办呢？

欢乐都士：我不要这样的假如。我们都互发过照片了，电话也打爆了呀！

格格乌：不要回避我的问题。照片只是瞬间的感觉，与真人总是有差距的。

欢乐斗士：好吧，万一是这样，我们还是好朋友。我会尽最大的努力让我们彼此适应现实中的对方，然后我们还可以继续发展下去。

我是被柳晨最后那句话打动的，因为他有豁达成熟的人生观，积极健康的生活态度，不会消极对待"见光死"。照片上的柳晨长得也不错，清清秀秀，玉树临风。

由于我拒绝在QQ上视频，因为视频总让我觉得是在照哈哈镜，我也不喜欢看别人视频上的照片，太近，没有想象空间。所以，我也仅仅是让柳晨看了我的照片。真实的我和他各自喜欢不喜欢呢？我还是有轻微的担忧。

旁观者看恋爱中人的对话，大部分人会觉得那是疯子的语言。其实，身在其中的时候，那都是真实的想法。

打开手机，柳晨的信息已经塞满了，都迫不及待地飞出来，全是些想念关心的甜言蜜语：

"亲爱的，今早四点就醒了，想你想得再也睡不着了。干脆去天安门看升旗吧，以一个有意义的早晨来迎接你的到来。"

"亲爱的，睡饱了吗？是不是又灵动鲜活如小精灵一般呢？一想到要见你了，心就扑扑乱跳。我突然感到很紧张，真的，我觉得自己没有自信了，不行，我得去理个发，让自己精神抖擞地站在你前面。"

"哦，宝贝，坏了，洗头的小伙子给我做面部按摩，手重了一点，把我额头给弄出血印子了，毁容了，5555555……"

"宝贝儿，都是我在想你，你有没想我呢？梦到我没有呀？小懒猪，真能睡呢。睡吧睡吧。在我的爱里安稳地睡吧。"

……

说真的，被柳晨这样宠着，我感觉好幸福哦。虽然他比我小两岁，可总像个周到的大哥哥。是啊，如果把年龄当成考察男人成熟体贴的度量衡，那就大错特错了。有的男人到了八十岁，照样是一个处处需要别人关怀而从来不曾关心别人的八岁小男生。

车窗外的田野上，好多树叶都掉了，只剩下光秃秃的枝干，但在我眼里，那都是写着"爱"字的草书，我的心里荡起春潮。

火车下午六点到站，柳晨却四点就进站台上去等了。我问他为啥去那么早，他说："怕去晚了把宝贝儿你丢了呀。"他的回答真的好可爱。

"不用担心我，宝贝儿，我看一会儿书，就很快把你等到了。到站你不要动，我上车进你的包厢来接你。"

"对了，宝贝儿，我穿一套烟灰色的西服，里面是一件大翻领的白衬衫。我觉得穿西装迎接你比较庄重正式。表明我对你的重视。"

柳晨的话并没有什么漂亮的词语，却句句打动我的心。也许我是那种耳朵敏感、心灵也敏感，并且彻彻底底需要哄的女人吧。不是也许，我就是这样的小女人，语言对我来说是有攻击力的。

……

终于到站了，由于同包厢里的两位阿姨行李很多，我没有落脚之地，只好爬上上铺坐着。阿姨们的行李刚被来接的年轻人拿走，一个高高个头的人就进到包厢里来，他笑望着我叫了一声"宝贝儿"，两手一张，就把我从上铺抱了下来。我们都很自然，完全没有生疏感，就像一对久别重逢的恋人。

我的双脚已经站在地上，他却没有放开他的双手，仍然紧紧搂着我。我从他的怀抱中挣扎出来，发现他的手很凉，一定是在秋风中冻久了的缘故。

"让我好好看看你，看是不是我的欢乐斗士。"我打趣地说。

"来吧，接受你的检阅。"柳晨也很幽默。

我仔细端详他的脸，发现他比照片上更白净，眉清目秀的。理发时小师傅在他的眉心上掐了个红印，现在看上去倒像是点的朱砂痣，像画中的人一样。

我们走出车站，坐上的士，直到回到他订好的酒店。这一路上，他却没有碰过我，也没有那些热烈的语言。我有些小小的纳闷。

"我终于把你完完整整地接回来了，宝贝儿。"柳晨一进门，就把我紧紧地拥住，"怎么样？有没有对我失望呀？"

"很失望呀。"我故意皱皱眉头。

"怎么啦？宝贝儿？我哪儿使你不满意呀？"柳晨露出很紧张的神色。

我"扑嗤"笑出声："看把你急的，当然不满意咯，你那么白净，都把我比下去了呢。"被他热烈地抱住，我那小小的疑问就暂时被压得没影了。

柳晨这才松了口气："那得怪我爹妈了。"他用手轻抚我的脸，柔声说道，"宝贝儿，你可是比我想象的还好。"

我们相拥在一起，实施我和他早已经用文字搭建过的疯狂。

人类的性爱之所以超越了动物的性爱内涵，是因为我们不仅仅以传宗接代生儿育女作为性爱的唯一目的。很多时候是为了共创快乐、共享欢娱，为了证明你中有我我中有你的亲密关系。当然也不排除有的人是以纯生理的发泄、肉体的占有、心灵的侮辱等等为目的。此时的我和柳晨的目的却很简单，就是想把爱通过最原始的方法传递给对方。

10月3日（晴）　星期五

"水，水，水……"我被自己的叫声惊醒，柳晨也从被窝里坐起来。

"怎么啦？宝贝儿？哪儿不舒服吗？"他摸摸我的额头。

"好渴啊，我的嗓子像扔在了撒哈拉大沙漠。"我喃喃地说。

"北京的气候很干燥，我们又开着空调。再说你昨晚又失水过多。"柳晨捏捏我的鼻子，狡黠地笑着，"多汁妹妹。"

“不许说。”我撒娇着去捂他的嘴。

“好啦宝贝，我们房间电热水器的插座是坏的呢，昨天也没顾得上找酒店的人来修。这样吧，我去买水，以最快的速度回来。”柳晨快速穿上衣服跑出去。

我看看表，才早上七点多。我舔着干干的嘴唇，努力回想昨夜和他的疯狂与温情，过程大同小异我已记不大清楚了，倒是柳晨用电吹风为镜子前面的我吹头发的情景不断在我脑海里涌现。

“宝贝儿，不能头发湿湿地就去睡觉，会头痛的。”他说。

他的手指穿行在我的发间，让我想起那首歌《穿过你的黑发我的手》。

我很享受地斜眼看着他。“不要用这种眼神勾引我，不然我又要发情了。”他低下头来轻咬我的耳朵，我们又笑成一团。

“水来了，宝贝儿。”柳晨回来了，把矿泉水、绿茶、橙汁一股脑儿全递给我。

“真把我当水桶了？”我笑着把半瓶矿泉水全灌下肚。

突然想起他昨夜掩藏在冷漠的外表下热浪翻滚的青春激情，我竟然笑出声来。

正如柳晨自己所说，平时的他不苟言笑，一副道貌岸然的样子，一点不讨女人喜欢，完全没有女人缘。内心的激情只有他自己才能体会，他常常一个人在郊外的旷野上呐喊发泄。

其实小时候的他也活泼可爱，他出生在一个京剧世家，从小就帮爷爷拿茶壶扛刀，看爷爷在台上演戏。爸爸也是部队文工团的演员。可能是深知学戏的辛苦，家里人都反对他入这一行，希望他能考上大学做个文化人。

“真可惜呀，要知道，你的古装扮相一定好俊美的。”我捧着他的脸端详道。

“我也酷爱京剧呢。”他一脸无奈。

大概是希望越高，要求就越高。柳晨父亲相信棍棒下面出孝子，对儿子不时地施以拳脚。

“记得十岁生日那天，家里来了很多亲戚为我庆贺。父亲问我要什么礼物，我怯生生地问：‘什么礼物都不要，就是能不能不要再打我了呀？’父亲当时的表情十分尴尬。之后的一个月父亲果真没再打我。但一个月过后，旧况复燃。父亲的拳脚把本来活泼的我慢慢修理得十分沉闷。"柳晨深深地叹了口气。

母亲挺和蔼的，但柳晨十五岁那年，母亲病故，父亲很快再婚，并把感情都注入到新太太和她带来的女儿身上，柳晨在家里更倍觉孤独。他发奋读书，终于以高分考入清华大学。毕业后到深圳一家国企搞管理，这期间他的仕途一直走得很顺。他不会谈恋爱，没有花边新闻，一心都扑在工作上，干得挺有成绩。可五年之后，他在提升处级和读硕士的问题上犯愁了。

柳晨和父亲一直憋着一口气，因为家族里还有一个表弟后来也步柳晨后尘考进清华，父亲对儿子的成绩就不太以为然了。柳晨很想考研再次证明给父亲看，现在考上了他能放过吗？但是，提升处级也是一件光彩的事呢，升上去他柳晨就是企业里最年轻的处级干部了。而且他那副严肃老成的神态和个性很适合当官的。

两难选择的当口，他用扔硬币的方法来决定前途，结果是舍弃工作重回母校读了三年的研究生。这期间他谈了人生中的第一次恋爱，对方也是一个没有谈过恋爱的研究生，不冷不热，不咸不淡，不疏不密，在人前两个人绝没有亲热的举动，连走路都要一前一后。私底下在一起也是相互矜持、彬彬有礼。他们有过性爱，柳晨形容那如开早会一样无趣到打瞌睡。

毕业后那个女生出国了，两人的关系也就成了无言的结局。柳晨至今也不知道他重回校园除了给家族增了光，还有什么别的意义。尤其在经济方面，让他看不到前景。读研究生之前，他的所有收入每月有七八千元，现在他毕业一年多了，虽然找到一份工作，工资不到五千，在北京这个地方算是过得紧紧巴巴的。学习期间向哥们儿借的两万块还没还清呢。现在也没敢单独租房，一直是到学弟的寝室蹭空床位。

难怪在登记酒店交钱的那阵，他借故打手机转向一边假装没看见呢。不过我并没生他的气，因为来时就知道他毕业一年不可能有钱。要找有钱的我也不会选择他了。

之前是柳晨搂着我讲他的故事，现在我坐起来把他搂进我怀中，我的母爱有点往外溢，对柳晨我滋生出很多爱怜的情绪。来时的路上他没牵我手的疑问也全部释然了。

"宝贝儿，你幸福吗？"柳晨问我。我点点头。

"我觉得真的好幸福啊!"柳晨把头埋在我怀中, "你是我真正意义上的第一个女人, 第一次完整的爱, 第一次灵与肉的完美结合。你开启了我的心灵和情感。让我看到真实的我。真想时光就在此停息, 把我们的幸福作永恒的定格。"

10月4日（晴）　星期六

打开皮箱, 我看到来之前就给柳晨准备的礼物: 我写的两本书、一条领带和一件白衬衫。这两天光顾着亲热, 礼物都忘了给他了。

"来, 柳橙汁儿（我用他名字的谐音给他取的爱称）, 给你的。"我把礼物递给他。

不想他的脸色一下变得有点严肃: "宝贝儿, 书我收下, 并且会好好用心去读。别的我不收。"

"为啥? 这可是我的心意呀。"我不解。

"你这样做我会感到很自卑的。本来你大老远来看我, 应该我给你出路费和住宿费的, 可我的条件很差, 让你自己解决我都觉很丢脸了, 你还要送我礼物, 我会无地自容的。"他叹了口气, 把白衬衫和领带快速塞回我手中, 那速度像扔掉一块烫手山芋一样。

"吃饭不都是你在请吗? 两个人相爱还分什么你我呀? 我要图钱就不找你了。"我摇着他的肩, "这样吧, 下不为例好吗? 你总不能让我把礼物带来又带回去吧? 专门给你买的礼物, 再拿去送给别人不是也不尊重人吗?"

"那好吧, 下不为例。"他咬咬嘴唇, 总算收下了。

柳晨的举动让我对他的好感更强了。

10月5日（晴）　星期日

俗语说"乐极生悲", 是不是人太幸福了, 都会生出些不愉快的事来呢?

昨天一天我们基本没离开过床, 连叫餐上来吃都在床上, 我和柳晨互讲过去的故事。然后睡一会又起来讲。凌晨一点, 我反而清醒了, 只能看着柳晨熟睡的模样想我们的奇遇。后来也慢慢处于半梦半醒之中。

就在这时我做了一个好像不是梦的梦: 我"看到"曾在广东红得发紫、后来被人杀掉的著名电视节目主持人、笑意盈盈地往我床上调皮地一坐，她梳着两条大麻花辫，很清纯，还是学生时代的模样。她生前和我并不熟悉，我们只是同台做过节目。

我被这个梦惊醒了，房里开着柔和的灯，柳晨熟睡在我怀中，这是北京，有什么事值得她的魂魄从广州飘到北京来提醒我呢？说我迷信也可以，反正我认为科学与迷信就是一线之隔，解释得清楚的就是科学，解释不清楚的就叫迷信。可是至今为止还有很多领域是我们的脑力暂时无法抵达的。我尊重那些未知的领域。所以这个梦让我相信会有不好的事发生。我更不能入睡了。

大约又熬了两个小时，我撑不住了，我的精神像烧过了芯的柴火，窸窸窣窣垮塌下来，我迷迷糊糊睡过去。就在这时，走廊上有人惊慌地大声叫了几声：失火了！失火了！我一下睁开眼，但我没有反应过来，所以并没起身。倒是一直熟睡的柳晨一下坐起来："宝贝儿，快起来！失火了！"

他打开门，发现走廊已有浓烟，还有呛人的味道。"快点，宝贝儿，从楼梯下去。"他拿两张打湿水的毛巾，吩咐我捂住口鼻。

我这时倒是不慌不忙的，其他啥都没想起拿，却居然不忘拿了我喜爱的VCD机。我不喜欢用手机听音乐，还是习惯用我的小小的VCD机放碟片。我跟着柳晨从安全楼梯下到大堂。大堂里已经有很多人了，大家七嘴八舌在议论着。原来是二楼的餐厅厨房，大厨煮豆子煮干了水燃起来，我们下楼时酒店的工作人员已经把火扑灭，不过烟太大，各楼的抽风机都在强排风。

"虚惊一场！"柳晨长长地出了口气，回到房间他把我抱上床。

这时我把刚才的梦讲给柳晨听，听得他身上起了鸡皮疙瘩。半天他才说："看来你这人通灵，也说明你太善良，所以鬼魂都要来提前告诉你着火的事即将发生。我们太幸福了，这时往往不太关注外界的事。鬼魂提醒得真及时。这几天我们不要太招摇了，本分一点。我的生死无所谓，反正有你已经很知足了。但你来北京看我，我得负责你的安全。"他向着门的方向拜了三拜："谢谢神灵关心，我会好好做宝贝儿的保镖。"

看他认真的样子，我不由得哈哈大笑起来。

"还笑，严肃一点嘛。"他轻轻打我一下，"说真的，幸好没烧起来，要是真烧起来，我看你还笑得出。就算你是多汁妹妹，也把你烧成干瘪老太了！"

"生死有命，富贵在天。"我嘟着嘴说。

"有惊无险必有后福。"他搂过我，"宝贝儿，我还不放心呢，不知酒店的厨房到底安全了没有。这样吧，你睡，我守着你，等把你哄睡着，我就看你写的书。好吗？"

"嗯。"我点点头，像只小猫咪，乖乖地蜷缩在他的怀中。这一惊之后，我真的觉得好累，像是被梅超风的兰花拂穴手点中，火与烟的姿势是丰姿秀丽的，但轻柔袭来，却招招凌厉。

他轻轻地拍着我，不时地用柔柔的唇亲吻我的额头，还发出类似催眠曲的声音。我的心很安定，就这样慢慢进入梦乡。

10月6日（晴）　星期一

一觉醒来，发现柳晨坐在台灯下正专心地看我的书，他的身影像一幅工笔画，灯光把他的轮廓勾勒得清雅秀美，有一种空灵的感觉。我想让这幅画面再保持一下，不想一个喷嚏溜出我的喉咙来。

"宝贝儿，睡醒了呀？"柳晨放下书走过来，"睡得好不好呢？"

"有你站岗，能睡不好吗？"我搂着他脖子说。

"那起来洗漱一下，然后我们去吃饭。"柳晨提议道。因为他看看表，发现已经是上午十一点钟了。

我耍赖不想起来。柳晨就捏着我的耳朵唱道："大天白亮，催猪起床，我来看猪，猪在床上。"

这是我们童年时都唱过的流行曲，不知哪个调皮蛋把人家部队起床号的曲调编上搞笑的词，结果有谁睡懒觉都会听到这一曲。

"真是光阴似箭啊，我现在领会到什么叫三十年弹指一挥间。"童年的小曲竟勾起我淡淡的感伤。

"幸好人生中有你，不然真的是白白过了二三十年。"柳晨也轻轻叹道。

吃饭时我要了两瓶啤酒，湖南的明火鱼仔锅，味道不错，香辣兼具。知道柳晨不大能喝酒，所以不勉强他喝，他主动要求倒满一杯，说一杯没问题。结果喝到一半时他去了一下洗手间，回来时还没坐到座位上，他又跑开了。再回来时我问他怎么了，他说已经吐两回了。我把他剩下的半杯酒拿过来喝，他还不让："宝贝，和你一起想喝，高兴，真

64

的，可惜我不争气。"听他这么说，我就不再管他了。

天有些凉了，风经过面颊时我已感到阵阵寒意。我这才又仔细关注道路两旁的树木，发现叶子都不多了，且大多是黄叶。掉下来的叶子干干脆脆的，被风吹动与地面磨擦时，发出轻微的簌簌的响声。我突然有点感伤，树是叶的家，叶离开了树，要被风带到哪去呢？难怪林黛玉要葬花，她想给花儿找个归宿，让花瓣们到另一个世界时也不孤单，也有同伴的陪伴。我现在也突然想葬黄叶，让它们不要随风飘零，不要形影孤单。一个感伤的季节让人有感伤的情绪。

柳晨吐了几次也没什么别的反应，还是很精神。我们就沿着人行道慢慢走。因为有点感伤，我就把手伸过去握住他的手，他竟然退缩了，并且说了一句："别人看见不好。"

我的心里好像被针扎了一下，我了解柳晨外表严肃的个性；也知道我和柳晨的爱情可能不久也会像这天气一样渐渐冷冻；也明白柳晨要的只是这七天的爱情，并不想有以后；更清楚我也不想拥有他一辈子，因为我这种人是随时需要新的激情来刺激灵感的。但是我依旧情绪低落了，我的脚步慢了下来，我和柳晨的距离越拉越大。

有一个声音不住地在我耳边回旋：如果真正爱一个人，是想炫耀给大家看的，如果躲躲闪闪，总让人怀疑动机。

回到酒店，我一头栽在床上，用被子捂住头，不再理会柳晨重新恢复、只有两人世界中才有的缠绵。

10月7日（晴）　星期二

因为昨晚心情不好，我把安全套全部藏起来，推说不是安全期，不想和他亲热。柳晨以为安全套用完了，也没有勉强我，他只是说："好吧，宝贝，那你不要碰到我，不然我控制不住。"

我们各睡各的被窝，一夜相安无事。

这是我这几天睡得最好的一晚，美美的一觉让我清醒了许多。我突然想明白了：不必要求太多，贪婪的结果是折磨自己的心。两个人在一起当下开心就好。至于以后，只能走一步看一步。

于是我提议来唱戏，柳晨立即响应。我和他从传统京戏一直唱到样板戏，从独唱到对唱。也许是遗传，柳晨的嗓子不唱老生还真可惜。不过我的唱腔也博得柳晨阵阵喝彩声，因为我的声音也是公认的好。我酷

65

爱昆曲，那委婉清悠的曲调总是让我欲罢不能。我们约好各自练几段昆曲，有机会再比试。

柳晨还是憋不住在吃饭时偷跑出去买了一盒安全套，他撕下两个，把剩余的装回盒里："剩下的你带回去吧，反正我以后也不会有这样的幸福了。"

我一下想起，我明天就要和他分别了。一周的相聚是该结束的时候了。

"宝贝儿呀，不要生我的气，一个男人事业不成功，就没有能力和勇气追求感情的幸福。但在这短短的几天里，我们就经历了恩恩爱爱、生死与共，不管以后怎样，这一周的相聚会成为我生命里最珍贵的回忆。"柳晨说。

我点点头，有他这句话，也不枉我来这一趟了。

这是齐格格七天的日记，七天的幸福笼罩了他俩分别后的七周。那七周，他们仍旧是每天都在QQ上热聊。之后，那份情就沉淀在心灵深处了，沉得那么深，深得齐格格不愿再去碰一下了。齐格格告诉我，她用49天祭奠了她和柳晨的爱情，然后就把柳晨拉了黑名单，因为她需要新的感情，需要新的希望，不想背着过去的包袱走。

10　地震的阴霾

　　"纪医生，你一定不知道被埋在废墟里面的感觉是怎么样的，无法形容，无法形容，已经不是害怕了，是绝望，是生不如死。"

　　坐我面前的是我以前的一个病人李小姐，那时，由于工作压力导致她严重神经衰弱，整夜睡不着觉。我问她最不喜欢什么，她答最不喜欢看小说，认为小说都是胡编乱造的东西。我哈哈大笑之后说，那你就多准备几本小说，睡不着就看，再配合有规律的锻炼，肯定会有好的效果。后来她告诉我，用我的方法，睡眠变得真的比较正常了，而且也爱看小说了，对小说有了正确的认识，想起自己以前对小说的误解也感到很汗颜。她说现在睡前不读一段小说，反而睡不着。我笑说没关系，反正我不是小说家，这事就你我知道。没想到这次去大西南旅游，遇到大地震，让她本就脆弱的神经又受了一次损，磨了一次难。

　　"为了节省钱，我们住的农家乐，结果都是豆腐渣房，一震就垮。你知道吗？该用钢筋的地方竟然是用的竹子。竹子和钢筋能划等号吗？你说那些建造者的良心都到哪里去了？还好，两层楼，不高，被埋得不深，被救了出来，只受了轻伤。但回到广州后，我每晚睡不着觉的情况又反复发作了。"她把墨镜戴了又取，取了又戴，"已经三天没有合眼了。想合眼又不敢合眼，一合眼就重现灾区的画面，又让我体验被埋在地下出不了气的感觉。"

"大难不死必有后福。"我拍拍她的肩膀说，"其实我也经历过地震，虽然没有这次大，但还是有些体会。"

我不是附和病人，确实有一次到云南旅游，也遇到了五级地震，没有被埋，但墙垮了，也把我的腿划伤了。

"天灾人祸的东西有时避免不了，勇敢面对就是了。"我给她开了七叶神安片、谷维素、灵芝胶囊等药。建议她每天傍晚恢复锻炼，慢跑或者快走一个小时。这段时间看电影和电视最好只选择喜剧片，切勿选择悲剧片和恐怖片，以免勾起痛苦的记忆。晚上听着莫扎特的音乐入眠。适当地还可以来一小杯红酒。

送走最后一个病人，我打开电视，里面正在直播灾区的救灾情形。怎一个"惨"字了得？曾经的山清水秀，今日的满目疮痍；花了一辈子甚至几代人的努力建立起来的家，毁在几秒钟；血浓于水的活生生的亲人，突然就变成了抽抽巴巴的泥塑，有的永远被压在地下不见天日。家可以重建，生命消失了就不再回来。死去的人把痛苦留给了活着的人，而活着的人度得过这个坎吗？电视里已经报道了有一个人看到全家遇难，接受不了现实而自杀的例子了。

"去灾区！去灾区！"头脑里有个声音越来越强烈，我按捺不住了，也许省里的心理危机干预专家组的专家们已经出发了，我不是体制内的医生，我以自己的方式去发一份光和热吧。

我写了调休的请假条，跑去找院长，院长室紧闭。我回来拿了包包就冲到前台，把请假条给小兰要她转交给院长："明天以后的半个月我的病人预约全部取消，我要去灾区救人。"也不听小兰说什么，就走出医院，往旁边的电脑城快步奔去。我的脑海里盘算着，要买十个音乐手机，可以听音乐，也可以打电话。还要去超市买一些可爱的棉棉的卡通娃娃，也许孩子们用得着。或许他们的父母和小狗小猫已经遇难，没有抱他们的人了，那就让他们学着大人抱这些暖暖的卡通娃娃吧。

回到家，齐格格和回璇听到我要去灾区，都很吃惊。

"怎么啦？我变成外星来客，你们都不认识我了？"看见她们异样的神情，我不解。

"过去见过你遇到灾难捐钱捐物的，但你这次是第一次把自己捐出去。要知道，你对厕所是绝对挑剔的，去了灾区怎么办啊？"齐格格担心地问。

对了，我把自己的毛病忘记了。从小我就经常做被牛粪攻击的梦，导致我对厕所有严格的要求，也使我成了香水收藏家。去了灾区，我的毛病会复发吗？

"或许对我正好是一个考验。"我下定决心说，"我一直为别人治病，自己也应该有毅力克服困难才行。"

"我陪你去！"齐格格说。

"我也陪你们去！"回璇也跟着说。

我瞪大眼睛望着她俩，不大相信。这回她俩在我眼里成了外星来客了。

"我可以当是去体验生活，搜集素材，还可以当你的助手嘛。"齐格格说。

"我就更不用说了，我可以为灾民们跳上一段，让他们暂时忘记一下苦难。"回璇转了一圈，来了个亮相。

"你们的工作都走得开？"我问。

"现在去灾区最重要。"她俩异口同声地说。

六只手重叠在一起："加油！"

夜里，钻进白色的被窝，我做深呼吸，嗅着被面上柠檬味的洗衣液和清水带来的淡淡的幽香，享受着被这种舒适柔软的棉布包裹的感觉。我特意没关台灯，虽然我知道夜里灯光对人体有害。但我要在暖暖的灯光下好好抚摸这些洁净的床单被套，以前都觉得这些是理所当然的，现在觉得它们都好珍贵。我在床上慢慢地做了十五个仰卧起坐，心里暗想，就当是把未来半个月的舒适觉已经提前睡了。把干净的床单的气息吸纳进我的身体，这样也许会给接下来的半个月储蓄一点力量。

"哗哗，哗哗"，外面下起了小雨，有风吹过的声音。我喜欢下雨的夜，雨是勤劳的清洁工，把那些树叶上、房顶上堆积的灰层都给洗下来了，世界因被雨洗过而更加清晰。可以想象，小鸟们的羽毛也被雨梳理了一遍，黄得更加耀眼，蓝得更加明亮。即便是麻灰色的小鸟们，明天在金灿灿的太阳底下，也个个闪着光。

就在这雨的洗涤中，在灯光的笼罩下，我竟然迷糊睡去，一夜无梦。我觉得是个胜利，因为没有在梦中被牛粪攻击。

清晨，黑白颠倒的齐格格破例第一个起床，为我们大家做好早餐。

"小懒猪，起床了。太阳晒到屁屁了。"她在门外吼。

我伸个懒腰，赶紧起来梳洗。待收拾打扮完走下楼，发现凌小零和明朗竟然已经坐在餐桌前了。

"昨晚路过医院本想去看你一眼，听前台小兰说你要去灾区，正好我们一起去。我们公司捐了很多活动板房和帐篷，我要去打前站。"明朗解释道，"再说，我有多次去灾区救灾的经验。"

我把目光转向凌小零，他指着齐格格说："和格格一样，去体验生活，找些素材，也许能拍个好电影。"

我什么也不说，毫无表情地端起饭碗自顾自吃了起来，凌小零和明朗有些不知所措，吃也不是，不吃也不是。尤其凌小零傻笑着，平时训斥演员的那一套全部不知道溜到哪里去了。

回璇以为我不高兴，赶紧打圆场："嘿嘿，好好，人多力量大，人多力量大。"

大家以为我不同意，因为这两个男人明显都是冲着我来的。正在大家尴尬之时，我"噗哧"笑出声来："快抢饭吧，我暗自高兴这下我们也有帐篷住了呢。"

大家这才明白我刚才的严肃是故意装出来的。

"这丫头片子，看把你圆圈大哥大清早就给吓出一身冷汗。"凌小零拿起馒头就塞了一个进嘴巴里去。

"我是替那些被你训斥的演员们报仇。"我得意地笑。

"你来当我的女主角，我绝对不训斥你。"凌小零又趁机做起我的思想工作。

"片场归你掌管，到了你的地盘，难说了。我才不上你的当。"我和凌小零碰到一起，也是不依不饶地对他。起码嘴巴不会放过他。

明朗、齐格格和回璇就饶有兴趣地一边吃饭一边看着我俩吵。

11　机上惊魂

　　明朗的司机开了一辆七座位的商务车来，已经等在楼下了，要送我们去机场。我们一行五人拿了行李，奔下楼去。

　　补票、上机，起飞都很顺利。

　　吃过飞机上的午餐，我看看表，还有半小时就要降落了，我侧头看了一下，齐格格在看事先备好的一本描写灾难的散文集，回璇闭目养神，明朗和凌小零在悄悄聊着什么。

　　我坐在紧急出口处，这是我最喜欢坐的位置，因为我个子高，这里间隔比其他排要宽松一些，腿能伸直比较舒服。每次空乘人员按照惯例来询问我，是否可以在飞机出现故障紧急迫降时一同协助他们拉开逃生门，我都很镇定地回答：可以，完全没有问题。

　　我把头转向窗外，此时我们正飞行在至少9000米的高空上，因为听到播音员这样说。厚厚的云层在机身下铺着，不像云，倒像万里雪原。空中还有一些零散的云朵，就像雪原上的狗拉雪橇，或者北极熊。我想象我们的飞机是一辆超大型雪橇，在雪原上飞奔。

　　阳光很耀眼，我把眼睛闭起来，想送我的眼珠给上下眼帘拥抱抚慰一下。

可就在这时，我感到飞机急速向下俯冲，好像在大型游乐场玩激流冲浪的感觉，心脏仿佛从胸腔里脱落，直往深渊里掉，足足掉了一两千米才停住。这是一架波音737，飞机上的乘客并没有坐满，至少还有十来个空位。但所有的人，包括我，此时都被这突如其来的快速下降吓得大叫。

空姐和空少还在走道上忙着，这时也赶紧抓住乘客的座位靠背，但来不及了，我视线之内的两位空姐已经摔倒了。靠走道的乘客们，包括明朗和回璇，都伸手去拉住她们。好在飞机慢慢平稳地上升，又将我们的心一点一点地提上来，要往胸腔里面放。

厕所里面出来一个乘客，额头上在流血，大概是一开厕所门，头撞在洗漱台上。摔倒的空姐无暇顾及自己，一边呼吁乘客系好安全带，说估计是强大的气流造成的，一边去帮那位受伤的乘客拿医药箱处理伤口。

就在飞机似乎已经平稳了的时候，整个飞机又重复了一次刚才那种掉落状态，这次大家的尖叫声更加凄惨。

如果是遭遇强大气流，也无非是使飞机抖动厉害，像这样一而再地往下掉落，情况肯定不妙。大家的眼里都充满恐慌和不解。

这时播音员的声音响起来："乘客们请注意，我们的飞机出了一点机械故障，机师们正在抢修。大家系好安全带，在座位上保持安静。"

这播音之后，是死一样的寂静，我甚至不敢呼吸，怕自己的呼吸声打扰到驾驶室的飞行员们排除故障。我双手合十，祈祷上帝保佑我们平安。

但这寂静只持续了一分钟，不知道是谁呜呜哭起来，肯定是个女声，然后大家有的叫有的吵，有几个女士跟着哭起来，机舱里面被各种负能量的声音填满。

明朗坐不住了，趁着此时飞机又在往上升，他不顾一切解开安全带，站起来对大家说："大家不要慌，我们飞机上有一位预测学家，她的预测十次有九次都是成功的，让她来给大家聊聊。"

他走过来对我说："之梵，你必须出马，稳住大家的情绪。我来抱住你，你站起来吧。"

大家像抓住了救命稻草，即使平时不信神不信鬼的人，此时在绝望的场景中宁愿相信我真的是预测大师了。

我的心在上下乱闯，像受惊的小马驹，"砰砰"的声音就在耳边，比雷声还大。我的两手绞在一起，拧出了冷汗。我默念着：上帝保佑。

明朗帮我把安全带调整到最松的状态，这样我可以在安全带的保护下一条腿跪在座位上，让大家看到我的脸。明朗抱住我，悄悄在我耳边说："大家需要你，你是主心骨。"

凌小零见状，也解开安全带，走过来站在我身边，将臂膀环住我和明朗。齐格格和回璇是系着安全带的，她俩又抱住站起的凌小凌和明朗。这个时刻解开安全带是危险的做法，但我深知明朗和凌小零此时的心情和用意。

我深呼吸了一下，然后强装笑容，故作轻松地说："今早出门前我算了一卦，卦上说，路上是有点小波折，但一定会化险为夷。"

我看到大家的眼里闪出了些许憧憬，至少吵闹声平息下来。

"你算得准不准啊？我还没见过算命先生是美女呢！"有一个乘客说了一句。

我看不清是谁在问，眼前有点模糊，是紧张，还是害怕？总之我有眩晕的感觉。我答："基本上都准。三姑六婆中就有一个是卦姑嘛。我曾让几个老板改了名字，他们都发大财了。我还让一些小孩子改了饮食种类，他们也都从很差的成绩上升到中游或者上游了。"我这回说得具体一点，这些例子确实有。只是前者打的是心理战术，这和那些个老板个人的奋斗有关。至于小孩子的饮食调节，那是有科学依据的。吃得健康了，孩子们精神好了，上课精力容易集中，成绩自然就好了。

比如有个小女孩，她父母天天给她的早餐都是牛奶面包，以为牛奶补钙。结果孩子经常发高烧。病起来学习的事情都丢到九霄云外去了。牛奶太寒凉，面包也是酸性物质，天天吃，肯定对小孩子不好。我后来帮她改变了食谱，水果先吃，比如苹果、蓝莓、火龙果、樱桃、猕猴桃等，然后吃杂粮粥，有时是小米大米混合，有时是薏米红豆混合，一个麻油煎鸡蛋。小孩子爱吃香口的，早上吃比较容易消化。杂粮让孩子补充更多粗纤维，薏米红豆是除湿毒的，也让孩子少生病。科学的饮食方法让孩子更健康，这不过是我懂得比她父母多一点。

机上的乘客还在眼巴巴地看着我，我让大家跟着我做深呼吸，在一呼一吸中，大家的情绪稍微稳定一些了。有几个大大咧咧的人似乎忘记了刚才飞机的故障，竟然让我帮他们看相。

这时播音员的声音又响起来："乘客朋友们，告诉大家一个好消息，我们的飞机故障已经排除，现在正飞向我们的目的地：成都双流机场。谢谢大家的配合。"

机舱里立即响起了掌声和欢呼声，我、明朗、凌小零也激动得如释重负。那种濒临死亡之后的劫后余生之感，真是觉得一切都太美好了。我想起一幅著名的照片：战争结束了，男士兵情不自禁地抱住身边的一个不相识的女护士亲吻。那种兴高采烈是与生命线的起伏连在一起的。我们五双手紧紧握在一起，头顶在一起，齐格格和回璇流下了喜极的眼泪，凌小零、明朗和我也有泪光在眼里闪动。

有人吼道："美女，你真是一位预测大师啊，借你吉言，我们这次胜利大逃亡了！"

"那是因为我们一飞机的人都是有福之人，老天还不肯收我们。"我笑，大家也欢快地笑。

我灵机一动，指着齐格格和凌小零说："我身边还有一位大作家和大导演，以后让他们把这段经历写出来，拍个电影。"

凌小零有些激动，接着我的话说："好，拍这一段时，我邀请大家来做群众演员。好不好？"

"好啊！好啊！太好了！"大家笑声一片，"不要酬劳，我们自己演自己。"

"那大家有名片的留下名片，没有名片的写下联络方式吧。"凌小零神情很认真。

飞机安全降落，机长出来致谢，我们大家也鼓掌致意。一飞机的人本来来自五湖四海，分手之时倒像患难的兄弟姐妹，有一点依依不舍的感觉，好多都互留了电话。

"之梵，你真是定海神针啊！"明朗对我说。

"就你忽悠大家呗，说什么预测大师。"我做了个夸张的耸肩动作。

"在大灾难面前需要你这样的角色。"明朗说。

我们是去灾区救人的，结果在飞机上先从心理上救了我们自己一回。但我强烈要求明朗和凌小零以后别再干解开安全带的傻事。明朗说，其实当时心里怕得要命，只想要是死的话，我们几个也要抱到一起死。凌小零也点头。我则倒抽了一口冷气，脑袋里冒出几个字：生死之交。

74

12　羌笛声声

　　我们的目的地原来的模样，只有凌小零和齐格格见过，他们一个因拍电影一个因采风到过此地，对比的感觉是最考验神经的，当见到那座四层的教学楼已经垮塌成一个小小金字塔时，齐格格瘫软地蹲在地上呜咽起来。凌小零的呼吸声则变得很重很重，好像严重缺氧的样子。

　　我也喉咙发紧，一句话也说不出来。明朗拍拍我，又拍拍凌小零，以示安慰。但我感到他的手也有些颤抖。灾难面前，谁能无动于衷？！尤其下面埋着花骨朵一般的孩子啊！这该死的豆腐渣工程！该死的贪官和包工头！

　　我们怀着悲愤的心情很快进入各自的岗位，明朗去忙活动板房和帐篷的交接，凌小零和齐格格做起了义工，哪里需要就往哪里跑。回璇则教孩子们跳舞唱歌。她是灾区的欢乐女神。

　　找我疗伤或者我主动去帮人疗伤的对象，和我之前在医院遇到的患者有很大程度上的不一样，自责是压在他们身上的沉重大山。有个十岁孩子的母亲，由于孩子在地震中被埋于垮塌教学楼的废墟中，她嘴里不停地念叨："孩子本来中午说头痛，下午想请假不去上课，可我还骂她偷懒，硬是逼着她去上学，结果永远回不来了。我在废墟中刨了几天，一点音讯都没有。"

自责是创伤性事件后最容易产生的一种情绪，我对她说："对于你的遭遇我很难过，我也是你的姐妹，我现在和你一起去面对。这一切并不是你的错。这只是意外。你也不希望这一切发生，你是人，不是神，不能够预测未来。所以，你可以自责，可以悲伤，因为这也是我们正常情感中的一部分，因为失去的亲人对我们很重要。但太过分的自责不可取，久而久之会成为心理疾病。孩子在天上也会难过。作为母亲，我想你不会再让孩子难过的。"

我尽量避免让她反复出现在侵入性的痛苦回忆中。而是和她谈其他温馨的往事。我也知道。会有一部分人处于创伤后的应激障碍当中，吃不下睡不着，感到孤独或者麻木，同他人格格不入。或者不时闪现出各种脱离现实的幻觉，有的人在这一生中都还会觉得地震随时发生，对那些没有威胁的刺激也会表现出夸张的反应。

和这个母亲逢人就自责的情况不同，另一个五十来岁的汉子所表现的是沉默，他已经三天没有开口说过任何话，完全采取回避任何人提问的态度。这是创伤后的应激障碍表现最明显的一种——回避反应，回避与创伤事件有关的回忆及情感，然而回避产生的结果常常是噩梦连连和突然的回闪创伤性的片段。所以我请他把当时的情景和压在心里的话写下来，他先拒绝写，我就帮他写，写些对不起孩子的话，然后念给他听。

"不对，不是这样的！"他终于开口，抢过笔，一字一画地歪歪扭扭地写起来，不会的字还主动问我。

然后，我陪他到孩子失去生命的地方，我鼓励他大声地把信念出来，让孩子九泉有知。

"儿啊，我那天真不该打你一耳光，你不过是想向我要钱买双新球鞋而已。你爸是个窝囊废，自己不会挣钱，却拿儿子撒气。儿啊，你原谅你爸吧，以后你的祭日我都会给你烧双新球鞋来的。上面有你最喜欢的喜羊羊……"汉子此时不停地抖动双肩，呜咽着。

我也不劝他，只轻轻扶住他，给他一点力量和温暖，让他哭个够。对创伤性情感进行暴露，勇敢地面对创伤性的情景及情感，才是真正走出痛苦的关键。

我国对大灾难后的心理援助还不重视，事实上，灾后的危机干预和实施危机应急管理是非常重要的。灾难总会来临，也总会过去，但在这个过程中，人们的心理如果受到伤害的话，有可能是一生的重负和阴影。

　　就这样，我在地震受灾现场一个一个地和那些需要我的人聊天，帮他们解开心理包袱。我的眼里只有他们，只有他们的痛苦和悲伤。至于其他的，我已经顾及不到了。夜里忙到很晚，蜷缩在帐篷里连梦都没时间做。原来我担心那个群牛向我喷牛粪的梦会来骚扰我，结果担心成为多余。

　　关于我自己的洁癖问题，我事先也做了一些准备：少喝水，用纸尿裤。迫不得已，就去偏僻的废墟上小解。关于我挑剔厕所的事，不知怎么也传到了明朗耳朵里，他时不时在工作的间歇跑来告诉我，哪个临时厕所干净一点，并催促我去厕所，叫我不要憋着。

　　"之梵，快来陪我儿子聊聊天！"齐格格领着一个脸蛋红彤彤的十来岁小学生来到我的面前。我正要追问哪里又钻出来一个儿子，凌小零跟着也跑过来："喂喂，是我儿子好不好，是我先发现的。先来后到好不好？"

　　"你俩这么快就生出儿子了？是遗落民间的小王子？"我玩笑道。

　　"我倒是想啊。呸呸呸，不是说想和你生哈。"齐格格没好气地朝着凌小零吼道，"哼，没风度，男人嘛，你先发现的也可以让给我嘛。"

　　"这事没商量，坚决不让！"凌小零露出霸气的神色。

　　"好啦好啦，先不和你争了。还是让之梵跟孩子聊聊。"齐格格把孩子的小手放到我的手心里，"之梵，孩子的爸爸和妈妈都给埋了，可是孩子这些天一点都不提爸爸妈妈，总是笑呵呵地忙着在临时医院帮忙，有些羌族老乡不会说和听普通话，孩子就充当翻译。他那么小，不哭不闹，哪里来的这坚强啊，我担心他把一切憋在心里，憋坏了这小人儿。你和他好好聊聊，哪怕让他痛快哭一场也好。"齐格格说着说着自己就掉泪了。

　　好可人的一个小男孩，虎头虎脑却又不失清秀，他的嘴角朝上，笑意盈盈，还真有点齐格格的风格。但确实如齐格格所担心的那样，他的眼睛后面有一种忧伤在使劲躲闪。我暗暗佩服齐格格的敏锐，不愧是当作家的，能透过现象看本质。

我拉起孩子的手，轻轻抚摸，小手有些粗糙，我断定他是个农村孩子，可能在课余会帮爸爸妈妈做农活。我听过羌族的"撕玉米皮歌"，就问孩子："你肯定在家帮爸爸妈妈干活撕过玉米皮。"

"阿姨也知道撕玉米皮？"孩子问。

"阿姨是超人，无所不能。"我伸出双臂做了个超人的动作。

"那我问阿姨，我们喜欢唱山歌，那山歌在羌语里面叫什么？"孩子真开始考我了。

幸好走之前那晚我在电脑上做了些关于羌族的功课。我得意地回答："叫'拉那'或'拉索'，羌族的山歌多在劳动场合或山间田野中唱。你肯定和爸爸妈妈一起唱过。"

孩子露出很惊讶的神色。齐格格和凌小零也在孩子后面对我竖起大拇指。

我偷偷瞅一眼孩子的腰间，他那羌族袍子的口袋里，露出一个中国结串起来的玉坠子。我猜里面还有一根小小的羌笛，因为羌笛那筷子一样形状的轮廓时有时无地在孩子的袍子里闪现。

"你爸爸肯定吹得一手好羌笛，爸爸也给你做了一只笛子，但你肯定没有爸爸吹得好。古代诗词里面有'黄河远上白云间，一片孤城万仞山，羌笛何须怨杨柳，春风不度玉门关'。这优美的民族乐器现在会吹的人越来越少了。"我说。

孩子下意识地捂住腰间口袋，我顺势把眼睛停留在他的腰间："哇，你的腰带好漂亮啊，肯定是你妈妈绣的吧，羌族的绣品也很有名气，是民族瑰宝。"

孩子见我如此了解羌族，赞美羌族，对我放下戒心，终于摸出了怀中的宝贝——真是一只小巧的羌笛。

相传羌人最初是西北草原上的游牧民族，祖先们放养的小羊羔，时常被天上飞来的老鹰叼走当口粮。人们讨厌这些馋嘴的家伙，为了保住财产，于是经常射猎那些偷羊羔的老鹰，这样一来，草原上的老鹰骨头越发多起来。有一天，祖先们躺在暖阳下的草原上小憩，随风送来一阵悠扬的乐曲，把打鼾的人们惊醒。哪儿来的音乐？这么好听，这么动人。他们循着美妙之音找去，大吃一惊，原来风儿穿过草原上那些老鹰的腿骨，带出了动听的旋律。这便是最早的羌笛。

在大自然的提示下，羌族祖先们慢慢学会用西北草原的飞禽走兽的骨头来制作单管羌笛。羌族自古多灾多难，由于战争，也由于自然灾害，羌族祖先们从西北河湟草原迁徙到岷江的高山密林中。此地少了飞禽走兽，但多了竹子，一种在岷江上游生长于海拔3500到4000米的油竹。于是羌人就地取材，改换竹子作为制笛的原材料，单管也变成双管。

一只小小的羌笛，见证了一个民族的迁徙历史。

我把羌笛放在孩子手中："吹给我们大家听听好吗？我们都没有听过呢，好想听好想听。一定很好听！"我重复着，请求着。

孩子点点头，把羌笛竖在嘴前，开始演奏。

我不知道这首曲子叫什么名字，孩子自己也不知道，他的技艺不是最好的，甚至还有些底气不足，也不流畅，但我仿佛看到，那低沉的白云穿梭在岷江沿岸的卵石与山坡上，一幢幢房屋垮塌着，一个个生命被压在废墟下，原本在沟壑与山坡之间寻觅着青草的羊儿，此时也呆住了，河谷的水流声和这笛声一起在述说着苍凉。

"哇……"孩子终于哭出声来。齐格格一把将孩子抱在怀里："哭吧哭吧，尽情地哭一会，哭出来就好了。"

凌小零也冲过来，把齐格格和孩子一起拥在怀中。

我竟然看见一幅非常和谐的全家图。这也使得我竟然忘记对孩子的演奏鼓掌了。

13 帐篷夜话

　　黑夜似一道大幕，把白天的惨相暂时掩盖。

　　不远处永远埋在地底下的冤魂，他们还来不及和亲人爱人说一句：永别，来生再见；还有被挖出来匆匆被亲人的眼泪爱抚一下，又被深埋的遗体；临时医院里那些受伤的人和守着受伤亲人的人们；那些明知家人遇难却来不及回去看望的守在岗位上的人们；以及像我们这种和这里无亲无故却也要远道而来守灵的人们……此时都共处在这片天地之间。悲伤被夜色遮掩，只在各自的心中挣扎。

　　那些曾经让人们看不够的美景，此时已经成为惨不忍睹的荒芜；那些穷尽人们一生努力的家园，此时已经成为碎瓦断墙的代名词。熟悉得不能再熟悉的故居，几秒钟变成最丰富的想象也想象不到的陌生……幸好有夜晚，暂时的隐藏也能缓解一下人们眼前的悲凉。就算是掩耳盗铃也好，我倒真希望自己听不见也看不见。

　　当然，支撑我们内心的拱桥没有垮下去的是一些在这悲凉中涌现的亮点故事，有一个80后男孩子，硬是用手在废墟中刨出了他的女朋友，当他幽默地问他女友一条输液管里是橙汁，一条输液管里是可乐，要输哪条的时候，我们热泪盈眶。谁说80后90后眼里只有钱没有爱情？！还有那个张开双臂趴在课桌上，死死地护着身下四个学生的老师，他的后脑被楼板砸得深凹下去，而他像母鸡护小鸡一样护着的四个学生都活了下来。这种超越生命的爱和责任感，我用什么词语去形容它才配得上？！还有那个双手都因为刨废墟而溃烂的战士，他的哭喊声还在我耳边响着："你们让我再去救一个，求求你们让我再去救一个！我还能再救一个！"他刚从废墟中刨出了一个孩子，废墟第二次坍塌，人们拖住他不让他再去，战士却大哭着跪下来求大家。是什么力量激励着年轻的战士拼了命营救那些没有血缘关系的孩子们？还有那个温暖的小被窝，那个用母亲弯曲的脊梁搭建的小被窝，三四个月大的小生命香甜地熟睡，而他的母亲为了保护他，已经被砸下来的砖头瓦块夺去了生命，留给他的手机上有一条已经写好的短信："亲爱的宝贝，如果你能活着，一定要记住我爱你。"一个平凡的母亲临走时，也不忘给予她的孩子一生都受用不尽的爱。

　　……这样感人的事情太多太多，所以才支撑着我们挺过一个又一个的打击。

　　我撩开帐篷一角，黑压压的夜色里，还有一些灯光闪烁。那是值班的部队战士和警察以及医生护士们还在忙碌，累了一天的人们已经在简易帐篷里入睡。有些战士干脆就铺着雨衣睡在露天平整一点的地方。

　　那个红脸蛋的羌族孩子叫做瓦拉，就睡在凌小零身边，他紧紧抱着我送给他的毛绒玩具，蜷缩在凌小零腿边，凌小零和齐格格都不时地伸头看看他，摸摸他。

　　"我看你俩是父性母性大发啊！"我笑。

　　本来忙碌一天，应该像前些天那样倒头便睡，但今晚我们五个人的身体里像有无数咖啡因在膨胀，把睡意挤得了无踪影，只好蜷缩在这个小小的帐篷里，坐着悄声聊着。应急灯发着惨白的光。

　　明天就要回到成都，然后飞回广州了。时光如梭，一晃半个多月已经过去。明朗因为公司的事情回去过一次又飞过来，是二进灾区。我们四个则推掉了广州好多事情，一直待在灾区做义工。

　　这半个多月都没有好好洗过脸，更不要说洗澡了。我带的湿纸巾派上用场，一早一晚就用它湿润一下我们的肌肤。但我这洁癖之人竟然也熬过来了，环境磨炼人啊。

让我感动的是明朗带给我很多报纸，我说这是干什么，他说："实在找不到干净一点的临时厕所时，你方便的时候就铺在地上，这样会比直接蹲在废墟上要强一点，至少看不见废墟上的虫子了。"女人心的融化往往就在于男人为她做的点滴细微之事，而并不是鲜花和钻石。

这里并没有我们的直系亲属，但我们都不觉得我们是来走马观花帮助别人的。这种感觉只有深入灾区，在这里和灾民们同呼吸共命运才能感觉到，只有和他们一起经历多次的余震才能体会到。那些楼房垮塌露出的钢筋，像魔鬼狰狞的爪子，死死抓住的不仅仅是遇难同胞的身体，也在我们心上烙下深深的痕迹。此时我真的希望我是超人，去把那些歪歪斜斜的房屋重新扶正，吹一口气，让砖头瓦块让道，让那些被埋的人活过来，让父子团聚，让母女抱头不是大哭，而是大笑，让那些废墟重新长满绿草鲜花。

"明天我要带瓦拉一起走，收养手续之后再办。"凌小零的话打断了我的胡思乱想。

"人家瓦拉今天说了，最想让我给他当妈妈。其次才是想让你当他爸爸。"齐格格有点愤愤不平。

"你一个姑娘家收养了孩子就嫁不出去了，我一个大老爷们不怕。没女人要，后半辈子我就和瓦拉一起过了。再说了，瓦拉要是真想你给他当妈妈，那就委屈你嫁给我好了。"凌小零一半认真一半调侃地说。

"别说，格格，你嫁给圆圈还真合适。你是作家，他是导演，你以后为他写剧本，你们这个夫妻档不得了哦。"我来了劲。

"得了，媒人可不是你的擅长，你还是先把你自己的事情弄好。"齐格格指指明朗。

"别先内讧，商量正事吧。"回璇打圆场，"凌导，你真的打算收养瓦拉？"

"当然，我决定了。"凌小零又去抚摸瓦拉红红的小脸蛋，"多么懂事的孩子啊，坚强善良，忍耐心强，懂得为别人，把自己的痛苦先埋起来。我自己哪里生得出这么乖的孩子？我妈见到他不知道有多喜欢呢。"

"凌哥，你可要想清楚，是给你妈妈找个孙子，还是给你自己找个儿子。"明朗说，"你可是大忙人啊，忙起片子来，顾得了瓦拉吗？最后还不是把孩子交给你老妈带。"

"兄弟啊，我把我家之梵交给你了，你好好照顾她就行。"凌小零话刚出口，就挨了我一拳头。

他哈哈笑："好了，我不说你们了。你们知道，中国的老人大多喜欢含饴弄孙，这是他们的幸福点所在。你让我妈天天去欧美旅游，她是不快活的，她的快活就是带孙子。所以这回好了，如愿以偿。当然，我的儿子我会付出一个父亲应该付出的一切。我只是说在我忙的时候，我妈会替我照顾瓦拉的日常生活。"

齐格格突然抹起眼泪来。

"得得得，格格，让你给瓦拉当个干妈，第一干妈，好不好？"凌小零明白齐格格为什么掉眼泪，赶紧安慰起来，"回去我就在广州重新买套新房，把我爸妈接过来。这样也方便格格随时来看瓦拉，放心放心。啊？别使劲揉眼睛了，小心明天漂亮的眼睛肿成大核桃了，那就不好看了，不是格格，是容嬷嬷了。"他做了个鬼脸。

齐格格破涕为笑，伸手去接凌小零递过来的纸巾。

我突然觉得心很柔软，昨天我看到的那幅三人家庭图此时又浮现在眼前。也许凌小零和齐格格自己并未察觉到他们心中的变化，但我越来越明白，他们会因为共同喜欢一个孩子而改变他们自己的关系。虽然齐格格声称一定喜欢小男生，不喜欢老男人，但有个像凌小零这样的大叔心疼她，也是她能接受的。看刚才凌小零对她的关心，我想齐格格心里一定感到很温暖，尤其是在这个被废墟围绕着的帐篷里。

我没有嫉妒，因为我没有失去什么。我和凌小零就是兄妹，这些年虽然他仍旧经常说让我嫁给他，但那已经是个口头禅，一种习惯。我深知他已非大学时代要自杀时的那个凌小零，今天的他已经是栋梁之才，坚忍不拔。我也不是他当初要娶的那个纪之梵，我只是他少男时期的一个美梦。但凌小零一直不结婚，我总觉得欠他什么。其实爱和不爱一个人都没有错，但是他曾经为我付出的，我没有报答他，我心存歉意。也许根本不存在报答，不存在歉意，都是我自己的内心在作祟，毕竟我使一个男人曾经起了自杀的动机，而这个男人至今还孤身一人，虽然他阅女无数，谈过无数没有结果的恋爱。我知道，只有凌小零结婚了，安稳下来，我才会放下心来。这是我自私的一面。当然，我内心的想法并没有和凌小零说过。

我从来没有看到凌小零除了对我之外如此温柔地哄另外一个女生，

所以当我看到刚才他对齐格格那一幕时，我内心有了很柔软的感觉。我转头看旁边的明朗，明朗会意地点点头。我喜欢明朗，就是因为他能看懂我的内心。我把身子朝明朗那边靠过去，明朗的一只手在后面悄悄搂住了我的腰。而凌小零和齐格格又同时低下头去看瓦拉熟睡的模样。回璇也看懂了，叫道："应急灯可以关了，我来充当电灯泡。"

　　齐格格和凌小零有点懵，不知道回璇在说什么。我和明朗还有回璇则一起笑翻了。

14 回璇失魂

从灾区回来，我的生活又进入按部就班的轨道，天天在医院为患者服务，几乎天天加班到晚上十点，因为出去这些天积压了很多咨询的单子。

齐格格一改熬夜的习惯，再也不昏天黑地写作了，晚上最多写到十二点就收摊。虽然起床时间还是无法和六七点就起床的上班族平齐，但不再是早上从中午开始了。她自己赞美自己："幸好不是体制内作家，虽然钱钱不是那么稳定，但时间可以自由支配。自由万岁！"

她把闹钟定在九点。吃了早餐收拾完约十一点就去买菜，顺便接瓦拉回凌小零那里做午饭吃午饭。然后陪瓦拉午睡半小时，再送瓦拉去上学。她知道这大城市对一个羌族孩子来说还不是一下就能习惯的，虽然懂事的瓦拉说可以自己在学校食堂吃午饭，学校的老师同学们知道他是灾区来的，都挺关照他，他也找得到回家的路，但齐格格不放心。她和凌小零分工合作，凌小零早上送，晚上接，她中午接，下午送。瓦拉和凌小零住在以前的房子里。新房子正在办手续，是精装修的，只要把家具买好，凌小零就准备把爸妈接过来，到时候祖孙三代就热闹了。他爸妈在电话里知道白白得了一个懂事的孙子，高兴得不得了。但高兴过后马上又补充道，人家是不是没有其他亲戚，符不符合被领养的条件。再说你一个未婚男人，符不符合收养孩子的条件？凌小零安慰父母，说已经打听清楚了，可以收养瓦拉。

我和回璇经常拿齐格格开玩笑："喂，那么离不开瓦拉，干脆嫁给凌小零得了，两全其美。"

"哼，两码事，本姑娘出嫁还是得为了爱情。"齐格格头也不回，去菜市场了。

回璇回来之后更是忙得像个陀螺，我看着她都累。

"喂，已经够美了。"我朝她吼道。

"不行，脸好像松弛了，还有胳膊也不够紧绷，背部也不滑，不行不行，我要去做全身按摩了。"回璇丁丁冬冬上楼，拿了包包就急匆匆开门而去。

"不就是你的甄子漫要回来视察吗？看把你紧张得。天天都折腾进美容院去做这里那里按摩，美容院赚大了。"

"要是你的初恋回来看你，你还不是和我一样紧张。"说完回璇也学着齐格格哼了几声走掉了。

我的初恋？我的初恋早就活不见人死不见尸了！还说什么我有困难的时候会出现帮我化解呢，都是哄小姑娘的。我托着腮，思绪飞到塞纳河边。你好吗？你这匹狼。就算你负了我，你也一定要活着，我不许你死！

骂归骂，爱归爱。怎么能不骂？我的三天初恋让我做了将近十年的孤家寡人，这是灾难还是幸福啊？虽然回味也是甜蜜，但这甜蜜之后却有无尽的苦涩。这种苦涩随着时间的久远，越来越重。太阳那么旺，也有燃尽的那一天啊。我拿什么再支撑我的爱？也许那匹狼早就将我遗忘得一干二净呢。幸好遇见了明朗，他救了我，让我这朵只开过三天的花，闭合十年之后，虽然还在闭合中，但起码有了想重新绽放的勇气。

而我那日夜想念却不能把想念说出来的哥哥纪若非，也只是一个闻其声不见其人的装饰。

甄子漫终于回来，回璇天天陪着他这里观光那里考察，好吃好喝请着。甄子漫有些艺人气质，他对服装的搭配也很有讲究。一句话：有范儿。但模样和个子都是普通人，和黎安比外表，那是有点差距。

回来的见面礼是一条他自己设计的丝巾，我们三个一人一条，花纹不一样。

"怎么没有单独给你的礼物呢？"我问。

回璇瘪嘴。

回来之后，甄子漫先住了几天酒店，然后就和回璇去租了一套三房一厅，说是一间住，另外办一个公司，当然是他的老本行，服装公司，卖他自己设计的牌子。回璇表演着分身术，注册公司、注册品牌、工商税务等都是她在忙，幸好团里的工作最近不多，她就成了甄子漫不拿工资的员工。

"哪是员工啊，我是董事长呢，他只任总经理和总设计师。"回璇说。

"公司以你的名字注册？你是法人代表？资金呢？他全部出还是你俩各人一半？"我之所以这么问，是这一个月来我发现每次回璇请我们大家一起吃饭，都是回璇买单，没有见过甄子漫买过一次。

"现在都是我的钱在运作，包括租房子，子漫说让我先垫着，以后再还我一半，公司的股份我占51%，他占49%。"回璇答道。

"用女人的钱办公司？他不是不回国工作吗？为此还和你分手，怎么现在又要回来创业了？你不是说他在一个相当有名的大公司做设计吗？他也有分身术？"我疑问重重。

"他说他不想为那家公司干了，太累，想回来自己做。"回璇说。

"璇子，你老实说，你们两个一起吃饭或者其他活动的时候，他买单吗？"我问。

回璇想了想，说："没有，买单的时候他总是笑着说'老婆买单'。"

"璇子，你们分开很久了。我提醒你还是不要在经济上和一个男人纠缠不清，更不要付出太多。"我敲敲回璇的脑袋。

"我们两家是世交，应该没有什么问题的吧。"回璇说。

"人是会变的。这些年他的状况你并不是很清楚，他消失这么久，怎么又冒出来了？你真正知道他在意大利的情况吗？"我有些担心。

"先不想这么复杂的事情吧，把公司办起来再说。"回璇说。

"换个话题，璇子，你和他又重温旧梦了吗？"我问。

回璇知道我在说什么，立即否认："没有没有，你知道的，我对男人那玩意儿过敏，床上那套我真不是很感兴趣。他想和我来着，说他和太太已经分居很久了，没太多共同语言，只是为了孩子才没离婚。说我依旧是他的最爱。我没让，只有一般的肌肤之亲吧。"

"悠着点吧，毕竟事隔这么多年了。"我还是提醒她。

"知道了，我知道你是为我好。"回璇来抱我。

"我是不想让你受伤害。"我强调。

"纯洁的初恋都不能相信，那还能相信什么呢？"回璇问我，又像是问自己。

"有时候眼见都不是实，所以，要相信我们的心。"我指指胸口。

"那你和明朗怎么办？"回璇问。

"什么怎么办？"我反问。

"你就打算这样不清不楚地和他相处？"回璇把话挑明了。

她用了"不清不楚"这个词，我也不生气，确实有点不清不楚。明朗说很爱我，我也喜欢他；我和他因为各自的心理问题，至今也没有越雷池一步，只限于浅浅的拥抱和亲吻；我没有破坏他们的家庭，但我却经常待在明朗为我才买的那套爱情的小窝里。有我没我，明朗和太太都长期分居；有我没我，他对太太的语气也是那样不冷不热。不冷不热是他们家庭关系的代名词，和很多其他家庭一样。

"我既不打算破坏他的家庭升级上位做太太，也不打算逃离。走一步看一步吧。"我说。

"可惜了，这么如花似玉的姑娘，你要肯答应，多少男人想娶你回家啊。"回璇又来抱我。

"对对对，你就差说一句：要是我是男人，也有娶你的冲动。是不是？"我朝回璇做了个鬼脸。

这时我的手机响了，是明朗打来的。我的心稍微颤抖了一下，这是每次和他见面或者接他电话的不由自主的反应。

"之梵，大好消息啊，我在美国，这次我终于邀请到若非兄和我一起回国了。"明朗有点激动。

然后我听到我哥纪若非的声音："梵梵，大哥我快回来了，你高兴不？威廉很想你，一天就念叨小姑小姑的。"

"哥啊，想死我了，爸妈不晓得更要高兴得跳。"说着我自己先跳起来，这高兴是真心高兴，"威廉？小家伙在旁边不？快来叫我几声。"我这边已经手舞足蹈了。

"看把你急得，他今天被他舅舅带过去玩了，等过几天我再让他给你打电话。"哥停顿了一下，又说，"咱家梵梵喵怎么样？还是那样漂亮吗？"

"讨厌，明知故问，无哥的妹，天照应，哼哼哼。"我和哥撒娇。

"哎哟，这话说得哥心好疼，好在快回来了，回来后随便梵梵喵怎么处置哈。"哥在那边打趣道。

明朗可能是抢过了电话，笑着说："不能乱处置啊，梵梵，你哥这回还要给你带回一个漂亮嫂子来呢。人家可能不答应哦。"

明朗的话竟然似无形的针随着电流刺过来，我突然觉得自己变成了澳门旧葡京顶上那个表示万箭穿心的球，全身疼痛痉挛，这种感觉在几年前我哥领回一个和我一样蓝眼睛的外国丫头当我嫂子时出现过，我一直拒绝自己去深究原因，偶尔想起，也只会归咎于我的自私，我生命中最重要的亲人，把感情转移到其他人身上，我都会犯病。更何况，小姑子历来是过门嫂子的天敌。

"漂亮？比我还漂亮？"我醋意大发。

"在我眼里，当然是梵梵漂亮了。"明朗在那边拍我马屁。

听了这话我也不觉得开心："你把电话给我哥吧。"

"梵梵，明朗这回嘴巴太快了，呵呵。是有个姑娘，对威廉也好，不过真要结婚的话，那也是要得到咱家梵梵喵首肯才行。"哥说。

"你哪回结婚之前是先要我首肯的？"我声音变得很酸，我自己都闻到一股子泡菜坛子里面的酸萝卜味道。

"梵梵，你这话说得好像哥结了好多次婚一样。再说了，哥结婚给你找嫂子你不高兴啊？"

"不——高——兴——"我挂了电话，自己被自己的举动吓住了，我无力地跌落到我的小沙发上，用双手环住了自己。

谁来抚慰我这颗极度疲惫、极度自卑、极度病态的心灵？！难道只有酒精吗？只有摇滚吗？今天我什么都不要，有泪就流泪，有血就流血吧，直到把我变成一副没有灵魂和感情的躯壳。

15　睡意全消的夜

哥哥纪若非明天就要带着侄儿小威廉和我的准嫂子回广州来了。本来要去接机，我应该早点睡，养足精神，打扮得漂漂亮亮去机场，何况还有明朗一起回来。有些日子没见到他了，虽然我对他去国外探亲并不吃醋，也从没想过要夺他太太权、篡他太太位，但想念他的情绪还是有的。等一等，只是"有的"吗？不，曾经有一段时间想念他的情绪还很强。和他一起最初是为了性，为了放纵一回，阴差阳错却让我们至今都没有真正得到对方身体。后来是因为他懂我，彼此的一个眼神，就能明白对方在想什么，更想去为对方做点什么，哪怕是很小的事。不过，这回有我哥一起回来，明朗的位置就退后了。

对哥哥的感情和对恋人情人的感情是一样吗？不一样，肯定的，对我而言，对哥哥的感情更强烈，和恋人情人不是一个级别。或许我真有病，病得还不轻。

我很清楚大伙包括我哥哥都喜欢我的一双蓝色大眼睛，妈妈常提起哥哥当初总是去问她，为什么小妹有蓝眼睛，他没有。妈妈笑说那你以后去找个蓝眼睛的媳妇吧。这家伙当时哼哼叽叽走掉了。长大以后，他果真去找了一个蓝眼睛的美丽女孩当太太，以至于生出一个小威廉，完全继承了妈妈的蓝眼睛。

我后来问哥哥，你这家伙是和我的蓝色眼睛憋着劲吧？不把我比下去你心不甘？他笑答：纯属偶然。再说也没把你比下去，你和你嫂子的蓝色眼睛是美丽的两生花。但我依然不依不饶，逼着他说，哪朵更好看一点。哥就说："当然梵梵喵的更漂亮，岂止一点？是漂亮很多。"我听后才罢休。不管真假，起码哥哥的话让我觉得他很在乎我这个妹妹。

但我更清楚，我这两泓海蓝色的清波，在缺乏睡眠之后，会变成灰蒙蒙两潭死水，让别人见着就想打瞌睡。奇怪，自己没睡好的结果却是可以把别人催眠。可是今晚我越想睡越兴奋，越浮想联翩，睡意就都开小差全部溜走了。

失眠之夜我不会在床上翻来覆去把自己当饼子烙，那样只会浪费时间。我知道时间从不做回头客，一走就很绝情。只有我想它，它不会想念我，就像我的初恋。失眠之夜我一般要么起来看书，要么起来在网上在线看电影。看得几时有了睡意再睡。今晚，书和电影在我心中都没了地位。我在酒柜里找出一瓶红酒开了，倒了一杯独自品起来。这酒还是哥哥从国外买回来送我的，我一直没舍得喝呢。

我掀开窗帘一角，窗外还是一片墨黑。从二十八楼看下去，中庭花园的街灯在浓浓的树阴中散发着朦胧的暖光。想起哥哥，我的心也是暖暖的。

我有个哥哥，从小我就觉得很自豪。他不但帅，而且是我喜欢的帅，因为他和我的韩国偶像车仁彪有些相像。最重要的是，他还会打架，小时候常常帮我揍那些欺负我的人，很拿我这妹妹当一回事。裤衩楼三结义中的康子，有两个妹妹，他一个都不表示亲密，他只把师师姐当个宝贝。

有时候我想，之所以我对凌小零不感兴趣，可能是因为他比较文静，不太好动，而我骨子里有点匪气，喜欢行侠仗义的男子。我以这个哥哥为模子，喜欢的男孩子起码得和我哥哥有几分相像才行。

我有这样的哥哥的确是幸福的，我们兄妹无话不说。哥哥对其他女生一副不爱搭理的样子，对我却整天事无巨细地说这说那，不管我听不听得懂，有没有兴趣。有时候我也听得烦了，一个馒头或者一个烧饼就塞在他嘴里，然后笑哈哈走掉。哥哥也不生气，过一会揪住我又说个不停。后来长大了，我一直怪他，说我当心理医生这愿望的最初萌芽是在他的口水花子土壤里培养出来的。他说："梵梵，你事业有成，应该谢哥哥我呀。我有前瞻性，发现了你的潜力。"我说你就自恋去吧。

康子是从来不对两个妹妹交心的，有什么话只找师师姐说，以至于那两个妹妹曾经对师师姐老大意见了。

凌小零独一根，没有亲兄妹，也是一有机会就找我聊天。但是帮忙的事情我还是更愿意找我哥，因为我知道他会绞尽脑汁去想办法，而他的办法和主意总是比凌小零要多得多。

裤衩楼三结义对妹妹的态度是不同的，但有一点是相同的，那就是他们对爱情都很专一。我哥只对我嫂子好，没有外遇。康子也只对师师姐好，没有外遇。凌小零只对我好，差点自杀。但我预言，前半生没有花心过的人，有一大半在后半生要变，他们会认为前半辈子很不合算，后半辈子力图要补回来。凌小零就是一个例子，但他自己不承认，他说："我的心没有花，因为永远爱你。"我说人世间没有永远，而你身体已经花了，他嘿嘿笑，说没你想的那么夸张。

我哥和康子也不同意我的看法，因为他们说奔四了，都还没遇到可以花心的人，以后估计更不会了。

我说日子还长着，男人四十一枝花，离一百岁还有一个甲子，走着瞧。

师师姐赶紧求我，说好妹妹，你有预言的本领，可这事千万别跟康子较着劲，那样我就惨了。我说师师姐，花心男是他们自己内心有这样的因子，爆发是迟早的事情，这和我可一点关系也没有。康子如果不是花心男，那是你的福分。我当然只有祝福。

齐格格更不同意我说的，她说至少他爸爸就只爱他妈妈一个人。我说不要拿你爸爸来说事，他是个世间少有的绝版痴情男。而大部分男人没有这样的自律和责任感。

但我说我有个好哥哥这一点，齐格格和回璇都十分同意，而且也羡慕得不得了。齐格格是独生女，和凌小零一样，爹妈只生了她这一个。回璇上面倒是有一个姐姐和一个哥哥，这哥姐还是双胞胎，但可惜的是，不知道是什么原因，这对双胞胎都是天生愚型。回璇的父母亲都是医生，医好了很多别人家孩子的病，但对自己孩子的病却束手无策。回璇的父亲已经退休了，但为了给两个傻孩子多留点生活费，也还在继续发挥余热，返聘回医院工作。回璇的妈妈退休后则全心全意照顾这两个孩子的饮食起居。别说是两个，谁家里摊上一个都要耗费全家人的心。

回璇的担子也很重，经济和精神的双重担子都压在她的肩上。虽然爹妈也为这对儿女存了一些钱，但物价的飞涨，那点钱显然是不够的。做女儿的回璇总是想把担子一肩挑，因为爹妈正在老去。每当她讲起花白头发的爹妈给有180斤体重的傻女儿洗澡，被顽皮的女儿浇得一脸一身水时，讲到给傻女儿喂饭，女儿不吃，重重的手挠了一串血痕在母亲脸上时，回璇都落泪，说："我爸妈这辈子太辛苦了，哥姐是来要账的，我得对二老再好一点。"这也是我心疼她拿钱来为甄子漫做这做那的原因。因为回璇亏不起，折腾不起。

我见过回璇的家人，有一次回璇回家探亲，也带了我和齐格格一起回去。回璇的爹妈都是身体健康、相貌端正的人，直系亲属里面也没有一个痴呆的病例。真的想不到一个娘胎里生出来完全不一样的生命。谁见到回璇都无法想象她有两个傻哥姐。那哥哥很安静，不说话，叫干啥就干啥，虽然啥都做不好，但伺候他容易一点。那姐姐就太闹腾了，像一直在蹦的橡皮球。

我还记得那次我们去她父母家，正逢那个傻姐姐来例假，可能是卫生垫弄得她不舒服吧，她伸手进裤子里面乱抓，然后拿出来的是一手的血，抹得餐桌、椅子和她妈妈的衣服上到处都是。当时我们正在吃饭，我这有洁癖的人见到此景，一股酸水涌上来，赶紧跑到厕所去"哇哇"大吐起来。

回璇爹妈后来不住地给我道歉，我又给老人家道歉，说我不是嫌弃姐姐脏，只是我患有洁癖，对某些东西过分敏感。

医院的不少同事建议回璇爹妈把这个傻姐姐的子宫切掉，这样就不会有例假了，对于伺候她的人要容易一些。但回璇的妈妈坚决不同意，她说这孩子已经够可怜了，能少挨一刀就少挨一刀吧。她还对回璇说，要是以后他们老两口去世了，回璇再带姐姐去切子宫，然后把哥姐都送到养老院去，不能拖累回璇一辈子。这话说得我们都感到悲凉。回璇在父母面前是个乖孩子，马上安慰妈妈说，不会的，永远不会的。这一语三关，既说她父母不会去世，也说她不会带姐姐去切子宫，更不会送哥姐去养老院。

想到这些，我就觉得我走了大运，有这么一个好哥哥宠爱着我，是我上辈子修来的福。

　　我何时被瞌睡虫袭击我不知道，我只知道睡梦中这回我够倒霉，因为从小到大一直翻来覆去做的两个梦，这回雪上加霜地连续袭击了我。先是半醒半梦中，我身轻如燕地飞上了九霄云外，我知道那个面纱男子会用飞毯来托住我一起飞翔。果然，他又来了，柔软的唇为我的脸做着按摩，我隐约闻到了他身上由忍冬、山楂、檀木香、雪松的复合香味，我对木质花香调有本能的爱慕。

　　我一边拨开他的层层面纱，一边追问：亲爱的，你是谁？为什么你一直在我身边，却一直不肯露出原型？

　　然后，飞毯失灵，我跌落进一片草地上，一头牛又和我打架，我拿着草绳抽比我重好几倍的牛，那牛并不用惯用的牛角顶我，只是屁股对着我往我身上狂喷牛粪，并且回头"哞哞"叫着，以蔑视的眼光瞅我。它的叫声又召唤来了一群牛。那群黑乎乎的牛，集体拉出了黑糊糊的牛粪，漫过我的脚背，直接将我的膝盖掩埋。我挣扎着，大叫着……

　　我终于从梦寐中挣脱出来，没睡好，也没睡够，但我再也不敢睡了。我觉得奇怪，平时这两个梦都是分开做的，飞毯失灵是把我们抛下月亮河，我们在河中继续畅游，持续这美好，今天竟然两个梦串在了一起，直接把我从甜蜜杯中拎起来摔进苦涩杯中。

　　我只好起来洗漱打扮，尤其是仔细地洗我的双腿双脚，仿佛它们真的被牛粪喷过一样。

16 第五个季节

今天正好周日，瓦拉也不上课，凌小零和齐格格带着他，由凌小零开车，我们四人一起奔机场而去。回璇上下午都有排练，说好晚上一起吃饭，把甄子漫也叫上，他和我哥都是海归嘛，一定也有话说。大家团聚团聚。两个小家伙也有了伴。

在征得齐格格和回璇的同意后，初步计划我哥带着小威廉住我们一楼大厅旁边回璇暂时当作衣帽间的那间客房，回璇说因为和甄子漫租了公司，有的服装配饰可以拿些到那边去。我这当姑姑的也舍不得小侄儿住远了，本来明朗要单独给我哥租房子的，因为我哥已经答应回来加盟他的公司。我赶紧挡道："不行，我得给我小侄儿天天买好吃的呢，你给我哥出房租费就行了。"

明朗在电话里笑："没问题，你们这套的房租我都出了。"

"那不行，我们几个无功不受禄，你按照公司标准给我哥报销就行了。"我斩钉截铁拒绝了。

其实明朗是喜欢我哥住在我们这里的，这样他借着来看我哥也就可以把我也看了。当我说了我这猜想时，他哈哈大笑说，你真了解我。

这就是默契啊，我答。

准备搬进来的还有瓦拉和凌小零，主要是方便齐格格照顾瓦拉，因为凌小零的父亲突然心脏病合并高血压住院，他父母一时半会来不了，凌小零今天和我哥聚了，明天就要飞回父母那里尽几天孝道，本来想把瓦拉也带去，但是瓦拉的学习不能耽误，也怕老爸一激动病更严重了。

这样，瓦拉就在我们这边住下，大厅旁边还有一间是齐格格暂时当作衣帽间的客房，正好收拾出来让凌小零以后回来和瓦拉一起住，齐格格的服装一些搬回自己二楼的房间里，一些放到一间工人房里。

这下凌小零终于实现了他一直想进来住的愿望了。我说他是沾了瓦拉的光，他把瓦拉的小脸亲得波波响，直说，瓦拉，好孩子，你真是老爸我的福星啊。

瓦拉似懂非懂地享受着父爱。

"圆圈，你这么高兴，一定是为了格格吧？"我摸着齐格格的头发，"格格，你说是不？"

"关我什么事啊，这是你们两个的内部事务。"齐格格也抱着瓦拉亲了一口，"是不是，儿子，你爸和你姑的事情咱们不搀和。"

"这哪是瓦拉爸爸和姑姑的事呢，明明是瓦拉爸爸和瓦拉妈妈的事嘛。"我把凌小零的肩膀掰过来一点，非要他答，"是不是，是不是，圆圈？"

"喂，小心我把车开沟里去啊。"凌小零叫。

"讨厌，无趣。"我推了他一下，不理他了。

想起马上要和我想念的人见面了，那一幕，让我内心十分欢愉。车窗外往后移动的景物让我有点昏昏然，我感到有一点困意，就开始闭目养神了。

似睡非睡中我仿佛看到一幕：小时候的我和小时候的哥哥飞跑在田野上，我那时也就三四岁的样子，哥哥十一二岁。他拿着钓鱼竿在前面一边捡柴火一边跑，我提着小桶在后面追，桶里面有鱼，是哥哥刚钓起来的一条一尺长的鱼，哥哥说要用柴火烧烤了给我吃。那时我正在因为闻了中国漆的气味而患皮肤过敏，身上和四肢到处是大红疙瘩，有的疙瘩上面还冒出水泡，又痒又疼。外婆和外公不给我吃鸡蛋啊鱼啊这类腥味的东西，说是发物，可是我突然想吃，正闹着，放暑假的哥哥来外婆这看我，就带着我偷偷出来钓鱼给我吃。哥哥在我耳边说道，梵梵喵，千万不能让外公外婆知道哦。我和哥哥拉钩，也在哥哥耳边说："保密，我和哥哥拉钩上吊一百年不变。"

那时妈妈在生病，才把我送到外公外婆家。外公外婆有两个家，一个在农村，一个在城里。外公是农学专家，喜欢呆在农村，外婆是翻译家，也喜欢农村的好空气，就随外公一起来了。他们偶尔才回城里开开会。

柴火燃起来了，哥哥像孙悟空一样，把鱼串在木棍上，然后从衣服口袋里拿出一个小纸包，打开一看，是白色的颗粒。

"这是什么呀，哥哥？"我好奇地问。

"盐啊，没有盐什么都不好吃的。"哥哥说着，掰开去过内脏的干净鱼腹撒进去一些盐粒，就将木棍架在两块石头上烧起来。我眼巴巴望着，直咽口水，还不断问着："哥哥，这鱼好没好啊？可不可以吃了？"

"快了快了，咱们家梵梵喵很快就要吃到鱼了，喵就是要吃鱼的，对不对呀？"哥哥哄着我。

"嗯，喵是要吃鱼的。"我天真地重复着哥哥的话。

终于，闻到鱼香了，哥哥在鱼身上撒上盐，又烤了一会儿才灭了火，等鱼稍微凉一点，就小心地把鱼皮和没有刺的鱼肚子以及鱼背脊上的肉拆给我吃，我吧唧着小嘴巴，吃到了很久都没有吃到的烤鱼。

"哥哥，你也吃。"我把手里的鱼肉喂给哥哥，哥哥也吃着，小哥妹边吃边笑。

"香不？"哥哥问。

"我好喜欢吃哥哥烤的鱼哦。好香好香的。"我吃过鱼的小嘴巴变得更甜了。

"哥过两天还钓鱼烤给喵吃。"哥说。

我的头上下点着，好像鸡啄米。

吃完了鱼肉，哥哥挖了个坑把鱼骨埋了，他说这叫打扫现场。然后带我去河边洗手，又把我的小花脸给洗了一遍，还把酢浆草揉碎当香皂洗我的脸和手。然后在我身上和脸上闻了又闻："嗯，这下外公外婆闻不到梵梵喵身上的鱼味道了。"哥哥很得意地笑，顺便把自己也洗了一下。

我们又一路往回走，路上哥采了很多野花编了个花环戴在我头上，又叫我"梵梵小花喵",我们在田野上一路唱一路笑一路跑。

在外公外婆家的日子,我比较孤独,虽然外公外婆都特别疼爱我,但因为都要忙工作,大多数时间我只有自己玩耍。晚上睡觉前是我比较幸福的时光,外公和外婆会轮流给我讲故事,我努力地睁大眼睛想多听一会,因为我喜欢依偎着他们的感觉,尤其是外婆,她的身上总是散发着一种淡淡的香气,若有若无。但瞌睡虫总是很快就来把我抓走了,以至于每个故事,我都只记住了开头。哥哥放假来陪我是我最开心的时候。因为不用等到睡觉前,就可以快乐一整天。

"到了到了,醒醒之梵。"齐格格把我推醒了,我睁开眼睛一看,哦,机场到了。

我怎么会梦见这一段,这不是梦,是我小时候的亲身经历,但很久很久没有想起来过了。有多久?五年?十年?恐怕还不止。它们被藏到哪里去了?多快乐的日子啊,现在已经被这城市的钢筋混凝土掩埋了。

接机口人很多,已经有人出来了,我睁大眼睛寻找我的亲人们。

国际航班,各色人种,各种打扮,大包小包,都慢慢出来了。

看见了,我的小威廉,他背着小背包一个人往前跑着,我哥和明朗在后面推着行李。

"威廉,小宝贝。"我大叫着朝那小人儿挥手。

"姑姑,姑姑,我好想你好想你呀。"小威廉扑过来就使劲亲我。

"哇,宝贝你好重啊,姑姑都抱不动你了。"我努力把他抱起来。

"我都七岁了,是大小伙子了,爸爸说的。"威廉说。

"就是,两年不见,你长高好大一截了。"我说。

哥哥跟上来了,在后面说:"梵梵,放下他,让他自己走,别累着你,这小家伙现在真的好重的。"

我放下威廉,去拥抱哥哥:"哥,还是人家明朗面子大,他叫你就回来,我叫你就不回来。"

哥哥搂着我笑:"这是绝对的冤假错案啊,我不冲别人,只冲咱家梵梵喵,喵儿要吃鱼,哥哥我得回来给喵儿钓鱼呢。"

"哇,哥,我刚才在车上还做梦,梦到我们俩在田野上跑,你躲着外公外婆给我烧鱼吃呢。我很久都想不起这个桥段了。"

"你看你,我可是经常想起那段快乐时光,倒是你把哥给忘了。"哥哥假装埋怨我。

"哪里的话，你比我大那么多，我那时小嘛，好多事情都糊涂。"我辩解。

"那好，哥这次回来就不走了，到时候我把过去那些好玩的事情都给你回忆一遍。"哥哥说。

"兄妹俩亲热够了没有？"凌小零在旁边吃醋了。

"哈哈，我的大导演，我可是真为你骄傲啊！"我哥和凌小零拥抱在一起，你一拳我一拳地亲热起来。

我又把齐格格和瓦拉介绍给我哥。

我哥蹲下来抱住瓦拉："瓦拉，这下好了，你有个弟弟了，来，小哥俩自我介绍一下。"

小男孩们，自来熟，你一言我一语就手拉到一起了。

"哇喔，若非哥真帅。"齐格格在我耳边说道。

"你又犯花痴了？人家可是给我带嫂子回来了。"我去拧她耳朵。

"夸一夸还不行啊，只是流下口水嘛。"齐格格幽默地答。

"你这家伙什么小帅哥没尝试过？这下改口味喜欢大叔了？"我逗她。

齐格格说："我是通吃型。嘿嘿。"

"美死你。"说话间，我突然想起什么，"哥，我的新嫂子呢？"

"哦，上卫生间去了，她说肚子有点不舒服。"哥回答，"我们等等她吧。"

我转身对明朗说："谢谢你，还是你魅力比较大。"

明朗一把拥我入怀："不要老是说谢谢，凡是你喜欢的，我都会尽力去做。我知道你们兄妹情深。这段在美国，若非兄经常给我讲你小时候的事情。可能有些你自己都记不清楚了。"

"你俩总是相互出卖我。"我装着不高兴的样子，推开他。

"不是出卖，是共同话题。"明朗拍拍我。

"大小姐，快来见大家，就等你了。"我哥在挥手。

我把目光转移向远处，发现一个美丽的女子走过来。我不敢相信自己的眼睛，打了个趔趄。

明朗扶住我的腰："小心。"

我推开明朗的手，迎过去，抓住女子的胳膊："散散，真是你？！"

"之梵医生，对不起。"散散低下头，紧咬着嘴唇。

"对不起？你活得好好的，为什么你姑妈告诉我你不行了，为什么要这样打击我？"我摇着她的胳膊。

"我会给你解释的，但不要在这里，请求你不要让若非知道，好吗？他现在是我的一切。"散散在低声哀求我。

"你逍遥在美国，勾引了我哥，我还在这里为你惋惜，为你心疼，为你喝醉。为你的离去我认为自己是一个不称职的医生。你这个骗子！"我有些控制不住，积压在心底的五味瓶全部打翻。周围的一切在我眼里模糊起来，就像美图秀秀上的背景模糊选项，我直勾勾地盯住这个依旧美丽的病西施，不，她不是依旧美丽，她是被我哥滋润得更美丽。虽然教养让我并没有歇斯底里，但我压低声调的话也如针刺，刺进了散散的心中。

"梵梵，对了，散散说她是你的朋友，但叫我事先别告诉你，要给你惊喜呢。"哥哥走过来。

"惊喜？是惊恐！是惊悚！"我直视散散，眼里又射出万道芒刺。

"梵梵，你这是怎么啦？"哥哥不解。可以说这辈子他没有见我这样说过话。他赶紧来扶住我。

"哥，你要带她进纪家的门是吧？我不同意，有她没我，有我没她，你要敢娶她，我们兄妹情就一刀两断。"这话一出口，我自己的后脊先发了凉。旁边的几个人也都听见了，也吓了一大跳。

我推开我哥，一手拉威廉一手牵瓦拉，头也不回就走了。

此时是初夏，我却在严冬与酷暑的交替中挣扎。这是一个我从来没有体验过的季节，我的头皮发麻，发紧。我的心疼着还发慌。我的嘴里泛着苦味、酸味。我称之为第五个季节。

17 心理医生的心理医生

明朗和散散没有坐我们这辆车，是我哥叫明朗送散散先回她自己家，我们六个坐原来的车一路返回。

还是凌小零开车，齐格格坐在他旁边，他们两个也没见过我这样，都担着心。两个孩子坐在中间说他们的悄悄话，不知道大人间的事情。我哥和我坐在最后一排，我不敢看任何人，我知道此时我的眼睛一定是灰色的死水潭，是我自己都不接受的脏脏的颜色。我的心还是疼还是慌，头皮还是紧还是麻。哥用他宽厚的手掌握着我的手，在我耳边轻轻说："梵梵，一切有哥哥我呢，有什么委屈告诉哥，哥还是原来那个帮你出气的大侠，谁敢找咱家喵儿麻烦，哥绝对要让他好看，放心。"

"对不起，哥，扫你兴了，我好累，不想活了。"我的心情像放了气的皮球，跌落到地上，连反弹一下的力量都没有了。

"喵儿这样，哥也不想活了。"哥附和着我。

我的职业要求我平时做超人，我只有把我的坏情绪丢在一个地方和一个人那里。这地方就是多瑙河酒吧。我虽然是个女孩子，但我很少掉眼泪，也只有在酒吧里喝了一定量的酒，眼泪才会被挤出来。而那个人，就是纪若非，我的兄长，他是我唯一可以放纵我坏情绪的亲人。在其他人面前，我多少要装一下。

此时我真想做只蜗牛，把自己的身体缩回到壳里去。我的不理智，搅了今天这个难得的好日子。大家都戴着面具生活，我为什么不让别人戴着，偏要去撕开呢？尤其是散散，她活着，难道不是我希望的吗？难道我忘记了自己曾经多少次为她祈祷祝福吗？

我推开哥哥，自己蜷缩到一边去。好冷啊，我突然又感觉到一阵透心的寒凉，发起抖来。我甚至有些羞愧，还有些悲愤，似乎还夹杂无法形容的被谁抢了心爱之物一样的空空的感觉。

哥温暖的大手把我重新拉起来，搂过去，只说了一句"哥回来了，梵梵喵啥都别怕"，就什么也不再说了。

是啊，虽然我也老大不小了，为什么在哥面前总是个出丑的小女孩？

终于到家了，这一路好像有一世纪那么长，我被哥扶着上电梯，进家门。我有气无力地对齐格格说："格格，一切交给你了，你张罗吧，不要管我，我好累，要去睡一觉。"

齐格格说："放心吧，之梵，这里有我呢。你赶紧去休息吧。"

"威廉、瓦拉，你们乖，自己先玩着，姑姑不太舒服，先睡一觉啊。"我对孩子们说。

"好的姑姑。"孩子们回答，"我们会乖的。"瓦拉还补充一句。这孩子就是懂事。

哥扶着我上楼，我几次想推开他，都挣不脱他有力的大手。

到了我的房间门口，我闪进去，把他堵在门外，我说，哥，止步吧。

哥啥也不说，只使劲一推门，我向后一滑，就要摔倒。哥眼明手快一把上前抱住我。

"梵梵，少给我来这一套。你就是哪天变成没牙的老太婆了，只要哥还活着，在哥眼里，你还是那个嘟着小嘴巴找哥要鱼吃的小喵儿。你要骂人，哥听你骂；你要睡觉，哥守着你。你明白'寸步不离'这个词吗？哥现在就是要管制你，直到你心情好来为止。"

"哥，我昨晚失眠了，现在你能不能闭嘴，让我睡一会？"

哥指着床，示意我上去。

"你在这，我哪里睡得着？"我急了。

"那还是不太困，不然倒头便睡着了。"哥急我。

我去洗手间洗手，一边洗一边吼："你那脏爪子还没洗呢。还老抱人家。烦死了！"

"你的洁癖症不是都好了吗？听明朗说，你到灾区去半个多月都没问题嘛。"哥也进来洗手。

"又犯病了，给你气病的。"我用脚踢他的小腿肚子。

他笑："好，踢踢踢，如果踢我能把你的病治好，我愿意当你的足球。"

"哥，你越来越讨厌了。"我甩手走出去，在衣架上拿了睡衣，又到洗手间换好，然后出来上床钻进毛巾被里，把头蒙住。

哥在我床旁边的椅子上坐下来，我听见他的手掌摩擦脸的声音，然后他长叹了一口气，才轻声说道："梵梵，有些事情你可能记不起来了，你小时候爸妈和外公外婆爷爷奶奶都很忙，我给你充当爸妈角色的时间更多，大都是我在照顾你，有时候我恍惚起来竟然觉得你是我女儿，真的。在我们家里，你在哥心中是第一位，爸妈排第二三位，威廉排第四位，以前你嫂子排第五位，爷爷奶奶和外公外婆紧跟着。我自己永远在最后一位。你是心理医生，你可以治疗无数疑难杂症，解开无数病人的心结，但你永远也解不开哥对你这个妹妹的关爱和责任的心结。每个人心中都有一些不为人知的故事，有时候很光明的东西会被人看成黑暗。但只要自己坚守光明，黑暗永远不能把你打倒。"

哥的指头轻轻为我把挡住我脸的毛巾被往下拉了拉，怕被子里空气不好。我没有动，也没有应声。听他又说："梵梵，我真的害怕我们长大了反而变得生疏了。那真不如不要长大，我愿意永远在田野上为你烧鱼吃。所以在国外，我每周都给你打两三个电话，让你感受到距离并不能阻隔哥对你的关心。今天，你让哥在你和散散之间选择。如果有选择，你知道我肯定会选择你。所以，不要折磨自己。我对你的疼爱和爸妈对你的疼爱是一样的，甚至更重。你的心在疼，哥的心也一样疼。所以，你一定要放宽心。"

我忍不住嘟哝起来："男人都不是好东西，美色当前，什么都把持不住。"

"在你哥眼里，还从来没有比咱们家喵儿更美的女人，绝对没

103

有。"哥说。

"真的?"我坐起身来,直勾勾盯着哥的眼睛。

"若有半句假话,愿意下油锅给你炸。"哥刮刮我的鼻子。

"匪气。哼哼。"我又直挺挺倒下去。

"这回放心了?"哥说。

我咧了一下嘴巴,表示满意了。

哥给我盖好毛巾被:"那好好睡一觉,睡饱了,晚上我陪你喝酒,听明朗说你是一个小酒鬼哦。"

"讨厌的明朗,什么话都说。"我转过身去。

"你才讨厌呢,我们无话不说不是吗?你还想瞒着你哥不成?哥这次回来了,你得把你的事情前后左右统统给哥汇报一遍。你慢慢讲哥慢慢听,有的是时间。好啦。放心睡一觉,我下楼去了。"哥给我理理毛巾被。

"哥,你也和威廉睡一下,倒倒时差嘛。"我在被子里说。

"暂时不用,在飞机上我们睡得很好。"哥拍拍我,关门,轻轻下楼了。

唉,我是患者的心理医生,哥是我的心理医生。

我想起楚楚可怜的散散,为什么我要让哥选择,有她没我,有我没她?我理了理头绪,首先是我讨厌被欺骗,她明明活得好好的,又勾引了我哥,却还一直骗着我,让我为她难过揪心。其次我的洁癖又出来捣乱,她曾经是恋兽癖患者,哥哥在我心中是至高无上的,圣洁的,他怎么能和这样的女人一起生活?在工作中我不嫌弃我的病人,但在私生活中我嫌弃这样的人给我当嫂子,就算我是双重标准吧。这样心理变态身体也脏的女人,怎么能配得上我那么优秀的哥哥?还有第三第四的原因吗?也许有,但我回避。回避我自己的内心。

这样胡思乱想着,我慢慢进入梦乡。

白天发生了这么多事情,开心的,难过的,悲愤的,温馨的,睡眠中竟然无梦可做,真的是死过去一回吗?头脑里好空啊。

睁开眼睛看表,已经是晚上五点半。楼下怎么一点动静都没有?

我起来洗漱了,重新补了妆容,镜子里的我终于有了一双明亮的海蓝色眼睛。我笑了,说,耶,我又活过来了。

找了一条哥今年春节寄给我的蓝色连衣裙穿上,拿了同色的小手包，走出去敲敲对面齐格格和回璇的门，没有动静。我下楼，看厨房和露台也没有人，凌小零和瓦拉准备要住的那间房，门打开着，没人，只有我哥要住的那间屋子门是紧闭的，我犹豫了片刻，敲门："哥，你在吗？"

"来了。"门开了，哥拿了一本书，大概刚才正在看。

"哥，人呢？"

"我不是人啊？"哥用书拍我脑袋。

"我是说他们。"

"他们先去酒店包房了，我在等你起床呢。"

"怎么不叫我起来呢？都快六点了。"

"哥还不知道你，你是最讨厌人家叫你起床的。再说吃饭嘛，早点晚点都行。"

"还是哥心疼我。"我用双臂环住哥的腰间，开始撒娇。

"才知道哥心疼你呀，都说喵聪明，我看你是越来越笨了。"哥又拿书轻拍我的头。

"看，都是你给拍笨的。"我摸摸脑袋，装着疼的样子，"咦，哥，你怎么这么多心理学书啊？还都是英文版的呢。《当下的力量》、《梦的解析》、《生存空虚说》。"我发现哥手里也是一本英文版的马斯洛的《动机与人格》。

"咱家梵梵喵是著名的心理学专家，哥得向你靠近一点，不然和喵差距太大了，喵就不和我无话不说了。那哥就真的难过了。"哥又是轻叹一声。

"我就说嘛，有哥真好。齐格格和回璇都羡慕得要死。"我得意地甩甩头。

"这回心情已经完全回归正常了？"哥看我眼睛。

我知道我的蓝色大眼睛此时很完美，我就睁得大大的让哥检阅。

"好嘞，出发。"哥推我出门。

酒店包房就定在我们小区附近，我挽着哥的胳膊，走在初夏的微风里。迎面走过来一些小女生和小男生，有的故作惊讶状：哇，遇到我梦中的女神了！有的天真地问：你们都是模特吧？我点点头。小男生叫，难怪这身材，这长相，哎呀呀。

我和哥边走边笑，我说："哥，我俩没当模特看来有点可惜啊。"

"以后在小零的片子里面客串一下。"哥说。

"他一天到晚游说我去演他片子的女主角呢。"

"可以去啊。我相信咱家喵演戏也能红。"哥怂恿道。

"不去,我可不想当明星。明星是非多。"

"那倒也是,人怕出名猪怕壮。有名了就没自由了。"哥说。

此时我的心情真是好极了,和上午的我判若两人。我觉得和谁挽着胳膊一起走,都没有挽着我哥一起走舒服,哪怕是和巴黎的那匹狼,哪怕是和明朗,哪怕是和凌小零,哪怕是和老爸老妈,哪怕是和外公外婆爷爷奶奶。和哥在一起,就是觉得通畅、干净、透明。这种日子好多年没有过了。大概是从哥上大学开始吧,后来我上大学,他出国,一晃真的就把时间晃到九霄云外去了。

我情不自禁哼唱起哥曾经教给我的那首我百唱不厌的《月亮河》。

Moon river, wider than a mile

I'm crossing you in style some day

Oh, dream maker, you heart breaker

Wherever you're goin', I'm goin' your way

......

记得哥把它的中文歌词翻译给我听,我一下就爱上它了,它展现在我眼前的是一幅有梦的画面:月亮河,宽不过一里,总有一天,我会优雅地渡过你,噢,这织梦的河,这心碎的河,不论你流向何方,我都将追随你前往,两个浪子,漫游世界,去看它的千奇百怪,我们追寻同一道彩虹,我们在河湾等待,我那可爱的朋友,月亮河,和我。

我梦中那个常常出现的月亮河,是否因此而起?

"梵梵你看,月亮正若隐若现地望着我们呢。"哥指指天上。

真的,今晚,太阳还没完全落下,月亮已经迫不及待登场了。

当我挽着哥胳膊走进包房时,我看见一大捧我喜欢的蓝色玫瑰。

齐格格大叫道:"还是若非哥了解之梵,选了这蓝玫瑰。你看她的蓝眼睛,还有今天穿的这海蓝色裙子,和这蓝色妖姬玫瑰真是绝配。"

小威廉也叫道:"也和我很配呢,我也有姑姑一样的蓝眼睛。"

小威廉又拉过瓦拉,说:"和瓦拉也很配,瓦拉腰带绣花是蓝色的。"

我抽了两朵玫瑰，给威廉和瓦拉各一朵。孩子们拿着花高兴地转圈圈。

"哥，怎么是你们送我花？应该是我们送花给你和威廉为你们回国接风呀。"我和哥入座，我举起红酒杯："来，今天是个好日子，哥，威廉，我们再也不允许你们离开我们大家了。"

大家碰杯一饮而尽。两个孩子喝的玉米汁，也像模像样地碰杯。

哥又倒了一轮酒，说："特别选了今天到家，因为今天是我最亲爱的妹妹的三十岁生日。来，好事成双，大家再干一杯。"

我的生日？我此时才明白那一大捧蓝色妖姬玫瑰是大伙送我的生日礼物。这段太忙，我自己早已经把生日这事忘得一干二净。

"今天是你公历生日，农历生日还没到，过几天回去看爸妈，爸妈说农历生日他们要为你庆祝呢。"哥说。

好温暖啊，我有什么理由不幸福呢？在大家"生日快乐"的祝福声中，我喝下一杯又一杯。

我突然觉得少了谁，环顾四周："回璇和甄子漫怎么没来？"我问齐格格。

齐格格说："回璇有事，说过两天再请若非哥，我听她声音特别累，就没有勉强她。"

我心里闪过一丝担心，因为按理说回璇不应该缺席的，肯定是有重要的事。

18 两个小家伙的碰撞

　　"真臭真臭！是哪个不爱卫生的家伙便便后不冲水？"威廉捏住鼻子从客厅旁的公共卫生间跑出来，并摇着头大声叫道。

　　这是傍晚时分，凌小零刚把瓦拉从学校接回来不久。我也刚下班，齐格格和回璇正在厨房忙大伙的晚饭。我哥还没开始正式到明朗那儿报到，他正在他自己那屋子里清理从美国带回来的行李。因为过几天还要和我以及威廉一起回老家看父母。我和凌小零在客厅说着话，大家都被威廉的叫声吓了一跳。

　　齐格格和我哥一个从厨房一个从房间里走出来，几乎异口同声关心地问："威廉，你在吼什么呀？"

　　"是我，是我便便后没冲水。"瓦拉怯生生地说。

　　"便后不冲水是不礼貌的行为，你知道吗，瓦拉？"威廉嘟着小嘴说。

　　"也许是瓦拉忘记了呢。"齐格格想替瓦拉解危。

　　"我……我……"瓦拉一着急就说不出话来，泪水开始在眼里打着滚儿。

"慢慢说，瓦拉，我相信你有自己的理由。"齐格格拍拍瓦拉的头。

瓦拉跑进卫生间，端起从洗衣机里流出的一大盆水，去把蹲便器冲了。看着干净的蹲便器，瓦拉长长地出了口气，然后走回客厅鼓起勇气说："我们家乡有一年夏天特别干旱，非常缺水，全家每天的用水常常就只有一小桶。现在在城里每天晚上我洗淋浴都特别开心，感觉好舒服哦，但我又觉得太浪费水了。我刚才便便后，看到洗衣机在洗衣服，我看那个下水管可以从下水道口挪动，就拿出来用盆接着，想用洗过衣服的水来冲蹲便器。"

"好孩子，懂得珍惜水资源。"齐格格爱抚地摸摸瓦拉的头说。

"那便便后就可以马上不冲水吗？多脏呀。"威廉斜眼望着天花板说，有点不服气的样子。

"你们一起来想个两全其美的办法吧。"齐格格把难题留给了孩子们。

"大小便后当然要及时冲水了，但我们平时可以多注意节约用水呀。"威廉发表他的高见。

"好主意！"瓦拉立即鼓掌，齐格格也鼓掌。

"那哪些时候是可以节约用水的呢？"齐格格像是在问孩子们，又像是在问她自己。

"哈哈，妈妈，比如您洗菜时就最好不要用流水冲，用盆泡着洗还能利用水波震荡原理把菜洗干净呢。"瓦拉首先揭齐格格的老底。

"呵呵，瓦拉说得对。妈妈立即改。"齐格格不住地点头，被儿子批评，还一副得意的样子。

"那格格姑姑洗菜的水也别倒掉，就专门倒进桶里冲蹲便器吧，免得瓦拉便便后不冲水，臭死了。"威廉说着又夸张地捏住鼻子直摇头。

瓦拉不好意思地笑着低下头。

"瓦拉体会过没水的艰难，其实不仅是外省的山区、沙漠或者草原缺水，就在我们广东北部有的地方，仍然是水贵如油。"齐格格说，"世界上缺水的地方就更多了。最近好多地方都干旱。水资源是人类面临的大问题呢。"

"那我以后洗脸洗手的水都留着冲厕所吧。"威廉对瓦拉说，"用干净水冲厕所的确太浪费了。"

"嗯，嗯。"瓦拉高兴地点着头，有一种自己的想法被大家认可后却不知说啥才好的神情。

"说得对。世界上很多富裕国家的人民都很注重节约用水，像丹麦人为了节约用水，还专门发明了无须过水的无毒洗碗剂。"齐格格说。

"对哦，妈妈是作家，去过好多国家，她啥都懂。"瓦拉一副很崇拜的样子。

威廉拉住瓦拉的手说："瓦拉，广州很热，姑姑说细菌很多，便便完了还是要及时冲掉，但我们现在都注意节约用水，便便之后立即按水箱的水冲洗，而尿尿后就用洗过菜呀洗过手呀洗过脸呀洗过衣服的水来冲厕所，你看好不好？"

"好好好！"瓦拉拍手。

"来，拉钩上吊一百年不变。"威廉用小手指钩住瓦拉的手指。

然后瓦拉神态夸张地说："今天的日记有写头了，题目就叫'便后未冲引起的思考'。"

"瓦拉像个哲学家。"齐格格评价道。

我们都笑起来。我望着这一屋子人，从当初的三个剩女，到如今不仅多了两个男人，还竟然多了一个羌族孩子和一个美国籍孩子，齐格格未结婚先升一级当了十岁男孩的妈妈。这就是两个月之间的变化啊，正所谓计划没有变化快。

我的手机这时候响了，一个陌生的电话，我拿起来："你好，请问是哪位？"

那边一个怯生生的女声答道："之梵医生，是我，散散。"

凡是叫我之梵医生的，我已经习惯心怀仁慈，包括散散。

"你好，有什么事吗？"我力图保持平静，因为一屋子的大大小小都在。

"我想请你吃饭，之梵医生，今天下午一直打你的电话你都没接，但我今天特别想见到你，你就当是病人向你咨询，请不要拒绝。好吗？"散散在那边近乎乞求。

"不会是鸿门宴吧？"尽管我的声音很小，刚被威廉和瓦拉的对话吸引出房间的我哥和在客厅的凌小零都不约而同地朝我望过来，我感觉到他俩的神色比我还紧张。

"别这么说，之梵医生，我对你是充满内疚和感激的，我赔罪还来不及呢。"她把自己放得很低。像张爱玲说的，低到尘埃里去了。

"我哥是隐藏的心理大师，我估计你在他的熏陶下也可以做我的心理咨询师了。"我看见哥在对我指指点点，"下午我手机调到震动，没顾得上看，抱歉，现在我来赴宴，有些事情躲着也是不行的，我心中的疑问块垒也正好需要你来当城管去拆除。"我收了电话，跑上楼，换了一条连衣裙，谁也不看，只对厨房做饭的齐格格和回璇说了一声"我有事，晚饭你们自己吃啊"，就往外跑。

哥一把拉住我："梵梵，什么鸿门宴，说清楚了再走。"

"去了才知道，你是担心我，还是担心她？"我叉着腰做泼妇状。

"废话，当然是担心你。"哥把我叉着腰的手拿下来。

"还不是你给我惹的事，这会儿担心又有什么用？"我把他的手甩开，"哦，对哦，是不是你有意安排的啊，我还怀疑呢。"

对于我的这种无理取闹，我哥一律视为撒娇。

"真的要被你气死。我开车送你去。"哥说。

"你把你妹妹看得这么弱势啊，吃个饭还需要带保镖？"我把他硬推回到沙发前，指着凌小零说，"你们哥俩分别这么多年，好好叙叙旧，别掺和我们女人的事。"

哥还要说什么，凌小零把他止住了，拉他坐下："放心吧若非，之梵会处理好的。我看她在所有人面前都正常，就在你面前不正常。"

"什么话，圆圈，我哪里不正常了？"我又叉起腰。

"算我没说，算我没说。嘿嘿。"凌小零赶紧做投降状。

我拿起包包，做了个要打他的动作，然后走到门边，开门，还没走出去，明朗拎着大包小包进来了。

"吃饭了，小公主，你这是往哪里跑啊？我买了你最喜欢的樱桃和黄桃布丁呢。"明朗说。

"等我回来再吃吧，我去和我哥未来老婆私会去了。"说完头也不回就走了，不管屋子里一堆人的表情如何。

"我开车送你过去吧。"明朗还在我身后吼。

我摆摆手，仍旧没有回头。

我听见我哥在说："丫头片子一张利嘴，都是被我这个当哥的惯坏的。来，明朗，先进来。咱们几个大老爷们只有担着心静候她佳音吧。"

111

我有驾驶证，也开过车，哥送给我的第一辆车是黄色的甲壳虫。他知道我喜欢穿蓝色衣裙，蓝衣黄车是绝配。那车是哥不知熬了多少夜写成的几篇获奖论文的稿费和奖金买的。在车的问题上我是两极分化，要么娇小的甲壳虫，要么拉风的吉普。但是我有随时思考的习惯，开车不专心，所以不止一次追过别人的尾。前面的车主下来看到我是个少见的蓝眼睛美女，钱也没要我赔，我还因为撞车交了几个朋友，拉了几个患者。我后来就很少在市区开车了，只有出去郊游时才开一开。甲壳虫大多时候停在车库当装饰。

的士把我载到散散约定的地方，那是一个私家菜的小包房。

见我走进去，散散赶紧从座位上站起来："来，之梵医生，坐。"

她拿了菜谱递给我："喜欢吃什么，请点。"

我拿起菜谱看了看说："潮州菜很贵，千万别把菜谱给客人点，客人点贵了，那样你买单的时候会很难堪。"我把菜谱递回给她，"我是为你好，不是奚落你。你点吧，我们两个人，别铺张，晚上我不吃主食，其他菜只要看起来干净一点就可以了。"

"谢谢。那我点吧。"散散把服务员叫过来。

趁她点菜之际，我仔细打量有些日子没见的她。今天她穿了一件黑色蕾丝的白色翻领连衣裙，头发梳了一个发髻，高高盘在头顶上，把她的肌肤显得更白净，颈项也显得更长。虽然她也只有1.60米左右，但这会看上去也比我矮不了多少的样子。

她涂了一点粉红色的腮红，也涂了拉长型的睫毛膏，上了一点深棕色眼影。"典型的中国美女。"我在内心赞了一声，"难怪我哥也拜倒在她的石榴裙下。"

19 鸿门宴抑或自我声讨

　　服务员是个小男生，点完菜他问："两位美女是不是演员啊，真的好靓哦。"我看得出他想问这话已经是在我刚走进来的时候，这下终于找到机会了。散散的漂亮给人的感觉是循序渐进型，而我，也许是属于一下就抓住人的那种类型，大概就是因为我的不一样色彩的眼睛吧。而且我的个头占了优势。

　　"我是小演员，配角而已。"我笑，"这位美女才是大明星，绝对主角。"我指指散散。

　　"我猜对了，等会找你们签名合影啊。"小男生说着依依不舍出去了。

　　散散垂下眼帘，不说话，她听出我的弦外之音。我想，既然她请我来，也做好了听我奚落和打击的准备。反正我哥已经把她列为我的新嫂子第一候选人了，而且没有第二第三。对于我哥，我又不是不知道，他奔四了，除了爱过我嫂子，第二个爱的估计就是这个散散了。他没有任何花边新闻，他平常对女人是绝缘的。我在他心中是第一位，这不假。但对妹妹和对老婆的感情，那能划等号吗？我全身上下也就蓝眼睛是特色，算是美貌的特征吧，可他当初还要找个同样蓝眼睛的女人来气我。看在我前嫂子是国际友人的分上，我就饶了她，不和她计较。可今天，他又找个比我漂亮的女人来骑在我头上，口口声声说可以为我放弃这个女人，可这个女人我看起都动心，更何况一个男人？

"之梵医生，你穿这件白色的连衣裙真好看。"散散找话说。

"是我哥送我的生日礼物。"我故意端出我哥来。

"你有这么一个爱你关心你的哥哥真是很幸福。"散散说。

"那是，哥哥对我，从来都是言听计从。"我看她的反应，"哦，对了，你是怎么弄到我哥的地址和电话的？"

"之梵医生，真的对不起，这是第一件我要向你道歉的事情。有一次我趁你出去打电话的时候，把你笔记本上你哥的电话和地址偷偷记下来。当时想，你不是劝我换个环境吗，我想我舅舅也在美国，可能我有机会去美国，去了多个熟人总是好的。"

"你为什么不正大光明地向我要，小偷。"我骂了一句。

"我正大光明地要，你肯定不会给我，你是知道我当时有恋兽癖的症状，在生活中你是一定看不起我这种人的。而我几次听到你哥给你打电话，那种关爱，我真的好羡慕。我爸妈只生了我一个，我真的感到好孤独好孤独。"散散抽出一张纸巾，开始抹起眼泪来。

"你就是用这种楚楚可怜的姿态迷住我哥的吧？"我对她的眼泪不屑一顾。

"你哥真是个好人。我去了美国，找到他，说了我的孤单，但我请他不要和你提我的事，因为我是你的病人，我说你肯定不愿意你的病人和你的哥哥联络。他真守信用，一直没说。"散散说。

"我哥对我从来无话不说，就是因为你这个狐狸精，他竟然隐瞒我好多你们的事。"我更来气了。

"我知道，之梵医生，我理解你。将心比心，如果我是你，有那么好的哥哥，肯定也会阻止他和一个不干不净的女人在一起，何况这个女人还是一个罪犯的妻子呢。"散散说。

"对哦，我还忘记了这一点。你是有夫之妇呢，难道你想犯重婚罪？"这是一个阻止我哥和她结婚的又一个理由，我心里有几分喜悦。

"如果你哥哥真想和我结婚，我会和米纳离婚的。"散散紧咬着嘴唇。

"落井下石的女人，当初你们不是那么的相爱吗？人家进了监狱，你就见异思迁了。你不是说过你不会再结婚吗？"我质问她。

"那是因为没有遇见你哥，你哥那么一个优秀的男人，哪个女人爱上会放手呢？连你这个当妹妹的都把这哥哥当个镇心之宝。"

"镇心之宝。"我在心里暗暗重复散散的话，这个创新词真好。我当妹妹的都不愿意放手，何况一个爱他的女人？

我曾经对巴黎的那匹狼不愿意放手，可是他有狡猾的一面，狡猾起来像泥鳅，我抓不住。想起这，我长叹了一口气，有些同情起散散来。

"其实你不知道，我曾经挨过你哥哥重重的一巴掌。"散散摸了摸左腮和耳朵，好像那一巴掌至今还在让她痛。

"噢？我哥可从来不打女人。"确实，在我的记忆中，他只揍过欺负我的那些浑小子。以前他和我那前嫂子也吵过架，但动手是一次都没有。

"这一巴掌也是为了你打的。"散散说的话让我很意外。

"为我？"

"你知道，一个女人一旦爱起来，就会吃醋，乱吃醋，经常他给你电话的时候我都在旁边，有一次他和你聊得太久，有说有笑，把我晾在一边。为了你不经意的一个需求，比如想要一个牌子的口红，他会开车去各个品牌店寻找。我也许是太贪心了吧，有一次吵架的时候，我就骂他和你这种关系是乱伦，骂他爱自己亲妹妹，骂你爱自己的亲哥哥，要下地狱。结果那一巴掌，真的好重，你知道你哥会武功，一下就把我打飞了，而且我的左耳至今听力都没有完全恢复。这是我一生中唯一挨过的打。可是你知道吗，这一巴掌下来，我知道我错了，不是他给我道歉，是我跪着求他原谅我。"散散双手捂住脸。

听到"乱伦"这个词，我像被助推器发射出去的导弹，"噔"一下从椅子上蹦起来，我冲过去就撕扯散散的发髻，这个坏女人不配有这么端庄的发型："打你一巴掌算是轻的，要是我，杀你的心都有！你这个女人太歹毒了，用这么恶劣的词语来往你爱的男人身上泼脏水！乱伦？你知道什么叫乱伦吗？你知道我从小是我哥照顾大的吗？我们的深厚情谊你懂个屁！你除了真正懂得恋兽，你还知道什么？！"

天啊，我这是怎么啦？我为什么要对我曾经的病人说出我平生从没说过的最最恶劣的字眼？是什么把我这个优雅的女人变成了泼妇？我的所谓贵族血统到哪里去了？是"乱伦"这个词击中了我的要害吗？也许是，不，正是！说我有乱伦之心我可以接受，说我哥有乱伦之举，我是绝对不允许，我心里暗暗地说。

散散没有还手的余地，任我撕扯，我像一个拆房队员，把那个鸟巢破坏殆尽。

散散哭了，一下跪在我面前，双手抓住我的胳膊："之梵医生，你打我骂我吧，我活该。嫉妒心可以把一个天使变成恶魔，也许我就是这样一个让嫉妒心吞噬了的恶魔。"

"你从来没有真正天使过，都是装天使吧。"我甩开她的手。

我也哭起来，抽泣着，颤抖着。我心里最怕的就是这一个词："乱伦"，平时有来咨询的乱伦患者，我都推给其他医生。我自己不会接手。但今天我自己却被眼前的美人用这个词痛击了，心里的长城岌岌可危。

这时小男生送菜进来，推门正好看见这一幕。"你们这是……"他大为不解。

慌乱中，我也不知道怎么就飙出一句："哦哦，我们这是在排练呢。"

"哇，真不愧大明星啊，真掉眼泪了，好演技。"他一副崇拜的样子。

"好，出去吧。没你事了。"放好菜，我把小男生推出去，关上门。

散散还跪在那里，挑染了几缕红色的深棕色头发已经很凌乱地披散着，刚才高高在上的发髻已经被我抓散了，有一缕挡住了她的一只眼睛。

我看看自己的手，这手是第一次抓别人头发的。我起身去洗手间洗我的手，房间里就有洗手间。我不知道是在洗散散发髻的味道，还是在洗我抓人的味道。总之是洗了又洗，用了三次洗手液。

回到座位上，见散散还跪着，我起了一点怜悯之心。

"起来吧，地下那么凉，难道还要我来扶你？既然是请我吃饭，那就来吃吧，吃饱了再吵再打。"我冷冷地说道，然后拿起筷子不客气地吃起来。

别说，一定是散散从我哥那里探听来的消息，点的都是我爱吃的：

香煎鳕鱼、希鲮鱼刺身、米汤煮东星斑、西芹夏果、木瓜雪蛤。可惜一桌子好菜味同嚼蜡。发脾气对自己也是惩罚，以为声讨了别人，其实伤的是自己的元气。我往嘴巴里塞着食物，想尽快把元气补回来。

"你哥说你是属喵的，特别爱吃鱼。"散散站起来，笑了笑，拿餐巾纸擦了擦鼻涕，到洗手间去开了水龙头，整理了头发和妆容才出来。

各自吃了一会儿，好像又有精力了。散散继续说："之梵医生，你一定好奇，我不是死了吗，怎么又活过来了呢？是的，我姑妈给你打电话的时候，我的确大流血快不行了，大家都以为我的生命保不住了，但后来我命大，被抢救过来了。命是保住了，但我的子宫、卵巢这些都被拿掉。我被我的恶劣行径惩罚了，我没有听你的话，我活该。"

我的心颤抖了一下，子宫、卵巢，这都是女性的象征，她却没有了，真是一个空空行囊徒有其表的女人啊。但从外表看，散散除了胸小一点，女人的其他特征还是具备的，比如纤纤细腰。我开始感到有点悲哀，这是我的患者，是一个失败的案例，是我的失败。这说明医生不是神。我之前的挫败感是应该来的。好在她没有死，青葱般的生命没有失去。医生的职责又逐渐压倒我和她的私人恩怨，活着还是好的。

"我没有脸在这个城市呆下去了，我也无脸再见你，我想就让你当我是真的死了吧，人总是会死的。中国这么多人，死我一个也不足为奇。我照你说的话，换个环境去美国投奔我舅舅了。有一次旅行，我到了你哥住的那个城市，我也没什么朋友，就抱着试一试的想法，找到了他。一见到他，我就被他的帅和魅力征服了。大概我楚楚可怜的外表也激发起他英雄救美的热情，就这样阴差阳错我们在一起了。但我非常清楚，我对他是爱情，他对我是友情。"散散苦笑。

"友情？他都把你当我准嫂子介绍给我，还是友情？"我心想这女人又撒谎，肯定是在麻痹我。

"也许你不相信，我和你哥至今没有真正意义上的性爱，我是已经不能，完全没有性欲，也许男人需要，用用润滑剂我也能对付一下。但你哥他是不需要，他对我没有肌肤之亲。刚开始是我太主动，又因为我是你的朋友，他对我多了几分照顾。后来他打了我一巴掌，把我打得左耳失聪，他歉疚，他说学武之人怎么能打手无寸铁的女人呢，可怜我吧，才继续照顾我。"散散长叹了一口气，"从性欲超强到性欲完全丧失，这也是生活对我的惩罚。我是咎由自取。"

117

"我哥是正常男人，怎么会不需要性？面对你这么漂亮的女人，他不需要？他知道你曾经的病情吗？"我想不明白怎么会这样。

"他不知道，这也是今天我要恳求你的一件事，你什么都可以说，唯独这件事请替我保密。我可以拿不和你哥结婚为条件，就算你哥求我结婚，我也不结，只要你不把这事告诉他。这个太丢人了。拜托了。"

"你有什么资格谈条件，你这个骗子小偷。"我又开始骂她，大概是吃饱了又有力气，但这次显然语气没那么恶毒了，倒像是在打情骂俏，"你现在感到丢人了？当时我那么苦口婆心劝你，你全当耳旁风。你主动来找我治病，又不听我的话，存心和我过不去。"

我略微停顿了一下，又接着说："作为医生，我的职业道德要求我对我的病人的病情向外界保密，但你已经骗进我的家庭，所以那个保密不在这范围之内。我可以不说，不说是因为我不想用这些污秽玷污我哥的耳朵。和你的什么鬼条件无关。"

"是啊，如你所说，我有什么资格谈结婚呢？我不仅脏，而且我还是一个罪犯的老婆呢。"散散用手捶自己的头。

"你是有夫之妇，这个你也和我哥保密？"我问。

散散苦笑："你真的以为你哥会和我结婚吗？我想他对明朗说我是你准嫂子不置可否，大概更多是为了让你和你家人少一些担心吧。一个那么优秀那么强壮的男人，身边完全没有女人，这正常吗？他也许就是拿我去掩人耳目，我又爱他，疯狂地爱他，只要他能经常在我面前晃来晃去，我就知足了。我们在一起就算是各取所需吧。"

我头有点疼，我糊涂了，我哥怎么会不需要女人？

"我哥有病？是性无能？"我自言自语道。

"性无能怎么会生出那么可爱的小威廉？"散散摇摇头，"你哥从不允许我在他那里过夜，但有一次他喝多了，不省人事，我留下来照顾他，我给他换衣服，他的身体真的好美，绝版猛男，太完美了。让我爱不释手。"

看着散散口水滴答的样子："花痴，流氓，你趁我哥喝醉了，把他强奸了？"我急急地逼问她。

"你紧张什么？我流氓？我倒是想当一回你哥的流氓，那样做女人就值了。"散散做了个拜佛的姿势，"上帝惩罚我，在我已经没有这种能力了，才把这种绝版猛男送到我身边，我还能做什么呢？我还配做什么呢？我唯一能做的就是顶礼膜拜吧。"

我松了一口气，但我还是糊涂，我哥这是为谁守身呢？难道还在为嫂子的离世而难过？我还以为这一切都过去了呢。

"也许我哥还沉浸在我嫂子离世的悲痛中吧。"我自语道。

"不，这一段他已经走出来了，我觉得他……"散散欲言又止。

"别半截话，痛快地说。"我瞪了她一眼。

"说了你别骂我。"散散胆怯地看我。

"好，不骂了。我也不是以骂人为乐。"我答。

"乱伦那个词确实是我用错了，大错特错，我猪狗不如。但你哥爱你，已经超出对任何一个女人的爱。那次他喝醉了，在不省人事中，他嘴里一直叨念着：'喵，哥给你钓鱼吃。'酒醉心明白，喝醉了最想念的人，其实就是心里最爱的人。知道吗？我现在根本不想做你哥的女人，我想做你哥的妹妹。"

"你就是被嫉妒心冲昏了头脑。钓鱼那一段生活在我和哥的生命记忆里都留下了重重的印记，那是我们兄妹童年生活最快乐的日子，那一片金黄色的田野，那一湾泛着金波的小溪，温馨的记忆，说了你也不懂。"我猛喝了一口茶，差点把自己呛着。

"也许吧，我不懂，我没有这么好的哥哥，我也没见过别人有这么好的哥哥，所以我嫉妒。"散散撩了一下头发，"其实，我很感谢你哥打了我一巴掌，也是因为有了那一巴掌，他见伤着了我，才内疚，在我的跪求下，他才没有赶我走，才第一次拥我入怀，我也才闻到他的体香，闻到他的男人味。也就那一次，唯一的一次。之后，他对我的身体接触都是礼貌性地搀扶一把。你眼前的这个准嫂子，和你哥连一个吻都没有，更别说其他亲密了。"

"好了，今天我们的谈话可以结束了，似乎该说的都已经说了。"我突然觉得累，于是站起身，"谢谢你点的好菜，都是我爱吃的。"

散散把手伸出来，想要握我的手。见我没有和她握手的意思，又尴尬地缩回去。

"之梵医生，以后我还能约你吗？你知道，我没有朋友，和你一起，就是被你骂被你打，我也是快乐的。"散散说话的样子倒也真诚。

"可以啊，上班时间去医院，交诊疗费就行。下班时间约我，请我吃饭就行。"我真的有点同情她，而且我也有自私的想法，她和我在一

119

起，就不会和我哥在一起，起码她没有分身术。

"也许我还能请你去我家坐坐，米纳只是说我们家不能去男人，你是女人，不在这个限制范围以内。"散散笑。

"一个罪犯的家。"我暗暗说道，心中不以为然。我耸耸肩，算是回答。

分手了，我走出几步，又转身走回散散身边："你现在没有工作了吧？那你靠什么生活呢？"

"之梵医生，你真好，我这么伤你的心，你还在关心我。难怪你哥那么爱你，你是个好人。放心吧，我爸我妈都是高级工程师，他们为我存了一笔生活费，之前米纳也给我留了一点小存款，挥霍是不行的，但衣食无忧还是可以做到。你看我，三十多了也回来做半个啃老族。"散散自我讽刺道。

"还是找份工作去，工作也是寄托，免得胡思乱想。另外你有信仰吗？比如佛教道教基督教天主教等，人有信仰会比较充实。"夜色中我已经不那么恨散散了，反而倒是开始担心起她来。

"我听你的。我会努力的。"散散此时变得非常听话。

我转身走了。我听见散散在后面说："之梵医生，我的真实名字叫金闪闪，闪耀的闪，散散是我乳名。"

"你可真够闪亮的。不过对于我，都一样，符号而已。"我回了她一句，继续朝夜色中走去。

20　酒吧的摇滚

　　广州的细叶榕很多，动不动就上百年，令我肃然起敬。这些树爷爷树奶奶们拥有浓而阔的树冠，那些从枝条上垂下的气根宛如树爷爷们骄傲的胡须，也可以把它们联想成树奶奶们披肩上的流苏，优雅流畅。细叶榕很适合遮荫，它们把南国夏日的烈焰挡在半空中，不像电线杆子一样的大王椰树，只有三五片大叶子。其他季节，大王椰树成为观赏树倒还说得过去，但在夏季，一提到它的名字，人们总是恨铁不成钢地说："它头上那三根毛啊，遮它自己都遮不住。"

　　已经是晚上十来点钟了，广州这个时候也还热闹得很，不知道广州人离了夜宵能不能活下来，反正满街的大排档，只要卫生条件、味道和价钱都说得过去，生意就兴隆，桌子都摆到人行道上来了。还有那些流动小贩的推车，周围也围着一帮站着咀嚼的年轻人。车过，肯定有尘土飞扬，但夜幕把尘土附吸到它的身上，人们就装着没有看见那些跋扈的家伙们。至于转基因食品、地沟油等，累了一天的人们更是无暇顾及了。

　　谈健康的报刊上说，粤港澳地区因为吃夜宵的关系，有三十多万人得了返流性食管炎。但这消息似乎也没有吓倒多少人，夜宵照样是这里夜色中不可缺少的一景。随便多晚，你只要想吃，都有地方为你炒一盘辣子田螺、一盘蒜蓉菜心，或者一盘干炒牛河。

我还不想回家，不想去面对哥哥和明朗等人问号一样的眼睛。哥要着急，就让他去问散散好了，反正我的手机早已经调到震荡，随便它怎么在包包里跳摇滚，我也不想去接招。我还想去跳属于我自己节奏的摇滚呢，顾不得它了。

去多瑙河酒吧，我想喝酒。数一数，有四件高兴事要庆祝一下，一是我的患者散散还活着，虽然并不是我的功劳，但这不要紧，关键是生命还鲜活；二来她为何死而复生又勾引到我哥哥的疑团解开了；三是我哥并没有和她有实质性的亲密关系，好像我特别在意这一点；四是这两天积蓄在我心中的坏情绪，终于在和散散的吵骂打闹哭喊中得到宣泄。但是我还要去酒吧想一个问题，我喜欢在摇滚乐中打开思路。散散给我解了一些谜团，但又为我制造了一些谜团，那就是我哥为什么对这个美人没有性趣，却又要默认她可以做我的准嫂子呢？我这哥哥到底在为谁筑起男女之间的一道堤坝？哥口口声声对我说我们兄妹是无话不说的，但是这些年他真的对我无话不说吗？事实证明并没有。这家伙葫芦里究竟卖的什么药？我不想去和他面对面刨根问底，因为他已经不是在田野上啥都对我说的那个哥哥了。我还是自己在酒吧里想吧，也许灵感一来，我就无师自通了。哥出国的这些年，我早已经学会独立了。

腿长的我走了半个小时，当是锻炼。进了酒吧，在我习惯的一角，坐下，要了半打德国白啤，今儿高兴的事情多，不想再苦自己，黑啤就免了。

已经喝完两罐酒了，算是庆祝了前面说的那几件事情，还没来得及再考虑散散塞给我的谜团，台上来了一个四人乐队，演唱《侠盗王子罗宾汉》的主题曲 "Everything I do，I do it for you"，主唱是一个白人歌手，墙上的大屏幕正同步播放这首歌的作者布莱恩·亚当斯当年弹着电吉他在森林中演唱的MTV，里面交叉了一些电影《侠盗王子罗宾汉》的片段，这是我特别喜欢的一首歌，布莱恩·亚当斯更是我非常欣赏的一位加拿大摇滚歌手。我随着音乐也站起来，唱起来，摇起来。摇着摇着，我流泪了。这和吃饭的时候骂散散哭的心境是不一样的，之前是气愤，现在是感动。我在其他场所流泪的时候少，在酒吧里面流泪的时候特别多。

这首歌还没完，我就感觉左右两旁有人在挤我，我看左边，竟然是哥哥，再看右边，是明朗。我做了个手枪的动作，意思是被明朗出卖了。明朗一耸肩，表示没有办法。我各拿一罐酒给明朗和我哥，同时对我哥做了个鬼脸。

哥朝我耳朵吼一句："为什么不接电话？"

我把嘴巴贴近他耳朵说："专一泡吧，拒绝一切其他活动。"

哥又想说什么，我抢着说："有话回家再说。"就又跟着台上的乐队开唱。

现在唱的是"All For Love"，也是布莱恩·亚当斯的杰作，看来台上的这个乐队对这位摇滚前辈很欣赏啊，这首歌有几个声部，此起彼伏的旋律，高亢而有力，更能把酒吧里的人情绪调动起来。

在随后的几段摇滚乐曲里，我没有想到自从上了大学穿了军装看起来一副正经模样的哥哥，那舞姿那身段还真挺摇滚的，完全在我的意料之外。倒是明朗此时却相对文静，他适合去一些清吧。拿他的话说，他来多瑙河酒吧不是为了摇滚，而是为了看我。

这个明朗也真是奇葩，几年了，常常到多瑙河酒吧来泡一下，就是为了远远看一眼我，或者搭讪一下。买个小窝，还幻想着女主人是我，也够意淫的了。不过多年坚持，他终于如愿以偿，因为我自己送自己入了他的魔掌。导火线是散散的悲剧消息，实则是我自己需要搅动沉淀了十年的雌激素。虽然，我和他也还没有发展到男女之间亲密的最后一步，但至少我和他走得更近了。他的阳刚气息还是滋润了我。

从酒吧出来，明朗自己打的回去，我挽着哥哥一路散步往家里走。

"梵梵，你就打算和明朗一直保持这样的状态？"哥问我。

"难道你有什么更好的建议吗？"我反问。

"明朗的太太得了乳腺癌。我这次还和他一起去了他美国的家。"

"哦？"我有点意外，明朗此前并没有说过他太太的病。

"他是个有责任感的人，绝对不会离婚。尽管我看得出，他是真心爱你，但也许别人会把你误认为是小三，你这么优秀，哥真怕这种情况委屈了你，也委屈了他太太。"哥说。

"他太太的健康状况怎么样？"我问。

"还算稳定吧，手术做得比较彻底和及时。"

"那就好，孩子有妈妈照顾到底温暖一些。"我是一个医生，我喜欢听到病人康复或者稳定的消息。

"是啊，威廉跟着我就比较可怜。"哥说。

"哥，这些年你又当爹又当妈真是不容易，叫你把威廉送到爸妈那里，你也不肯。"

"妈身体不太好，带我们两个都累坏她了，现在我们自己下一代的问题还是自己解决比较好。"哥看我，"我不操心威廉，我倒是更操心你。"

我摇着哥的胳膊："哥，别瞎操别人的心，还是把你自己的事情管好吧。"

"我们家梵梵可不是别人，再说我有什么事情？散散今天对你说了什么？"哥问，眼神里有点紧张。

"她什么都对我说了。哼哼。"我得意地白了哥一眼。

"两个女人也是一台戏。"哥也哼哼了一下。

"哥，你有心结，不妨对我这个心理医生说说看，我来帮你解开疙瘩。"我仍旧摇着哥壮实的胳膊。

"疙瘩，以前真有，现在已经解开了。"哥这回露出得意神色。

我终于忍不住了，把哥胳膊一甩："那你在为谁守身如玉啊？"

哥被这个问题呛住了，愣了一下。

"我守身如玉能有这么大的威廉吗？傻丫头。"哥拍我一下脑袋。

"我是说现在。现在而今眼目下。"我用电影《抓壮丁》里面王保长的口头禅吼他。

"你们女人之间怎么什么都说，真是一点秘密也没有？"轮到哥有点吃惊了。

"别忘了你亲妹妹是心理医生，谁会对心理医生撒谎，那就是找死。嘿嘿。"我得意地坏笑，然后去揪哥的耳朵。

他抓住我的手："好了，别闹，我坦白交代。"他看着我，欲言又止。

"别卖关子啦。"我装着要去踢他。

"好好好，我说。之前结婚，是为了给咱们家留个后代，这样爷爷奶奶外公外婆爸爸妈妈那里也有了交代，免得他们担心。你嫂子很爱我，我也对得起她的爱。本来以为生活就这样一直到老。后来你嫂子却走了，我呢，也就平静了。我想接下来可以真正为我这一辈子最爱的一个女人做点什么了，哪怕是精神上的，哪怕她一辈子都不知道。我的心告诉我，我必须这样做。"

我把哥的头按到我眼前，仔细看他的眼睛："哈哈，还说我们兄妹之间没有秘密，赶快坦白，这有福的女人是谁？"

"一个美丽的、可爱的、有情趣的女人，任何词汇都无法形容她的丰富。这辈子能够遇到她，是我的福气。知足知足。"哥的脸上荡起满足的笑容。

我从小就不大能容忍哥赞美其他女人，虽然他赞美的女人少而又少，但我还是要去搅局。

"哥，看把你眼馋得，我都听到你吞口水的声音了。你不是说天底下只有你亲妹妹最美丽的嘛，又变卦了，你们这帮坏男人，变起心来没有任何理由。"我嘟起嘴巴，又撒起娇来。

哥看看我，撩撩我散落在前额的头发，有点报复似的说道："她的美丽和可爱排第一，你只能排第二。"说着就跑起来。

我在后面追他，还叫道："哥，你太重色轻友了。"

哥在前面跑着，哈哈直笑。

就在快要到小区的门口，一个黑影闪出来，把哥吓一跳，仔细一看，原来是回璇扶着甄子漫，跌跌撞撞地从里面向外走出来。

"这是怎么了？"哥赶紧去帮忙扶。

甄子漫抓扯着自己的头发，一副痛苦的样子。

"没什么，他，他，他只是犯了偏头痛，回去吃药。"回璇突然变得有点结巴，神色也有点慌张，像是在掩饰什么。

"我们这边也有药啊，有些中成药治疗偏头痛效果还是相当不错的，干吗要回去吃呢？"我没去多想别的，只想把这个折腾着的甄子漫扶回来赶紧吃药。虽然见他的次数不多，但仅有的几次我对他的外在印象还是比较持肯定态度的，起码温文尔雅，穿着有品味，眼里闪着自信的光芒。但这次见到他，完全是另外一个人，脸色在路灯下显得蜡黄，头发凌乱，衣履不整，眼睛闭着，偶尔一睁开，翻着的是白眼。看来这头痛得不轻。

"他的药是专门从意大利带回来的，我们这边的药都不对症。"

回璇谢绝了我们继续帮忙，直说她一个人能搞掂，我们拦了一台的士，好歹把甄子漫拉扯进后座了。

等车开走后，哥若有所思地说："这个人好面熟啊，想不起在哪里见过。"

回到家里，这时正逢齐格格从厨房端了一盆面粉出来，她现在完全是贤妻良母的样子，笑意吟吟地说："瓦拉想吃面疙瘩汤，我明早给他做。"

哥进屋看了一眼熟睡中的威廉，然后迅速上网查阅，网上有甄子漫的照片，是曾经获得时装设计奖拍的。哥旋即把我拉进他的屋子，悄悄在我耳边说道："想起来了，我有一个朋友是模特儿，他吸毒，我在他和他粉友的照片上见过这个甄子漫，对，他们都是时尚界的。"

"甄子漫吸毒？"我捂住嘴巴，对回璇的处境更加担忧，"明天一定要好好审问她！"

21　冰晶覆盖着肮脏

上午没有病人，但我要整理一些资料，还是按时到医院，我把回璇也叫到医院里来。

"你给我说说那个甄子漫到底是怎么一回事？"我有点火大，我们干净的家，竟然给吸毒的人玷污了。当然这句话我是没有说出口的，怕回璇接受不了。万一她一走了之做傻事，那样我就更对不起回璇父母和黎安的重托了。

回璇紧咬着嘴唇，大概是觉得难以启齿。

"璇子，你难道忘记了，你是你娘家的顶梁柱，你是不能出事的呀！你要出点什么事，叫你父母怎么活下去？！"我看她那副原本高大全的样子此时变得楚楚可怜，又气又恨。

"我怀疑他在吸毒。"回璇的声音低得像蚊子叫。

"吸毒，果然你也怀疑他吸毒！这种瘾君子你还把他当个宝护着！"我摇摇回璇的肩膀，"醒一醒，从你美好的初恋中走出来吧。"

"他国内的父母年纪已经大了，受不了这个刺激。我不管他谁管他呀。"回璇满脸的困惑。

"管是要管，但不能助长他的恶习，成为帮凶。那样不是爱他，是害他。"望着回璇理亏的样子，我叹了一口气，又问，"你是怎么怀疑他吸毒的？他的毒瘾大吗？"

"我觉得他的毒瘾比较大，因为他每次头痛欲裂，都把自己关在厕所里面，我见过他那些瓶子袋子里面有类似小冰块一样的东西，我问他是什么，他说是药。我还偷听过他和一个中学同学打电话，意思是说他太太为了不至于倾家荡产，和他离婚了。因为什么原因而经常延误工作，公司也辞退了他。不过，我没有揭穿他，我想让他自己和我坦白。"回璇叹了一口气。

"你也不富裕，你的钱不够他挥霍的。"我警告回璇，"璇子，和这种人在一起很危险，小心你也被拖下水。"

"那你说该怎么办？"回璇六神无主。

"送他去戒毒所。"我口气绝决。

"那是人呆的地方吗？"回璇很犹豫。

"不去戒毒，他就变成鬼了！"我用食指点了一下她的眉心，"应该说他已经是鬼了！"

回璇望着我犀利的目光，答应去和甄子漫商量。

"格格采访过省里最好的戒毒所，你让她给你们详细描述一下吧。"我又补充道。

这时，回璇的手机响了。

"好像是国外打来的。"接通，原来是黎安。

"老婆，你还好吗？"黎安在电话那边嬉皮笑脸地说，"我有三周假期，要回来和你度蜜月哦，你高兴不？"

"不高兴，这个时候你跑回来干吗？添乱！"回璇竟然说出这样的话。

"什么？小别胜新婚嘛，难道你一点都不想我？"黎安一副失落的口吻。

"想，当然想，只是我这段太忙，可能没多少时间陪你。"回璇又把话绕回来。

"你忙你的，我不需要陪，能看你一眼我就满足了，过两天我就回来了。"黎安说。

"那你先回老家看你父母吧，和他们团聚了再回来看我，错过这几天最忙的时候，这样我也许陪你的时间多一点。"回璇还真会一举两得。

"也好，那我先飞回广州看你一眼，再回潮州父母那边吧。老婆保重。"黎安也没怀疑什么。

"嗯，亲爱的，一路平安。"回璇心事重重地挂断手机。

"还亲爱的呢，甄子漫的事千万别给黎安知道了，谁重谁轻你是分得清的。"我提醒她，"赶紧对甄子漫采取行动，戒毒！"

回璇已经走出诊室的门了，我又把她叫回来："另外，你现在每天晚上必须回来睡觉，不准和甄子漫一起过夜。我担心你的安全。"回璇想说什么，我打断她，"别说你没和他上床，我就是不许你晚上和他独处一室。吸毒的人，什么事都做得出来。"

回璇两手一摊，点头同意。

回璇回到她和甄子漫的公司，把戒毒和黎安要回来休假的事情给甄子漫说了。刚吸了毒的甄子漫，这会虽然脸色有点苍白，但精神很好。他拉住回璇的手说："亲爱的，你既然都猜到了，那我也不隐瞒你了。我是吸毒，而且毒瘾也不小。但为了不辜负你，我还是回意大利去戒毒吧，在意大利有个圣帕特里尼亚诺戒毒恢复中心，建于1978年，我知道它是一所私营的非盈利机构，无偿为吸毒者提供三四年戒毒疗程以及知识与技能学习培训。我有朋友在那里接受过治疗，听说那里的戒毒成功率高达72%，我去试试吧。"这番话好像感觉甄子漫又恢复了自尊。

"漫，你还有救，你这么能干，戒毒之后在事业上再重振旗鼓，我这边的公司等着你的设计，帮你做批量加工和批发。"回璇语重心长地对她的初恋说。

"亲爱的，但是我需要钱，你能再给我八万吗？或者六万五万也行。以后在公司的利润里面扣除。"他眼巴巴望着回璇。

回璇心里一阵心疼，她不是心疼钱像肉包子打狗一去不回，而是心疼毒品把曾经矜持自重的人来了个底朝天的变化。

回璇还记得，他俩共有的十几岁的光阴里，甄子漫曾偷了她妈妈最喜欢的两条长围巾，给回璇改制了一件衣服，那件衣服让回璇在文工团招摇了一个秋冬。而甄子漫却被他妈妈狠抽了一顿鸡毛掸子。

回璇现在还珍藏着几十个洋娃娃，都是当年甄子漫用妈妈剪裁之后的废布头做的，上面无一例外都绣有一颗红心，还有一个"璇"字。和黎安好上之后，她把这些洋娃娃都封存在一个整理箱里，但她心情不好的时候，会在整理箱前注目很久。

甄子漫读美院的时装设计系时，他的设计作品除了小部分由学院收藏，其他大部分最后都穿在了回璇身上，回璇是他的首席御用模特儿。回璇衣柜里面现在还挂着很多件甄子漫当初的设计作品，尽管有的已经过时，但回璇仍旧舍不得送人或者丢弃，因为那是一段刻骨铭心的感情记忆。女人，比男人更容易成为回忆的奴隶，心情好的时候爱回忆，心情不好的时候，也爱回忆，过去的点滴温馨也许能够成为继续行走的动力。用回忆加油，用回忆打气，用回忆换下爆胎。

读时装设计系，花销大，到外地选布匹，或者定制布匹，就是一笔不小的开销。回璇常常将演出的补贴偷偷塞进甄子漫的包包里，但每次甄子漫都给退回来，还责怪回璇说："男人用女人的钱成何体统？！"而现在，毒品已经让他彻底丢弃了自尊自爱。

回璇本来想一直陪着甄子漫的，但由于我说了不能和甄子漫一起过夜，她才依依不舍回到我们的大家庭来，并把她和甄子漫一起的所有细节都给我汇报。第二天，她往甄子漫的卡里打了六万，又取了两万现金。当她回到公司，推开甄子漫的卧室，发现甄子漫口吐白沫倒在床边，头好像被什么东西划破了，还在流血。回璇慌了，给我拨通电话就哭起来。

"快拨120啊，再给他止血，如果有碘酒给他伤口消下毒，再用干净的纱布或者棉布包一下。还有，给他扶正，头垫高一点，防止他的呕吐物呛了他自己。"我赶紧支招。然后给前台小兰请假，打的往离甄子漫住地最近的医院赶，同时也给我哥打了电话。

当我和哥几乎同时赶到医院时，甄子漫已经在接受抢救了。

回璇坐在急救室外的长凳子上，捂着嘴，流着眼泪。我走过去抱住她，拍拍她的头安慰道："没事没事，幸好你及时发现，我估计他是吸毒过量。"

"就怪你，要是我在他身边陪他，他就不会这样了。"没想到回璇把甄子漫出事怪在我身上。

"璇子，我理解你此时的心情。其实，你在他身边也无济于事。吸毒的人没有节制，你救得了他一时，也救不了他一世。如果你和他在一起过夜，他真出了事，你更脱不了干系，你把自己的大好前途为一个瘾君子陪葬，不值得。"我说。

"他要死了我也不活了。"回璇闹起情绪来。

"你既然这么爱他，当初为什么不愿意放弃自己的舞蹈事业和他一起去意大利，现在来谈爱，迟了点吧？"我揭她老底。

哥拉我衣袖，意思是劝我别再说。

"哥，你别拦我，璇子是昏了头，一定要骂醒她。吸毒的人通常都是谎话连篇，什么到意大利戒毒，他要想戒毒，还回来做什么？如果这次他甄子漫命大，被救回来，如果你真爱他，你就赶紧送他去戒毒所。一刻也不能等。"

急救室门开了，医生走出来，让家属签字："吸毒过量，经过抢救，现在已经脱离危险了。"

看，被我说中了吧，我用眼神和回璇说话。

回璇低下头。

我们三人走进急救室，甄子漫刚刚醒过来，他看到身边的回璇，聚集起自己已经不多的力气一下起身扑过来："你这个贱女人，谁要你救我，我就是想死，谁要你多事的！"

"漫，我不要你死，你死了我怎么办？"回璇又哭起来，她紧紧抱着甄子漫，揉着他的背。甄子漫没了力气，挣扎了几下也在回璇怀里瘫软下来。

"一对冤家。"我在旁边嘀咕道。

哥拍拍我的背，示意我俩离开，让回璇和甄子漫单独呆着。

我突然想起我还认识几个社工委的朋友，于是给他们电话，希望他们找两个成功戒毒三年以上的人来给甄子漫做说服工作。朋友们问了我一些甄子漫的情况，我一一说了。

回璇很快给我道了歉，在她的恳请下，随后几天我也来医院给甄子漫做了心理疏导。原来甄子漫服用的是冰毒。冰毒是一种新型毒品。所谓新型毒品是相对鸦片、海洛因等传统毒品而言的，鸦片、海洛因等麻醉药品是半合成类毒品，主要是用罂粟等毒品原植物再加工的。而新型毒品大部分是通过人工合成的化学合成类毒品，所以新型毒品又叫"实验室毒品"、"化学合成毒品"。传统毒品破坏人的内脏器官，而新型毒品伤害人的中枢神经系统。鸦片、海洛因等传统的麻醉药品对人体主要以"镇痛"、"镇静"为主；而新型毒品对人体则主要有兴奋、抑制或致幻的作用。

海洛因等传统毒品多采用吸烟式或注射等方法吸食滥用；新型毒品

大多为片剂或粉末，吸食者多采用口服或鼻吸式，方便快速，具有较强的隐蔽性。

根据新型毒品的毒理学性质，可将其分为四类：

第一类以中枢兴奋作用为主，代表物质是包括甲基苯丙胺（俗称冰毒）在内的苯丙胺类兴奋剂；第二类是致幻剂，代表物质有麦角乙二胺（LSD）、氯胺酮（也叫K粉）；第三类兼具兴奋和致幻作用，代表物质是二亚甲基双氧安非他明（MDMA，我国俗称摇头丸）；第四类是一些以中枢抑制作用为主的物质，包括三唑仑、氟硝安定等。这四类中以冰毒的毒性最为剧烈，精神依赖性最强，已成为目前国际上危害最大的毒品之一。由于它的外观为纯白结晶体，晶莹剔透，故被吸毒、贩毒者称为"冰"（Ice）。

社工委的朋友根据我的要求，找了两个成功戒毒三年以上的人来给甄子漫现场说法，巧的是其中一个也是时装设计师，而且还是甄子漫中专的师弟。一番痛哭流涕，一番语重心长，最后甄子漫同意进国内的戒毒所戒毒。

这一折腾，也被黎安知道了，因为团里要他回来先辅导一下正在排演的新剧目，黎安就没能回老家看父母。在甄子漫的问题上，黎安表现出超级的大度。我问他是不是装出来的，他答："在人家遭灾的时候，我如果再踏上一只脚，那样我还是人吗？当初我看到他俩如胶似漆，我还把床借给甄子漫睡过呢。距离让他们分开，但毕竟曾经爱过。回璇现在不帮他，他只有等死，这是我们谁都不愿意见到的。别说甄之漫是时装界的精英，就是普通的生命，我们也不希望他消失吧？"

"好样的，黎安，你是个真男人，凭这一点，回璇要是辜负了你，我们都不答应。"我和齐格格一致挺他。

22　我的心被掏空了

老爸老妈打电话来催我们回去过生日，说男做九女做十，今年正好是我的三十岁生日和哥哥的三十九岁生日，叫我们再忙都无论如何要回去一趟。老爸最后还补上一句，这个生日特殊，有重要事情交代。当然威廉更是重要的成员之一，隔代亲，爸妈都想他想疯了。

"哥，老爸不会是重新调回野战部队，要上战场打小日本去吧？怎么语气说得那么严肃？"我对哥说。

"你这小脑袋瓜就会胡思乱想，老爸从野战部队调到学院好多年，况且都退下来了，怎么可能重回野战部队呢？估计是家事。"哥不以为然。

"咱家能有什么事啊，又没有传家之宝要分。嘻嘻。"我玩笑道。

"别贫嘴了，梵梵，想想该给爷爷奶奶外公外婆和爸妈带点什么礼物吧。"哥伸过手来把我的头发搞得很乱，"我只给他们买了一些美国的营养保健品。"

"哥，你带散散回去吧，给爷爷奶奶外公外婆带个漂亮孙媳妇，给爸妈带个儿媳妇，他们肯定高兴。这是最好的礼物。"我突然想起散散那个美人。

"别瞎起哄啊，散散已经向我认了错，说她其实是有夫之妇，只不过丈夫在大牢里。我就认她当个妹妹，该关心该照顾，在我的能力范围内我一定做到。"哥说。

"哥，你真的很讨厌，我可没批准你多个妹妹的啊，我不喜欢有人来抢我的位置。"我霸道地叉起腰。

"哥找散散做老婆你不愿意，认她当妹妹你也不喜欢，那哥去当和尚算了。"哥饶有兴趣地看着我。

"你要当和尚，肯定是个花和尚。你，明朗，凌小零，等等，都是花和尚系列的。"我把鼻孔朝天，鼓起腮帮子，做个猪八戒的样子。

"你这一竿子打翻几船人了。"哥捏我鼻子，"不许再胡思乱想了，现在只准想给老人们带礼物的事情。"

"这用得着想吗？军事专家的爷爷一天到晚忧国忧民，地图不离手；外公呢，农学家嘛，热爱了一辈子的种子，给他们一人买一个好的放大镜。外婆是个资深美女，给她买条好看的裙子或者披肩。奶奶一辈子不爱红妆爱武装，这次回去带她去打靶，让她找回当年英姿飒爽的感觉。爸妈有你的营养品就行，再说你把威廉带回去，对他俩来说就是最好的礼物了。"我为自己的点子得意万分。

"咱家梵梵喵就是聪明啊。居然想到带八十多岁的奶奶去打靶。好好好，有创意。"哥对我的点子也表示出极大的兴趣。

经过几年的分别，纪家终于四代团聚一堂了。威廉"祖爷爷祖奶奶祖外公祖外婆"地叫，八九十岁的老人那个心花怒放啊。其实爷爷奶奶最喜欢我哥，长子长孙嘛，能理解。外公外婆最喜欢我，因为小时候我和他们在一起的时间比较多。再说我继承外婆的法国血统继承得比较到位，外婆宠爱我就比较多一点。哥虽然帅，但看不出有外国血统。老爸老妈更是被小威廉哄得团团转，没办法，还是那句话：隔代亲嘛。瞧瞧老爸看威廉的那副模样，时刻笑得合不拢嘴。应了粤语：见牙不见眼。

老爸老妈亲手为我们做的生日宴，比任何酒店的饭菜都好吃，老爸炸的酥肉，放了花椒的，那个香和脆，好滋味在舌尖上打圈圈。

说起这花椒，我们重庆人是离不得的，因为它是除湿的一味好材料，大师傅炒菜总是等油冒烟了，一把整花椒撒下去，那个麻香就把人的味觉搅动活了。然而这却苦了外地人，很多人是吃得辣却吃不得麻。以前我爸所在的部队学院学生们开饭的时候，我们小孩子喜欢去食堂溜达一圈，侦察看看有什么喜欢的菜肴，然后回家拿菜票来买。这时总是看到外地学生们皱着眉头在菜中挑来挑去，好些人的面前已经堆着一小堆挑出来的花椒了。

"哈哈，哥哥们又在挖地雷！"我幸灾乐祸地笑着。

"是啊，小姑娘，快跑开，小心地雷炸了。"哥哥们也朝我做鬼脸。

一种极致的食品或者调料，对喜欢它的人来说是天堂，对不喜欢它的人来说，就是地狱。

"老爸，你以前在野战部队一定当过炊事班长吧，不然怎么炸得这样一手好酥肉呢？"我说。

"炊事班长没当过，但就是用这一手好酥肉把你妈妈给骗到手了。"老爸得意地说。

"你就吹呗。"老妈笑着，一边给老人们夹菜。

"妈，你真好哄，见酥肉就缴械了呀？一点都不矜持。"我故意大惊小怪。

"就你话多，吃你的吧。"老妈有点不好意思。

"哥，别顾着吃，老妈给你做的狮子头那么好吃，你也不夸几句？"我把矛头指向哥。

哥瞪我一眼，起身给老妈敬酒："妈，你做的狮子头放的荸荠总是恰如其分，是全世界最好吃的。我在国外的时候，梦中想起都流口水，今天终于解馋了。敬您一杯，辛苦了。"

妈爱抚地拍拍哥的脸："还说好吃呢，不催你们回来，你们就把老爸老妈都给忘到九霄云外去了。"

"妈，哪会呢，主要是工作刚开始，忙乱。心里想念你们得很呢。小威廉都催我好几遍了，问啥时候回来看祖爷爷奶奶祖外公外婆和爷爷奶奶们。"哥嘴巴也甜。

妈这才开心地喝了一口红酒。然后又给哥和我各夹了半个狮子头。

"可不是？这几年你俩少回来，我们都吃不到这么好吃的酥肉和狮子头了。他俩不给做。"奶奶笑着揭爸妈老底了。

"老太婆，上个月儿媳妇才给咱们做了狮子头的，你又老糊涂了。"爷爷责怪奶奶。

"你这死老头子，我也就这么一说，笑话而已，你才老糊涂呢。"奶奶和爷爷打起了嘴巴仗。

家有老人是宝，这日子真好。不过，千好万好，我和哥还单着身的事仍旧成了老人们口中的遗憾。百口莫辩，我们只好不吭声，或者以打哈哈来对付。

夜，一切都静下来，园林式的部队大院可以听见蛙声，窗外是一片水塘，荷花在月光下私语，我想象着它们此时正换了银白的睡衣，把白天的一身粉红衣裙洗好晾好，明天太阳升起，又可以红妆示人。

爷爷奶奶和外公外婆已经各自被送回他们自己的家了。他们都还挺硬朗，也很独立，坚持不和儿女住一起，只请了钟点工来做做清洁。妈妈经常做些好吃的送过去。爷爷奶奶住在干休所，条件更方便一些。临走时，奶奶还不忘我的提议："梵子啊，记得让非儿带我去打靶啊。"

"奶奶，放心好了，联系好了就去接您。"哥赶紧跑过来抱着奶奶肩头说。

小威廉兴奋了一天，现在也累得进入梦乡了。

老爸老妈把我和哥叫到了书房。

"孩子们，你们都长大了，有些事情我和你妈妈商量，觉得有必要让你们知道，你们应该拥有知情权，尽管当初我们发誓一辈子不说出这些秘密来。"老爸神情突然变得很凝重。

"老爸，是您要上前线打小日本，还是有什么价值连城的传家宝要交给我们？"我不大习惯老爸这种神情，还是忍不住开起玩笑来。

"梵梵，听爸说正事。"哥止住我。

"哼！就你会拍马屁。"我对哥撅起嘴巴。

"啥，老爸成了老马了？"老爸抓我的小辫子。

"老爸，您不是常说心甘情愿为儿女当牛做马的吗？"我急中生智。

"哈哈，你在这儿等着老爸呢。"老爸哈哈大笑，然后又恢复到沉重的神色。

"非儿，小梵啊，今天我要告诉你们的是，其实你们并不是亲兄妹。"

当老爸说出这一句话时，我的心像被一只手拖出了胸腔，好空好冷，我一下发起抖来，跑过去抱住老爸，有点语无伦次："老爸，别吓我，别说我不是您亲生的，不要不要啊。我不是从垃圾桶里捡来的吧？你们绝对不可能那么幸运在垃圾桶里捡到一个和妈一样蓝眼睛的孩子呢！"

　　"小梵，你是爸妈亲生的，但非儿不是。"爸拍我头以示安慰，"非儿的爸爸是我的好战友好兄弟，在一次抗洪抢险中牺牲了，那时非儿还在他妈妈肚子里，非儿出生几个月吧，他妈妈也在一次车祸中失去生命。这样我就把非儿接过来，其实我和你妈妈当时还在谈恋爱，没谈到结婚，就是因为要给非儿一个完整的家，我们才提前打报告申请结婚。"爸说着从书柜上一个锁着的抽屉里拿出一个镜框和其他一些照片，镜框里面是一个军人的头像，不用说，是哥的亲生父亲，因为神态模样完全是哥的翻版。难怪我记忆中老爸的这个抽屉一直锁着，原来锁着哥的身世。

　　哥看着亲生父母的照片竟然十分平静，但他在爸妈旁边跪了下来："爸爸妈妈，谢谢你们的养育之恩，其实关于这事我早就知道了，我十五岁那年，爸带我去烈士陵园祭拜过一位叔叔，当时爸对我说，非儿，你也叫他一声爸爸吧，我心里就清楚了，因为他长得和我好像。"

　　"非儿，你都知道了？"妈妈很吃惊，去扶起哥哥。

　　"嗯，知道，妈，这完全不影响什么，你们视我如己出，在我心里，你们比我亲生父母还亲，几十年的养育之恩啊，特别在我有了威廉之后，我更体会到做父母的不容易。"哥说。

　　妈点头，这些话对他们来说很欣慰。

　　"本来一直想隐瞒你们，因为现在爷爷奶奶和外公外婆都不知道，也不想让他们知道。当时为了更少人知道，我请求调离了原来的部队，就是为了非儿有一个更健康的生长环境。"爸说。

　　"爸，谢谢您，你们用心良苦。更要谢谢妈，还是姑娘家，就先当了妈妈。"哥把妈妈拥进他宽厚的肩头。

　　"在对非儿的教育过程中，我们该打就打，该骂就骂，没有把非儿当朋友的孩子特别客气对待，从来都当自己亲生的一样。本来，我们也不想再生了，你妈妈身体也不太好。直到非儿八岁那年，你妈妈意外怀上了小梵，打掉吧，身体也受不了，商量了一下就还是生下来，没想到是个那么可爱的小天使，我们也高兴，这下非儿有伴了。"爸慈爱地摸摸我的头。

"哼哼，还不想生我，不生就亏大了。"我撅起嘴巴，和爸撒娇。

"是啊是啊，后来看见你们兄妹那么好，我和你妈又有点后悔当初隐瞒了真相，假如一开始老人们都知道非儿不是亲生的，我们真想把非儿既当儿子又当女婿来养。"听爸这样说，我跳起来，"爸，这这，这什么逻辑嘛？把哥当童养婿？"

"童养婿？新发明啊？哈哈。"哥笑起来。

"非儿结婚又丧偶，你这个小丫头片子迟迟没个人来保护疼爱，当爸妈的就更会这样想了。"爸叹了一口气。

"乱套了乱套了，讨厌讨厌。"我捂住了耳朵。确实，我的心虽然回到了胸腔，但好像有一团乱麻缠住了它。这件事对我的冲击太大了。而当事人的哥哥看上去倒是平静如水。

"爸妈，既然你们说了自己的想法，梵梵也在这里，那我也谈谈我的心路历程吧。我从小就特别喜欢梵梵，开始是把她当纯粹的妹妹。但自从男女情感在心中有了萌芽，我就肯定我对梵梵是不同于兄妹之间的爱，那时大概十二三岁吧，我为此苦恼，我认为我有乱伦的倾向，我甚至恨我自己有病，是个坏蛋，有几次我还想到过自杀。我下河游泳的时候，在水下憋着不想起来，实在憋不住了，也舍不得梵梵，又游上来。这样我越把梵梵当个宝贝捧在手心上，真有点含在嘴里怕化了的感觉。我经常为梵梵打架，我见不得梵梵受一点委屈。所以散散说我乱伦的时候，我心烦意乱给了她一巴掌，她说到了我曾经的痛处。"哥平复了一下情绪，继续说道，"这种自我折磨一直到我十五岁那年爸带我去祭拜烈士陵园的那个叔叔，即我的亲爸之后，我才解脱出来，原来我没有病，我不是坏蛋，我是正常的，我爱梵梵并没有错。把她当妹妹当爱人当情人来爱都是可以的。但我知道这种爱一辈子都不能说出来，因为还有不知情的梵梵和爷爷奶奶外公外婆，还有外界的舆论，我不可能为自己的行为去一一解释。再说我也真不知道爸妈还有想把我当女婿的意思，要是早知道这一点，我自己给自己的压力就不会有这么大了。但不管怎样，我对梵梵自始至终都是尊重的，绝对没有乱来过。"哥深情地看了我一眼，然后长叹一口气。

"非儿，让你为难了。你对梵梵的爱其实我和你妈早就看出来了，我们特别心疼你，也特别觉得对不起你，这种特殊的处境压制了你正常的男女之情。也许当初早早把一切说出来，你和梵梵说不定真是非常般配和幸福的一对呢。这也是今天为什么我和你妈要把真相说出来的原因，就是不想让你再背那么大的包袱。"爸说。

"爸，凭什么你们就把我的幸福给做主了，也不问问我的想法。"我不干了，叉着腰，对哥哥说，"哥，你就是我亲哥，想赖都赖不了。"

哥拉起我的手："梵梵，你怎么想怎么做是你的事情，反正哥的思想都给你汇报了。哥不会做你事业爱情的拦路虎，哥只会保护你在人生的道路上少些艰辛。"

"不要不要，爸妈，哥的身世对他打击不大，对我打击倒是蛮大的，受不了啦，我要去喝酒了。哥，你来陪我喝。爸妈你们累一天了，洗洗睡吧。"我有点迷糊地下楼，听到哥在给爸妈说："没事，我看着她。"

爸存了不少好白酒，但我还是喜欢喝德国啤酒。翻出德国黑啤，我开始用酒镇定自己。哥也陪我喝着。

"哥，我问你啊。"我眯缝着眼睛看他。

"问吧，哥有问必答。"哥现在看上去一副轻松自如的样子。

"哥，这么说来，我就是你那天说的最爱最爱要为之守护的人咯？"

"正是公主殿下。"哥笑，刮了一下我的鼻子。

"既然这么爱我，为什么舍得一去千里到国外？"

"不能打破原有的格局，就去建立一种新的格局。哥是希望你幸福，有属于自己的爱情，比如凌小零那么爱你，哥觉得你和他一起也不错，殊不知你软硬不吃。人家差点为你自杀。"

"那你现在为什么又要回到我的身边？"我和哥碰杯。

"你迟迟单吊着，哥心里急啊，再说哥在国外也实在是很想念你，真的不想再远离你了。无论以什么方式相处，哥能在你身边看着你，看你刁钻，看你撒娇，看你蛮横无理，看你故意撒泼，看你像凌小零说的那样只有在我面前是不正常的，哥心里踏实幸福。"

我把头歪在哥的肩膀上呜呜哭起来："哥，其实你一直都是我的偶像。"

"哥知道。"哥拍拍我。

"我喜欢的人不知不觉还都有点你的影子呢，比如巴黎的狼，比如明朗。"

"哥不是也找个和你一样的漂亮的蓝眼睛吗？"哥嘿嘿笑。

"哥，你说我们不是亲兄妹好呢，还是亲兄妹好？"我突然提出这个奇怪的问题。

"都好，但是事实上真的就不是亲兄妹，这样更好一点，因为起码对我来说，不会背负'乱伦'的字眼。你是天使也是魔鬼，我和凌小零都因为爱上你而差点去自杀。"哥的目光散发出柔情。

"我也没有得到什么好处。"我撇撇嘴巴，"你们最后还不是一个结婚生子，一个搞了那么多女人。"

"哈哈，梵梵喵不吃鱼改吃醋了。谁叫你自己不答应凌小零？"哥说，"至于我，我没有料到爸妈会有把我当女婿的想法，要是早知道，我就强烈要求娶了你，你不干就强行把你绑架了。"

"切，现在你知道了，那你现在娶我吧。"我故意激他。

"好啊，我求之不得，一起去国外，远离这个环境。"哥很认真。

"美死你，不干。"我给他一拳。

哥装出一副被我打倒的样子。

"梵梵，其实我为你写了很多情歌呢。"哥说。

"可我一首都没听到过。"我又鼓起腮帮子。

"马上唱一首给你，是从美国回来之前写的，当生日礼物送给你吧。"哥深情地望着我。

"好啊，快唱快唱。"我迫不及待地说。

"歌名是：默默爱你好多年。哥不是专业词曲作家，只是抒发一种情怀吧。"哥说。

哥找来了吉他，一边弹，一边唱：

转瞬之间，白雪已把枝头压弯，
几回梦里小溪潺潺，你我相依伴，
醒来方知月光惨淡，我形影孤单，
春去冬来，已默默爱你好多年。

说不清什么理由苦苦把你依恋，
道不清什么原因对你有这么浓的情感，
只知道你是我的歌我的诗我的梦，
只知道已默默爱你好多年。

想化着美梦把你的床沿爬满，
想化作燕子在你孤寂时与你呢喃，
想在你靠岸时变作静静的港湾，
想在黑夜时化作你明亮的灯盏。

春去秋来，亲爱的你是否平安？
冬去春来，已默默爱你好多年。

"温暖而忧伤，我非常喜欢，这是我这辈子收到的最好的生日礼物。"我重新依靠在哥肩头上，"哥，人生怎么有这么多无奈啊！"

"知足常乐，哥有这样的父母，有这样的梵梵喵，已经很知足了。至于你，不要去急着找答案，一切听从自己的内心，慢慢来。把生活的节奏放慢，好好享受生命中的每一个美好时分。"哥的声音充满磁性，他散发的男人气息，生动而充满温馨，我靠在他的肩头上迷迷糊糊睡过去。

23 半路程咬金

　　齐格格半夜下腹疼得打滚，被凌小零打120送到医院，初步诊断是肾结石，先消炎观察两天，不行的话就得手术。

　　回璇团里有新的演出任务，脱不开身。明朗自告奋勇来负责接送瓦拉上学。凌小零丢下剧本的研究，天天做饭熬汤往医院跑几趟照顾齐格格。齐格格说请个临时的看护吧，凌小零竟然说不放心，要亲自上阵，这让齐格格感到很温暖。病房的人都羡慕，对齐格格说："你家先生又帅又体贴，你真是好福气啊。"齐格格和凌小零心里很美，都不解释。

　　我和哥听说了，陪奶奶打了靶，也急匆匆告别爸妈，提前回来了，再说威廉入学的事情也在进行中。

　　看到凌小零天天上网查菜谱，我就说："呀，太阳从西边出来了。圆圈，我看你是可以娶格格当驸马的时候了。"

　　"我也是这样想的。等格格好了我就向她求婚，之梵你不要吃醋哦。"凌小零做个鬼脸。

　　"我求之不得呀，终于让你找到归宿了。这样我也解脱了。不过我还担心格格愿不愿意嫁你这花心大少爷呢。"我说。

"格格也曾经是花心格格，彼此彼此，现在都必须改邪归正了。"凌小零说。

"人家格格感情丰富，每一次爱都是真爱，不像你，都是别人爱你，你将计就计吧。"

"谁说的，我真爱你这么多年，你就是不来气嘛。冷酷的小东西。"凌小零数落我。

"别拿我说事哈，我这一页就永远翻过去了。其实你和格格真是好搭配，比如都爱瓦拉，都中了这孩子的毒，事业上也是好伴侣，你俩联手，驰骋电影界，那将是天下无敌了。"我说。

"嗯，有前途哈。"凌小零露出得意的笑容。

"说你胖你就喘。"我斜了他一眼。

观察了两天，医生还是决定要给齐格格做手术。手术那天，一想到麻药啊手术台啊，格格就手脚冰凉，有点紧张。凌小零握住她的手安慰道："格格别怕，有驸马在呢。微创手术，伤口很小的，你有点瑕疵，我才敢娶你。你太完美，我只敢远看。"

"谁说要嫁给你的？"齐格格嘴巴硬，但她小鸟依人般靠在凌小零的怀中，已经乖得像只小兔子了。

"反正你是逃不掉了，嘿嘿。"凌小零有些得意。

此情此景也使我的心里涌出了许多感动。他俩也算是情路坎坷吧，这下终于要成为眷属了。这是我们这个大家庭中的第一桩喜事：一个三口之家就要诞生了。

瓦拉更是高兴，逢人就讲："我爸爸和妈妈要结婚了。"

陌生人不解："这孩子脑子有毛病吧？"

小孩子们倒是很镇定："瞧，你们不懂了吧？这是脑筋急转弯的题目。"

下午的手术，上午，我问格格还疼不，她答好像不疼了。

医院里有我的同学在当主任，在我们中国有熟人就是好办事一些。我给同学打电话说请再帮忙查一次，现在是初夏，伤口容易感染，就算是微创手术也是有伤口的，如果情况转好，能不手术尽量不要动刀。

于是，又破例给格格做了一次检查，你猜怎么着？结石真没有了，也许消炎药化小了结石，让它随尿液排出了。真是皆大欢喜。又消炎稳固了两天，格格就准备出院了。凌小零问要不要送红包，我说那是歪风邪气，要阻止。凌小零便给科室的医生护士们送去了一堆电影票，邀请大家去看他导演的正在上映的一部电影。大家很惊喜，原来是大导演啊，都纷纷来与之合影留念。

我和哥买了一大堆鲜花，迎接格格回家。明朗去接瓦拉放学，回璇和黎安当大厨，丰富的午餐就要开始了。

这时门卫用对讲机叫，说有个叫柳晨的找齐格格。

齐格格一惊，"哎哟"叫了一声。

凌小零赶紧去扶她："小心点啊，我的小格格，难道又疼起来了？"

"没，只是扭了一下脚脖子。"齐格格有点尴尬。

我噗哧一下笑出声。

"笑啥，不是有客人吗？赶紧迎接进来一起吃饭啊。"凌小零说。

"对对，有朋自远方来不亦乐乎。"我附和着，叫门卫赶紧放人进来。

齐格格瞪我一眼，我和回璇做了个鬼脸。

哥看我俩的表情，知道有故事，哼了一声，一副有好戏看的样子。

听到门铃声，我打开门，柳晨给我的第一印象，仿佛是从杨柳青年画上走出来的，他拎着大包小包的东西，浑身充满乡土气，细看却又是神清气爽的一个白白净净的美男子。我有点恍惚，好像看到了凌小零的青年时代。

凌小零也愣了一下，我猜他对眼前人也有似曾相识的感觉。我一下明白，原来齐格格喜欢清爽型的秀气男生。凌小零尽管故意把自己弄得胡子拉碴的，但原型还是清秀一族的。

"格格乌，终于找到你了。"柳晨冲大家点点头，就直奔齐格格而去。

"你是怎么找到我的？"齐格格很惊讶。

"我是来出差的，心想正好来看看你。你的手机变了。只好问作家协会，问文联，有人说你住院了，我去医院，又说你刚出院，作协有人知道你住这儿，我就奔这里来了。你怎么了，都好了吗？你怎么换了手机，连QQ也把我删除了呢？"柳晨的话语像机关枪一样节节扫射。

凌小零倒了一杯水，很大方地递给柳晨："来，兄弟，先喝杯水。"

"谢谢啊，我冒昧来访，肯定打扰到你们了。对不起啊。"柳晨环视了我们一圈，说，"没想到你们这里这么热闹。现在只有在我们农村才能看到这样的大家庭了。"

"我们农村？"我心里惊奇他用这样的词语，我想齐格格心里也打着问号。

齐格格把大家都介绍给柳晨，当介绍到凌小零时，只说是导演。介绍柳晨时，也只说是朋友。

"哇，大导演啊，幸会幸会，什么时候到我们村去拍摄一下吧。格格乌，我当村长了，我们这些学子与其在城里找不到合适的工作，不如到农村去，我这研究生的学历在农村特别吃香，我们村搞有机种植，很有前途哦。欢迎大家去我们村走走看看。"柳晨完全不像齐格格曾经描述的那样腼腆内向，大概是村官的经历把他锻炼出来了。

"好啊，民以食为天，有机种植是很受大众欢迎的，这些年大家都被有毒食品给搞怕了。"凌小零说。

柳晨把大包小包的纸箱打开："看，这是我们村种植的有机高山红薯，这是有机芦笋，这是有机杨桃，给大家尝尝鲜。"

"哇，都是好东西。"齐格格很高兴，"现在城里人对乡下的有机食品简直是情有独钟。超市里的有机食品卖得贵死人，还不知道到底是不是真的有机。"

"叔叔叔叔，这个叫什么呀？"瓦拉指着杨桃问。

"这是杨桃，切开后你会看到五角星哦。"柳晨说。

"饭前吃水果，更健康。"我拿了几个杨桃要进厨房，"来，瓦拉，姑姑给你切五角星。"回璇赶紧接过去，"我来我来。冰箱里有酸梅粉，配它们正好。"瓦拉跟进厨房看热闹。

齐格格指着瓦拉的背影对柳晨说："瓦拉，我和凌小零的儿子。"

我看见柳晨的脸上肌肉突然变得有点僵硬，脸色更加煞白，手也不知道该如何放了，但很快他就调整了自己的心态，说："好啊好啊，这么乖巧的儿子，有福有福。"

我有点同情柳晨，心想齐格格不应该说得这么直接。这会让柳晨误会瓦拉真是齐格格和凌小零生的。

"是我们在地震灾区收养的，他父母都已经遇难。"没想到凌小零压低声音做了解释。

"大爱大爱。"柳晨伸出大拇指，脸色又红润过来。

这顿饭吃得很开心，有机红薯当场被瓜分，白灼芦笋也大受欢迎。

"我作为村长真心邀请大家去我们村游玩，去呼吸一下新鲜空气，去品尝一下有机食品。有兴趣还可以自己动手摘当季的水果。我们村现在不但来的游客很多，而且原来外出打工的青年中年人，都归队了。家里有好的出路，谁还愿意背井离乡呢？"柳晨说。

"你这次来出差的主要目的是什么呢？"齐格格问柳晨。

"为村里的有机食品打开销路呗，我们想减少中间环节，直接给超市供货，而且还想和旅行社联系，做一条旅游线到我们村。生态旅游，绿色旅游对于城里人来说，也很时髦。"柳晨说。

"我采访过旅行社和超市，有些管理高层我也认识，我介绍给你。"齐格格说。

"我是专门来看你的，不是为了来找你拉关系的啊。"柳晨解释说。

"找关系也是正常的，你一村之长，肩负重任嘛。"齐格格纠正他。

饭后，我们各自忙自己的，上班的上班，上学的上学，只留下齐格格和柳晨继续叙旧。

凌小零还特别招呼柳晨："兄弟，多玩几天再回去。"

出门后我笑他："你以为你和格格铁板钉钉，所以才这么大气？半路杀出个程咬金，怕有好戏看了。"

"看你说的，我是一贯大气。既然程咬金都来了，那就由格格自己去选择好了。"凌小零装出满不在乎的样子。

"切，我又不是不知道你，外表大气，心里紧张得要命。"我说。

"你这哪是心理医生嘛，不给人打气，专给人泄气。"凌小零有点恼火。

众人大笑。我忙给凌小零拱手作揖："对不起圆圈，怪我怪我，我觉得格格一定选你，因为你有瓦拉这块金字招牌。"

"我怎么觉得这也不是给我打气啊，难道我自己就没有一点魅力？完全要靠瓦拉的力量？"凌小零又找茬。

"你以为啊，人家格格喜欢年轻的，你在岁数上不占优势啊，比人家老了十来岁，现在是三岁一个代沟，你算算你和格格都有几个代沟了？"我又打击他。

"完了完了。"凌小零装出一副可怜相，灰溜溜走了。

"什么叫做完了？赶紧想办法呀！"我朝他背影吼道，然后抓住哥的胳膊，忍不住笑出声。哥刮我鼻子说："就知道欺负人家。"

这时，明朗的手机响了，接通后传出一个急切的声音："明总，我们正准备内测的游戏《蓝色公主》被一个名不见经传的公司给正式推出了，我们公司看来出了内贼啊。"

明朗和哥对视一眼，赶紧往公司赶去。

这款游戏我是很清楚的，因为我哥就是其中领导者，创意是我哥首先提出的，而且还和我商量过其中人物的设定。游戏制作完成后的封测听说很顺利，这个阶段的测试是纯技术的，和游戏的故事、情节、人物一点都没有关系，只是需要在技术上对游戏进行测试，整个游戏基本还处于雏形阶段，所以除了有关技术人员以外，别人是接触不到游戏的。

而之后的内测时间最长，少则几周，多则数月，这个阶段的测试至关重要，也是对游戏最全面的测试，所有的关于游戏的技术问题、游戏的故事、风格、人物、服饰、语言、动作、主线、支线任务的合理性等等诸多方面，都要进行测试和评估，一直到最后的修改。即使是内测，也是很少一部分人可以参与。据明朗说，只请部分游戏制作人员，运营代理商和制作及运营游戏的商家，以及游戏代理商指定的玩家来参与。

可偏偏在这时，就出了问题。

我的手机又响了，一看，是前台小兰的，她正在那边大叫："纪医生，那个狂躁症在这里砸东西呢，你快来啊！"

天，这日子过得，怎么一天到晚都是事儿啊？！还让不让人活？！我拦了一部的士，朝医院飞奔。

24 寻回梦中人

　　哥和我说着话就睡着了，就睡在我房间的沙发上，这两三天他都没怎么合眼。灵狐公司花不少力气开发的《蓝色公主》新游戏被其他公司盗用。原因很快找到，内贼竟然是跟随明朗多年的助手之一小周。

　　小周这家伙情路坎坷，失恋之后又遇到一个女人，是他不能自拔的那种妖娆型，那女人正好是那家小公司的老板，小周就不惜出卖公司的利益，把自己正在参与的公司机密拿去哄女人开心了，这应了"兄弟如手足，女人如衣服，为了花衣服，我砍他手足"的顺口溜。

　　哥倒是想得开，说私了吧，不必上法庭了。

　　明朗不解："若非，你是海归，你是最知道用法律来保护自己的，这回怎么说出'私了'这个词？"

　　哥说："我是不想让传票和判决书把好兄弟之间最后的一点念想都撕破，让那家小公司给我们灵狐一些钱，就当你把这游戏低价转让给他们了吧。小周跟了你这么多年，其他的损失就算是你送他的结婚大礼吧。"哥拍拍明朗的肩头。

　　"可这里面有你多少心血啊！"明朗不忍心看哥的眼睛。

148

"我损失一点创意，你损失的是多年的友情，我心里没你苦，你自己调整心态吧。创意我还会有的，青山还在嘛，而且是正值壮年的青山。"哥指指自己脑袋说。

我轻轻给哥盖上毛巾被，跪在沙发边看哥，台灯的暖光下，哥的轮廓真的很美，男人也可以称之为美。以前看哥，我是作为妹妹的角色，只有欣赏，现在作为一个女人，我心中有一种渴望，想依偎在他的气息下。

自从爸妈揭开了哥的身世之谜，并表达出有想让哥既当儿子又当女婿的想法，我除了佩服爸妈的通达之外，我和哥的关系并没有什么实质性的改变，哪怕是私底下的。我知道哥是怕我尴尬，小心翼翼维护着，克制着，怕自己任何的冲动伤害了我。但哥已经知道我是爱他的，我也知道我自己是爱他的，我不再为"乱伦"二字背任何包袱。但这种心里的爱和需要把爱化为实际行动之间的链接，我还没有打开，或许是我不愿意去打开。因为从小到大梦中吻我的那个面纱男子，一直不肯露面，我一定要让他露面了再说。

但今天我有一种冲动，哥美好的轮廓吸引我，我想在他熟睡下，偷偷吻一下他的脸。尽管从小就被他叫着："来，梵梵喵，在哥哥脸上亲个。"但今天，我的吻是另外一种含义，哥醒着的时候，我是万万不敢，尽管我知道哥是一万个愿意。

哥有一种男子汉的体香，温润而醇厚，好像白兰地中加了一点卡布奇诺咖啡，又让我想起含有鸢尾花、紫罗兰和琥珀的一款香水，那是娇兰的"情感陷阱"。我如今游走在这陷阱的边缘，摇摇晃晃。

我将嘴小心翼翼地往哥的脸上凑过去，快要接触到哥的皮肤了，"汪汪汪……"我的手机响了，我看也不看，赶紧把手机调到震动。

哥被惊醒了，他定定神，看了一下四周："我睡着了吗？"

"哥，你再睡一会吧，这几天你太累了。"我把毛巾被给他盖好。

"打个盹，貌似已经补回来很多。"哥盯着我的脸，搞得我有点不自在，因为我刚才想"趁火打劫"来着。

哥拉过我的手，紧握着，长长地出了一口气，也不说话。

我将头靠在他胸前，听着他有节奏的心跳声，随他的呼吸一起起伏。

哥吻着我的头发，他温暖的气息像一把大伞罩着我，我好像一个睡在保温箱中的婴儿，浑身酥软，接受着呵护。

从小到大，和哥在一起的感觉是最舒服的，我就像一只小猫咪，既可以四仰八叉地打着小呼噜，也可以蜷缩成半圆形睁眼看着他忙这忙那。

不管是谁逗我："梵梵，你是最爱爸爸呢，还是最爱妈妈？"我的回答都是："最爱哥哥。"

每当这时，大家都笑，只有外婆哼哼唧唧作吃醋状。这时我就会接着说一句："也最爱外婆。"

外婆才会把假装沉着的脸转晴。

"哥，你真爱过嫂子吗？"我问。

"怎么想起问这个？"哥有点吃惊。

"突然想起就问呗。"

哥努力动用头脑中的搜索引擎，然后说："当时还是很喜欢她的，情感转移嘛，她有一双和你一样漂亮的蓝眼睛。再说，那时年轻，需要激情，也需要完成结婚生子的任务。"

"哥，你现在也很年轻呢，男人四十一枝花嘛。"我说。

哥是经得起端详的那种男人，越看越有味道，这种味道是情感深沉的男人才有的。

我突然说了一句："哥，能不能像吻你的女人那样吻我？"这话一出口，我竟然觉得头上一热，脸开始发烧，还想挖个地缝钻下去。

哥愣住了，然后听见他说："梵梵，你没有准备好，不要强迫自己。"

"哥，你真讨厌，哪有初吻是准备好了的？不都是惊慌失措的吗？"我的热情被哥打击了，感到好没面子，我赌气朝门口走去。

正要开门，哥冲过来用身体堵住了门，然后抱住我，深吻了我。

我无法形容那种感觉，好像我们是浮游在大海上，一会儿被顶上浪尖，耳边掠过清新的海风；一会儿被沉入海底，无法呼吸。在幻觉中，折磨了我十几年的那个梦中吻我的男人，终于一层一层被揭开了面纱，就是纪若非，我这没有血缘关系的哥哥。我的眼眶像满溢的井口，泪水簌簌直流。我瘫软在哥的怀里。

哥把我抱回沙发上，拥我在怀中，我抽泣着给他讲诉我从少女时代就做的这个重复了无数次的梦。那个面纱中的人竟然就是他，真的是做梦都没有想到。

"梵梵，苦了你了，真的对不起。其实，现在想起来，要么啥也不对你说，隐瞒到底；要么早早就告诉你，给你选择。结果到现在，我们俩还是必须偷偷摸摸地爱着。这正大光明的爱却必须在黑夜中开花，而这黑夜看不到尽头。一有闪失，还得背个'乱伦'的罪名，尤其被小威廉或者爷爷奶奶外公外婆撞见，那结果都不在预料之中。"哥吻着我的眼泪说。

"哥，我流的是幸福的泪，只要有你在我身边，我什么都不觉得委屈。爱，不是为了给别人看的，两颗心在一起温暖着，比什么都重要。"是的，长这么大，三十而立，我才真正寻回我的梦中人。而有的人一辈子也找不到寻不回。

我称我和哥的爱是"天天夜里的昙花"，为了爷爷奶奶外公外婆，为了小威廉，为了现行的格局，我们的爱不能在阳光下尽情地开花吐蕊，但夜为我们伸出了温柔的双臂，拥着我们这两个被命运捉弄的人，我们在夜的怀抱中积蓄能量。

爱是情感和性爱的结合，但性爱对于我和哥来说，目前也就只有这难得的深吻当点缀，克制是必需的，一是外部环境，二是我们自己的性格使然。越是自以为最好的，越不敢轻易触摸。

那不识时务的电话是齐格格打来的，她此时正在柳晨的村子里视察。她私下里给我汇报，柳晨这次来就是为了寻回旧情的，他找到了自己事业上的坐标，男人的自信又回到他身上来了，作为一村之长，他也被历练得比以前更加成熟。但在感情上，他还是对其他女人冷若冰霜。他也算是个奇人，倒追他的姑娘不少，可面对姑娘们"你是我的菜"的大胆示爱，他竟然感到害怕和不自在。他形容就像光着身子穿纯毛毛衣，浑身都刺痛和痒。他忘不了和齐格格的那七天，他说想把它们扩张成七十年。不管齐格格怎么想，不管希望有多大，他觉得是应该来争取一下的。

"你动摇了吗？"我问齐格格。

齐格格坦白地说："动摇了，摇摆不定了。你知道我对小男生一贯把持不住。我开始怀疑，在天平上凌小零那头的重量是否是瓦拉占了主要。"

"婚姻非儿戏，想清楚了再说，不急这一时。"我安慰她。

　　人生如果没有选择，过程就更简单，直奔目标而去。在古代，男女授受不亲，女子闺房不容男子踏入半步，好不容易见到一个，立马私相授受，要么私定终身，要么相约私奔。因为不抓住眼前，以后就再无机会。所以出现了司马相如和卓文君、梁山伯与祝英台，国外还有罗密欧与朱丽叶，等等。而人类发展和进步到了现代社会，卓文君即使不遇到司马相如，也很可能会遇到梁山伯，甚至还有可能遇到高鼻子的罗密欧。随着选择的多样性和丰富性，人心的贪婪会让人挑花了眼睛。不过齐格格是见过大世面的，她应该如她自己所说，一切都影响不了她，她会直奔她的爱情而去。

25 楷模坍塌

今天医院的预约有点多，我的上下午都排满了咨询者。午饭就在医院食堂吃，午餐有年糕汤还让我使劲点了赞。吃完在诊室小睡了一会，不然我真要崩溃了。

有一对备受亲朋们歧视的男同性恋小伙子，一起到我这里寻求帮助。

"纪医生，我们爱得很深，和男女之间的爱没有差别吧。但我们也爱得很苦，因为我们是小众，是另类，是异类。面对生活的艰辛，我们俩真的想一死了之，不再受这些气了。"

"死很容易，活着很难。既然你们选择了这条路，就应该有这种承受能力。相爱，就要争分夺秒地爱，这一生的缘分只有这一次，下辈子你们可能根本没有机会认识了，也许根本不在一个时代。而且死要死很久的。几千年，也许几万年。"我说得神乎其神，总之就是想打消他们寻死的念头。

两个小伙子表情很悲伤，其中一个说："我的父母已经和我断绝了关系。"

"做父母的可能也是一时情急。你们慢慢和父母沟通吧，用你们的真诚和孝心去感动他们。"我说。

仔细端详这两个小伙子的长相，别说，还真是挺英俊的，也不是通常我们想象的其中一个俊俏型，一个粗犷型。我眼前的两个都还比较有男人味，只不过不是粗犷的那种，是介于粗犷与俊俏之间吧。据我目测，两个小伙子都在1.80米左右。

"冒昧地问一句，你们中间有一个是女角吗？"我试探性地问。

"他是太太。"一个小伙子推了另外一个小伙子一下，被推的不大好意思地瞪了另外一个一眼。

"都是挺阳刚的小伙子，为什么不喜欢姑娘呢？"我不解，心中仍旧有点惋惜。

"看见姑娘就是没感觉，看见我们彼此就是有爱的火焰啊，这个是身体感觉给出的自然而然的信号，不是意志决定的，更不是无聊或者图个时髦。"

"好像也有双性恋的？"我问。

"我们不是，我们心中只有彼此。"两个小伙子口径完全一致。

"你们在彼此拥有之前，还有过其他伴侣吗？"我问。

"我的第一个恋爱对象是女生，她是我的大学同学，是她主动追求我的，我们彼此聊天还行，但她一接触我的身体，我就不舒服。后来就分手了。刚开始我还认为是她有口气令我不爽。后来又处了一个女朋友，我发现我对她的身体仍旧不感冒。直到现在的他追求我，我才发现我其实是个同性恋，他的身体让我着迷。"其中一个说。

另一个拍拍同伴："是我开发了他。以前我有一个男朋友，但他背叛了我。我苦口婆心挽留他，甚至低声下气求他，都无济于事，他移情一个中年老外，出国了。幸好我现在找到了自己的真爱，但愿我们彼此永不背叛。"

"那如果是真爱，就坚持下去吧。不要在乎外界的眼光，既然选择另类生活，就得有承担。"我给他们鼓劲。

也许存在就是合理，既然已经发生，我们又阻止不了，再说这结果也没危害别人，我们有什么权利去阻止呢？就算是真理，也不一定每一次都存在于多数人身上吧？有些东西解释不清就先不解释。

"坦白地说，纪医生，你歧视我们吗？"其中一个小伙子问。

"不歧视，但我有点惋惜，因为我自己也是好色的，要知道，你们两个相爱，就预示着我们这些姑娘们少了机会啊。"

我友善地笑。

他们也笑："虽然我们对女性产生不了爱情，但也有友情，我们其实是很体贴的。"

其中一个站起来，走到我面前说："纪医生，你今天咨询的病人很多，辛苦了，我帮你按摩一下好吗？"

"哦？还会这一手？"我有点吃惊。

"让他给您按按吧，他的手法很好，他专门为我去学习的。"另一个说。

"好吧，来吧，谢谢。"我同意了。

只感到他左手扶我脑门，右手大拇指和食指则在我后脑勺的风池穴位置按住了，哦，不错，知道风池穴。我暗暗说。

"风池穴是治疗头痛、眼睛疲劳、颈部酸痛、头重脚轻、落枕、失眠和宿醉的穴位，我经常给他按，因为他是搞IT的，长期对着电脑，容易眼疲劳。"小伙子说。

我点点头，示意可以了。

小伙子重新坐回位置上。

"别说，舒服多了。"我活动了一下脖子。

我把手伸向他们："我个人不提倡也不反对同性恋，但我支持真爱，无论异性还是同性。"

"谢谢纪医生，你给了我们尊重与力量。我们会加油的。"两个小伙子紧紧握住我的手。

"不要动不动就想到死，死是我们最后的归宿。要珍惜短暂的这一百年活着的时光，其实人除了爱情，还肩负很多责任。"我再次叮嘱他们。

他们点头，手牵手离开。

记得我看过一份资料，说"断袖之癖"并不是人类的"专利"，小到果蝇甲虫，大到信天翁、黑猩猩，很多动物间其实都存在同性恋行为。加拿大生物学家布鲁斯·贝哲米，还在1999年发表了一份文献，他仔细研究了近1500个动物物种之间的同性恋行为，对其中500个物种又有更详细的着墨。我们常见的长颈鹿交颈，更多的也是同性之间的示爱行为。

文明社会的一个重要表现，就是对给社会没有带来危害的事情给予更多的宽容和尊重。条条大路通罗马，追求真爱的方式也允许有多种。容得下与自己意见相左的人，才有一个宽大的心怀。

跟着进来的是一个22岁的狂躁症兼有自闭症的小伙子，是他母亲领着他进来的。

又是一个帅小伙，但他母亲的年龄却可以做这小伙子的奶奶。

"我们是老来得子，我和他爸都是近五十岁才有这儿子，肯定娇惯，尤其是他爸在孩子五岁时有了外遇导致我们离婚，我更加骄纵这孩子。我和他爸不幸的婚姻也是这孩子的病因。"孩子母亲陈述着。

"之前看过医生吗？"我问。

"没有，孩子不承认自己有病，听说要看医生，又吵又闹的。"孩子母亲说。

"那这回为什么来找我？"我盯着小伙子问。

小伙子竟然露出腼腆的神色。

"有一次看了您在电视台做的心理辅导节目，孩子喜欢您，同意来和您聊聊。"孩子母亲说。

"就是，我们每个人都有这样那样的病，大病小病，或者说这样那样的问题，大问题小问题，来和心理咨询师聊聊天，心里就不那么憋气了，你可以把坏情绪都往我这里倒。"我看着小伙子说。

小伙子偷偷看我一样，又把头低下了，此时完全看不出他是一个有狂躁症的病人。他时不时以求助的眼光看母亲一眼，我也无法猜到他狂躁起来偶尔会对母亲大打出手的样子是怎么样的恶劣。

"你这么帅，肯定有不少姑娘喜欢你，你谈过恋爱吗？"我微笑着问他。

他摇摇头："恋、爱、过，只、是、和、音、乐。"他一字一字说得很慢，但发音还比较清楚。

"太好了，喜欢音乐的人一定具有浪漫情怀。"我说。

"他特别喜欢音乐，电视里只要有音乐节目，他是必看的，有的节目重看几遍也不觉得烦。"他母亲补充道。

"有没有想过自己也学一门乐器呢？比如架子鼓。"我提议道。我个人觉得打击乐器最能够缓解和宣泄狂躁病人的一部分狂躁情绪。在我的患者中，就有爱上打击乐器从而减轻狂躁病情的例子，还不止一个。

小伙子的眼睛突然亮了："我……我、行、吗？"

"我看你行。一定行！"我加强了语气。

小伙子回头看母亲，母亲点头："买，回去就去乐器店选鼓。"

"不过这种乐器很扰人，你们家的居住环境有这条件吗？"我有了别的担心。

"我们住在顶层，有个屋顶晒台我们自己用，平时我种点菜，够我们自己吃的，多的还可以送人。我收拾一下，应该还可以挪出一个地方，到时隔一个房间安了空调给他学习打鼓吧。"孩子母亲说。

"但你要在我前面保证，鼓槌只允许用来打鼓，不能用来打人。如果用来打人或者打自己，你就糟蹋了音乐，音乐再也不会喜欢你了。"我对小伙子说。

"嗯，我、保、证。"小伙子点点头。

"来，我们拉个钩。"我把手伸给小伙子。

小伙子真把手伸过来。

我说："拉钩上吊一百年不变。"

小伙子也学着我的话："拉、钩、上、吊、一、百、年、不、变。"

我环顾了一下四周，看到一早前台小兰送我的一袋子好品种的黄色和红色的樱桃，还有我们医院院长老家人从江苏带来的草莓，加起来有七八斤吧。我让小伙子去帘子后面的诊疗床上躺下，我把那些樱桃和草莓用一个袋子装好系紧，然后放在他肚子上，问他："你觉得这样重不重？"

他答："重，压、得、慌，有、点、出、不、了、气。"

我拿走袋子让他起身，各自摸了一把樱桃和草莓递给他，然后轻言细语对他说："妈妈是你最亲的人，你曾经就像这袋樱桃和草莓一样在她肚子里折腾，压得她十个月睡不好觉。这些年你们母子相依为命，她对你的其他付出我就不用说了，相信你是个懂事的孩子，不，你已经不是孩子了，是男子汉了，你的拳头是用来对付坏人保护母亲的，而不是打在母亲身上的。"

我示意他把樱桃和草莓拿去水龙头上洗，然后悄声对他母亲说：

"孩子这样你也有责任，爱和教育要双管齐下，当严则严，当慈则慈。"

孩子母亲把头点得好似鸡啄米。

看着小伙子把洗了的樱桃和草莓分给我和她母亲吃，他自己也狼吞虎咽地吃着，我心底涌出了一丝安慰。我看见她母亲眼里也有泪花在翻滚。他终于懂得屋子里有三个人，懂得分享。

告别时，我还看见小伙子挽住了母亲的胳膊。

哥打电话来叫我晚上下班就快点回去，师师姐从北京飞来了，康子有小三，把她气得离家出走。

"什么？我心中的楷模真的坍塌了吗？"我大吃一惊。

26　减肥餐教程

广州的士在上下班时间是最难打的，人多路堵都是其原因。但我的两个患者是的士司机，只要我提前预约，他俩谁有空谁都会按时来接我。

我坐在的士里，看着马路边到处是招手打的的人，一边觉得自己幸运，一边想着康子哥和师师姐的往事。

就像我哥"老鹰护着小鹰"一般护着我那样，康子哥也总是在师师姐面前上演"英雄救美"。有一次其他高班有个暴力男生故意来扯掉师师姐的头绳，就是为了气气康子哥，康子哥知道了立马去和那浑小子打了一架，没打过，那家伙有点厉害，只吃了康子一拳，但回击了康子五六拳，且拳拳集中康子脸部。康子流着鼻血回来搬救兵——找我哥。我哥见兄弟鼻青脸肿的，二话没说，就半路堵截了那猖狂的小子，自然是那浑小子被我哥打得落花流水。

我爸和康子哥的对话更是经典中的经典："师师长得又不是很好看。""不好看我也喜欢。"前一句是我爸开康子玩笑的，后一句是康子不服气回答我爸的，那时他才七八岁。

青梅竹马的爱情让人感动，但这不是尚方宝剑，不能说七岁爱着你的那个人，七十岁时必须还爱着你。爱情没有固定保质期，看彼此维护的环境而决定。环境差了，保质期自然就短了。婚姻不是爱情的必然结果，它只是爱情继续下去的其中一种可能性，或者说爱情只是婚姻的其中一种成分。婚姻保质恐怕更需要责任。

这还是我心目中美丽的师师姐吗？也才两三年不见吧？说腰粗三尺还算客气了，赘肉组成的游泳圈堆在腰际。原本一张秀气的小脸已经肥成大饼脸了，脖子也快和脸部一样粗了。再看脸上，一点妆容也没有，皱纹与蝴蝶斑成了脸上的主要装饰品。四十不到，却穿起中年大妈的肥婆衫来。

"之梵，你可回来啦，康子这坏东西可给你说准了，他变心了，有小三了。这回我是真的活不下去了。"师师姐见我回来，一下起身扑过来，仿佛一个汽车轮胎滚向我，我竟然没有招架住，差点往后仰，幸亏哥眼明手快扶住了我的腰。

"没事的，师师姐，我们大家一起来做你的娘家人，好好收拾康子哥那个坏家伙。"我顺着她说，在她圆圆滚滚的背上抚摸着。

我提议去旁边的清泉汤馆为师师姐接风，一家子大大小小就拥着师师姐到了酒店。

"我们每人点一个菜吧，发挥大家的主观能动性。我先点个汤，来个荷花荔枝干炖老鸭，它有美容润肤、调气舒郁、清热除烦的作用。这汤特别适合师师姐。"我说。

"之梵，你简直就是美食家啊。"师师姐看我说得头头是道，羡慕地咂咂嘴。

"广东人个个都是美食家，要吃得健康，就必须懂一点食物方面的知识。"我说，"因为广州的水土湿热，所以大家都很注重养身，养身从煲汤开始。"

"关于吃我什么都不懂，只管吃，我们家是康子做饭。"师师姐说。

"那在'爱一个男人就要关注他的胃'这一点上，你就输了。那个小三在这方面是不是很有一手呢？"我趁机因势利导。

"是，听说他们两个人经常手牵手去超市或者菜市场买食材一起研究。可我们家从来都不用我做饭啦，康子也没有要求过我嘛。"师师姐愤愤不平的样子。

"没有谁天生喜欢每天在厨房忙碌的，如果康子哥做十次，师师姐你做一次，他一定觉得这是惊喜。"齐格格说。

看见师师姐咬了嘴唇，我继续说："或者他做的时候，你在旁边打打小工，陪陪他，也是好的。"

"我哪有时间？我要监督孩子完成作业啊。"师师姐狡辩道。

"吃完饭你们也可以一起监督孩子完成作业呀。你让康子哥一个人在那里独处，他就有机会想其他女人了。"我给师师姐夹菜，"这是格格点的木棉花煮冬瓜，利水减肥除湿。冬瓜是好东西，每周都应该吃两次。"

"我也不想肥，可身体要长胖，你说怎么办啊？"师师姐很委屈。

"师师，记得你原本很娇小的嘛。"哥也忍不住开了腔。

"生了双胞胎，然后使劲补，加上我也不爱运动，慢慢就肥了，康子很会做菜，我胃口又好。"师师姐耸耸肩，将一大块连皮带肉的烧鹅放进嘴里。

"梅子烧鹅，著名粤菜，我点的，必须得让师师尝尝。"凌小零自告奋勇介绍。

"好吃，我喜欢。"师师姐嘴里还没嚼完，又夹了一块。

"我的好姐姐啊，康子哥是运动健将，他怎么能够容忍自己老婆肥成这个样子呢？他有直接责任。"我怕那么大块肉把她呛着，赶紧拍拍她。

"康子说我是肥婆，说她是美人鱼。"师师姐说着又难过起来，两滴清泪流下来了。

"咱不难过哈，姐姐，咱们也有变回美人鱼的时候，妹妹我有办法，到时候让康子哥来求着你回去。"我安慰师师姐。

瓦拉把香煎鳕鱼的盘子转到师师姐面前，高声说："师师姑姑，这是我给您点的鱼，妈妈说吃鱼补脑，又不会肥。"

齐格格和凌小零的手同时抚摸瓦拉的头而碰在一起，格格想躲开，被凌小零得意地逮了个正着。格格瞪了他一眼，赶紧又装得若无其事的样子。这正好被我看到，我坏笑着对他俩眨眨眼睛。

"谢谢瓦拉。你告诉姑姑，我真的肥得很可怕吗？"师师姐问。

"师师姑姑瘦点更好看，我也是小小男子汉，男人说话女人要听哦。"人小鬼大的威廉冒出来一句，把大家都笑喷了。

　　"那你为姑姑点的是什么能瘦的菜呀？"看见两个孩子，师师姐问，此时不知道她是否在想念自己那一对双胞胎了。

　　威廉把右手卷成号角放在嘴上，发出嘀嘀嗒嗒声："锡纸盐焗海螺。"

　　"是吗？那姑姑要好好尝尝。"师师姐点头。

　　我抓了一把小海螺给师师姐，又递了一根竹签子过去："别说，两个小家伙的菜还点得真挺好，孩子喜欢香口的，比如香煎鳕鱼；孩子也喜欢好玩的，比如海螺，海螺口感脆爽，也是明目和减肥的一种海鲜。"

　　"谢谢威廉，这海螺真好吃。"师师姐说，"看来这美食的学问也很大，我作为女人对美食的发现还真不如两个孩子，我的生活貌似过得太粗糙了。"

　　"璇子和黎安是舞蹈家，他们对自己的身材保养也是颇有心得，来，尝尝他俩点的枸杞炒兔肉和空心菜炒牛肉，虽然两个都是肉，但兔肉和牛肉都是瘦肉，脂肪并不多。"我给师师姐用公筷夹菜。

　　"是啊，再说最近猪肉又频频出问题。"回璇补充，同时也给黎安夹了菜。这家伙自从甄子漫出事之后，在黎安面前变乖了不少。

　　"好啊好啊，长知识了。"师师姐大快朵颐。

　　"若非，你在美国生活多年，怕对中国菜不是很熟悉吧，尤其粤菜？"师师姐边吃边问。

　　"谁说的，有这么好的医生妹妹、作家妹妹和舞蹈家妹妹在眼前，还不得耳濡目染随便学几招？"我哥笑。师师姐和我哥同龄，他们之间玩笑更多一些。

　　"那你为我点了什么菜呢？"师师姐不放过我哥。

　　"好吃的在最后啊，蚝油乳鸽。来，给你翅膀，祝你飞得更高。"哥给师师姐夹了翅膀，又给我夹了鸽子头，他知道我喜欢。

　　"我这么肥哪里还飞得起来哟？不过广东的蚝油真是一绝，我们家里也有，康子常用。"师师姐说。

　　该师师姐点的菜，她摇头说不懂得如何点，那我就代劳了，点了杂粮筐，即主食，有玉米、红薯、芋头、煮花生和煮毛豆。我再补了一个蒜蓉炒菜心。这一餐非常符合营养师推荐的减肥食谱，只有凌小零点的梅子烧鹅脂肪稍微高一点，但适当的荤油对一家大小也是必需的。

"这一餐真是营养减肥好教程，够我学习一个月的了，别说自己做，就是头头是道给康子建议一下，让他做给家人吃，他都应该对我刮目相看吧。"师师姐叹了一口气。

"营养美食知识好办，边吃边补。"我说。

饭毕，大家各自忙自己的事情，我则陪师师姐在花园里散步。

原来，康子哥是和自己曾经的学员好上了，那女孩子是游泳运动员，肯定是美人鱼身材。我想象他俩走在一起，一定有回头率，康子哥1.82米，带个好身材的女孩子在身边，男人的虚荣心会得到极大的满足。而师师姐现在这副模样，和康子哥走在一起相差实在太悬殊了，就像一个小圆球滚在挺拔的康子哥身边。

有了孩子之后，师师姐的注意力全部给了孩子，很少关心康子哥，也从不查岗。直到最近这个月，她发现康子夜夜回来得很晚，觉得奇怪，问康子哥，康子哥都答在加班训练学员。晚上想和康子哥亲热，康子哥的托词也基本是：加班太累，改天吧。

有一天师师姐偶然发现康子哥胸前有紫色的吻痕，再三追问，康子哥也只说是在游泳池碰伤的。师师姐一气之下拿了康子哥的身份证和手机到移动门市部打手机清水单，查到康子每天与同一个号码煲电话粥的记录，师师用康子手机打过去，果然一个女子声音飞出来："老公，好想你哦。"

"谁是你老公，我是康子老婆，你是谁？"师师怒火中烧。

"康子老婆？那个用肥猪肉做成的狮子头啊？你已经是名义上的老婆了，不是看在孩子的面上，康子哥早就不要你了。"对方的语言很猖狂也很恶毒。

"你个臭小三，贱人一个，破坏别人家庭还厚颜无耻出口伤人，有本事报上你的姓名来，我们来个当面对决？！"师师姐怒发冲冠，但毕竟是部队高干子女，在小三面前也不会示弱。

"我站你身边只怕你会羞愧得钻地缝啊，本小姐年轻漂亮，康子哥赐我'美人鱼'的外号，我还有研究生学历，不像你，不上进，不工作，一个学建筑的快二十年了连个中级职称都没有，一天吃康子哥的喝康子哥的，你哪一点配得上康子哥啊，你难道不知道外界都对康子哥有你这种不爱自己的女人而报以极大同情吗？"

"你把自己说成一朵花也不过是一朵狗尾巴花，因为没见康子有和你结婚的意思啊？你再有本事也不过是见不得人的小三，无非是我们康子廉价使用的妓女罢了。"师师姐别看平时文文静静，骂起人来也是有一整套说辞，而且毫不嘴软。

绝大多数平时善良、乖巧、有文化的女人，为了争夺心爱的男人，都会大打出手，或者出口成"脏"。

正巧退休后的康子父母这段在北京小女儿家居住，师师就跑到公公婆婆处告了康子一状，然后说自己要出去一段时间散散心，把问题想清楚，也许离婚，但孩子一个都不会留给康子。

之前说过，我们都戏称康子哥和师师姐他们是"军阀联姻"——因为师师姐的爸爸曾是我们这个部队学院建筑系的主任，康子哥的爸爸则是材料系的主任。两家老爸属于铁哥们型。康子哥的父亲哪里容得下儿子给自己丢人的，这样也对不起我那师老哥和老嫂子啊。康子爸见到康子就劈头盖脸给了儿子一个巴掌。

"咋啦？当个总教练就腐败了？就敢有小三了？小三还敢和正牌夫人叫板了？你把那小三叫我面前来，看我打断她的腿！"老爷子火气也大得很，完全站在儿媳妇这一边。

"爸，不是你想的那回事，有女孩子喜欢我不假，但我没有和师师离婚不要家庭的意思啊。"康子摸着火辣辣的脸，连忙辩解。

"你把那小三的手机给我拨通，我来教训教训她。"老爷子还在气头上。

"爸，我惹出来的事情我自己去收场，您别气坏身体。"康子哥还得哄着老爷子。

"你给师师跪下赔礼道歉！"老爷子一声吼，康子哥不敢不跪。

"老婆，我错了，其实也就是和一个女孩子多聊了一段时间的天，她喜欢我想和我结婚，我肯定不会同意的。真的什么都没发生，以后也不会发生。请原谅。"康子哥不得不给师师姐跪下，然后小声让师师姐去劝老爸。

师师姐也知道公公有高血压，不能着急上火，又看着公公这么维护她在家中的地位，也便见好就收了。但她知道康子和这个女人没那么简单，看那女孩子一副张狂模样，对她师师啥都了解，也是有备而来。虽然有老爷子在，康子不敢离婚，但他俩的关系也许会隐藏得更深，转入地下。

"师师姐，康子哥有主要错误这是肯定的，但你千不该万不该有两件事，一是辞职，二是允许自己这么肥下去。你要知道，再爱你的男人一旦你没有独立的经济能力，他养你久了就会有种你欠他的感觉。还有，你失去了你自己的工作和社交圈子，你的神秘感就失去了，你之前那么有魅力，你完全应该让康子哥来处处吃你的醋，而不是今天这样被动的地步。"我开始为师师姐分析原因。

"女为悦己者容，你爱康子哥，却不愿意为他打扮，让他在人前脸上有光。这是你的愚蠢之处。"我直接指出她的毛病。

"告诉姐姐该怎么办。"师师姐的眼神好无助。

"第一是必须减肥，这个需要过程，但必须马上开始。我们现在的散步就是宣布你已经开始锻炼了。第二是打扮，我明天让璇子教你化妆，教你护肤，教你如何穿适合的衣服、选适合的色彩，教你跳肚皮舞。第三，厨房事务你必须会。万一哪天康子哥累了病了，你去给他煲汤熬粥，他会感激你的。这个跟格格学就一点没问题了。"

"婚姻保卫战这就开始了？"师师姐问。

"开始了，本来已经迟了，必须奋起直追才行。"我说。

散步了两个小时，我才和师师姐回到家。回璇之前说这个月住到黎安的寝室去，让师师姐暂时住她那间屋。我给了她睡眠面膜并说了使用方法，安顿好她，我才回到自己房间洗澡，快速把自己收拾干净，刚穿好睡裙，哥敲门进来。

哥十分小心轻轻锁上门，然后把我抱起来，又轻轻放到床上去。我两只眼睛都在打架了，但还是想说师师姐的事，哥在我耳边制止我："梵梵喵，其他的明天再说，我看你太累了，脸色好苍白，就是想上来看着你睡着了我才放心。闭上眼睛吧，哥守着你，等你睡着了，我就下楼去。"

哥这么一说，我才想起今天确实是忙了一天啊，咨询了多少个患者我已经记不得了，晚上师师姐的事又严重考我心智了。我如一只困极了的小猫咪，躺在老猫怀里心安理得地打起了小呼噜，迷糊间感觉到哥的性感之唇在我额头做蜻蜓点水状，但我已经抓不住了，瞌睡虫们把我带走了……

27 关于借与还的比喻

　　一大家子吃完早餐，其中有格格手把手教师师姐做的紫菜饭团，里面是酱萝卜和黄瓜，口感良好。格格的妈妈据说能干得要命，所以才把比自己小十六岁的老公哄得服服帖帖。原本厨房这一套并不出色的格格，为了儿子瓦拉，天天在电话中聆听老妈教诲，现在已经手艺了得，入得厨房了。

　　饭后除了师师姐跟回璇去现代舞团练习肚皮舞，顺便也让回璇帮着她置办几套合适的服装。其他人都各归各位，上学的上学，上班的上班。

　　以前这套房子只得我们三姐妹住的时候，我们每个月一人拿出2000元凑在一起共同开支房租水电气和伙食费，有结余就移到下个月，超出了就再补。谁哪天没回来吃饭或者谁出差三五天等等也不会去计较。现在多了两个小男孩和两个大男人，一样是按人头缴费。来此住三天以内的客人不用补缴费，超过三天，谁的客人谁负责每天多缴一百。没有规矩不成方圆，有了规则才有良好的长久的相处。

　　明朗是编外人员，但每次来玩都大包小包地拎来，他是我们中的土豪，我们也就不客气地收下了。

不过为了不刺激师师姐，这几天我叫明朗暂时回避一下，因为明朗来了，我和他不清不楚的关系就暴露了，尽管哥从美国回来后，我和明朗再没有一起亲热过，但毕竟这段情还没有用结束语来一个总结。

今天来找我咨询的有一个刚三十岁的少妇，但她的打扮却像五十开外的中年人，长得也不漂亮，没有化妆，胸前很伟大。不过，她圆圆的脸上露出温和的笑容，使我一下对她产生了好感。

看她欲言又止，我轻轻地问她："有什么可以帮到你呢？"

她的双手放在两腿之间摩擦着："我感觉吧，我的丈夫完全对我不感兴趣了，自从我怀孕到孩子出生现在四个月了，一年多的时间他都没有和我亲热过，这正常吗？我想他肯定有外遇了。"

难怪她胸前伟大，原来正处哺乳期。

太太怀孕以及生产后的一段时间是男人出轨最多的时期，但我不愿意这样告诉她，以免让她更忧郁。

"孕期和哺乳期是女人一生中的特殊过程，这个期间做爱，男人会压力重重，孕期怕使妻子流产，哺乳期怕使妻子再次怀孕。或许你先生正是一个责任感很强的人呢！他心疼你，怕你遭罪，才克制了自己的欲望。"我尽可能找出较合理的正面理由来安慰她。

"你的话真让人舒坦，看来找心理医生聊聊是绝对正确的。"她说。

"你是第一次看心理医生吗？"我问。

"是的。以前我对看心理医生有很强烈的抵触情绪，认为有病才找医生，我又没病，干吗要找医生？"她不好意思地笑了笑。

"与其说是找心理医生看病，还不如说是找心理医生聊天。"我说。

"对对对，你这句话真是很体贴。"她高兴地拍拍手。

"如果你把我当成心理医生感到很别扭的话，就把我看成是一个在火车上遇到的陌生人。把所有的不快乐都倾吐出来，这样，你就会轻松很多。"我感觉她是一个很孤独的人，已经很久没有好好地同人聊一聊天了。

她点点头，沉思了一会儿说："还有一件事，让我深感害怕和羞愧。那就是最近一段时间，我常常在睡梦中与一些不认识的英俊男子私会，有亲密的动作，有的还……"她不好意思往下说了。

"做爱？甚至达到高潮？"我毕竟是医生，我不能任她话到嘴边不说出来。

"是啊，梦中很快乐，梦醒后也有一种奇妙的快感，好像真的和谁发生过实质性的欢愉。你说，我是不是有病？或者我很坏？"她不停地双手互捏，很不自在。

"你的自责和羞愧都是多余的，因为性梦是一种正常的性生理和性心理行为。"我说。

"正常的行为？真的吗？"她很惊讶。

"是的。非常正常，许多人都做过性梦，包括我。"我十分肯定地点点头。不是吗？我的面纱男子不是作为一种性梦折磨了我近二十年吗？

据国外一些调查报告统计，几乎百分之百的男性做过性梦，不少女性也有过。性梦与道德品质一点关系也没有。人不可能因为品质好就不做性梦，也不可能因为道德败坏就夜夜做性梦。性梦可以满足性欲，对于调节我们的身心是有好处的。它是人体在对各种器官和系统功能进行自我检查和维护。睡梦中的性高潮不仅能使人摆脱白天的精神压力，还是对现实生活中没有得到性满足的一种补偿，能够缓解性饥渴。

少妇听我这样解释，才如释重负地出了一口气。

"但是，你的权利你要学会运用，比如可以直接对丈夫说想和他亲热，说出你的需要，让他尽一个丈夫的责任。有时候彼此含糊其辞，结果都以为对方不需要呢，造成很多不必要的误会。"我特别给她指出这一点。

她点头："其实我和丈夫两个都是理工科博士，属于彬彬有礼、相敬如宾的那种，有的事情直接说，好像我还不好意思。但我明白医生您说得对。我会试着去和他沟通的。"

"这样吧，如果你不好意思开口，你可以为自己买两套性感一点的睡衣，用衣服和眼神勾引他，哈哈。"我有时候觉得心理医生就是教唆犯，连用何种方法勾引他（她）们自己的太太或先生这样的事情也得教得透透的。

从心底来讲，我个人还是认为夫妻间小打小闹、撒个娇、赌个气比较接地气。彬彬有礼的夫妻用客气遏制了情趣，用礼节制造了陌生，实在是无味无趣。但偏偏有的夫妻一开始就被装进了这种模式中。

　　中午小憩，我边吃饭边给哥打电话，问康子那边的情况。在哥的审问之下，康子交代了自己的"罪行"，他和那女子确实是利用出差、开会等机会经常在一起，已经算是老情人了。先是说好不结婚的，因为康子从来也没打算和师师离婚，但随着感情在女方心里的加深，那女子动了结婚的念头。三十出头的剩女，遇到康子这样事业有成又有男人味的大叔那是绝对当个宝的。加之师师对自己的不爱惜，在外表上实在是输给那女子几条街。那天师师的电话又撞在她的枪口上，她就主动出击了，心想如果师师败下阵来不原谅康子，离婚后那康子极大可能就是她的了。

　　"你不该这样，当然，我也不该这样。我们都错了。分手吧。谢谢你曾经给过我的美好。"康子面对情人的进攻，选择了全身而退。因为他原本就不准备让自己的出轨伤害到家庭和老婆，更不允许情人向老婆发起进攻。由于他和那女子好的时候相互间没有什么经济纠葛，退出局很容易。

　　女子后悔了，千方百计挽回康子的心，保证以后不再侵犯师师，愿意过隐形人的小三生活，在没有得到康子的回心转意之后，又歇斯底里恐吓要去单位告康子。

　　"如果你觉得这样可以报复我，那就请便！"康子挂了她的电话。

　　"兄弟，好好过吧，后院起火很麻烦，离婚结婚的，最后发现还是新不如旧。毕竟是知根知底的人，从小一起玩到大的，怎么待着怎么舒服。"哥劝康子。

　　"人生总得出一次轨吧？"康子哥自嘲道，"有过了，并且知道厉害了，就消停了。对了，师师在你们那边拜托先替我照顾着，等我忙过这一阵子，过去接她，负荆请罪。"

　　"兄弟间还客气个啥，梵梵她们几个会把她打造得很有御夫本领的，以后你可得小心了。"哥开玩笑。

　　你看，哪怕是年轻貌美的小三，只要一动了情，终归败在男人手下。有种你比男人更无情。你多情，就注定你受伤害。我仿佛已经看到那小三哭哭啼啼的模样了，当初抢来男人有多得意，现在就有多失意。

　　职业的关系是不是已经把我变成一个喜欢说教的人？总之我又多

169

事，要来了那女子的手机号，然后给她拨过去。

"我是康子童年的小伙伴，是个心理医生，也是别人的情人，我俩同一种身份也许更能理解对方。我是想劝你，就此收手，也许以后还能让康子在回想你和她一起时，涌起几分暖意、爱意和对你的内疚之感，毕竟你们都互相爱慕过对方。你如果去单位告发康子，让康子痛失了要养活一家大小的经济来源，他肯定会因此把你这个人彻底否定了，以后想起你只有恶心感。男人把事业往往看得比感情更重，这是社会对男人的要求使得他们形成的事业态度。而你呢，也许一时会痛快，但随着时间的飞逝，你一定会痛恨和后悔自己对爱过的人给予的极端做法。所以，我给你的建议是，放手去疗自己的伤，找个专属于你的爱情去好好相守。"

"康子也太绝情了，我不过是损了他老婆两句，他心疼起那个样子，完全变了一个人。"女子在那边哭。

"要知道，康子早于你三十年就爱上了他的老婆，童年就爱，已经爱到骨髓里。你既然爱康子，就应该懂得尊敬他身边的人，而不是去诋毁。其实康子本来就不属于你，只不过是丘比特开玩笑，把他借给你享受了一段。在你们相处的时间里，彼此都感受到温情、温暖，心存感激，这就够了。但借的总是要还，还就大大方方地还，千万别借得久了就误当是自己的了，贪婪会出大事。"

我联想到自己和明朗，我和明朗也是一夜生情，虽然我还没和他走到男女亲密无间的最后一步，但我也在享受从丘比特那里暂时借来的他的情，大多数时间我还是心安理得的，甚至有时还觉得他太太愚笨，把这么个让多少人垂涎欲滴的优秀大叔扔得远远的。你不来守着，也就别怪我来借用。就算我不借用，排着长队的别的女人也会来借用。那与其这样还不如我借用了，反正我不会篡你位夺你权。明朗自己也一直在表示着对我的关爱和倾慕。这是两厢情愿的事情。

撇开明朗的家庭和哥的回归，我和他还算是匹配指数很高的一对，无论从个性还是心灵相通，我们都保持着较高的和谐，我不敢说我们的感情有多深，借来的东西无法奢谈感情，也不敢太投入，怕伤了对方也伤了自己。其实，从自私的角度来讲，在不影响他太太和我哥的情况下，我希望维持现状，和他保持下去。但遗憾的是，哥和他是熟人朋友，现在还是同一公司奋斗的战友，我不能因为自己的贪婪而伤害到两个对我都爱护的男人。

现在散散"活"回来了，是哥把她带回来的。最重要的是从少女时代起就纠缠我的性、情、爱——我的面纱男子已经露出真容，我是该对明朗有个明明白白的交代了。

想拨明朗的电话，约他晚上一起吃饭，但散散的电话却先拨过来了。

"之梵医生，今晚能来我家小聚吗？我学做了几样清淡小菜，我们开一瓶上好的红酒，一起聊聊好吗？"

我心里找着各种理由拒绝，嘴里却答应了"好"。一想起散散楚楚可怜的模样，我就无法拒绝她的请求。

28 散散的家

　　这个美人穿一件绿色渐变色的连衣裙，已经站在小区门口等我了。之前说过我有御用的士司机，可以提前预约。虽然我提前五分钟到了，但她显然是比约定的时间更早下楼十分钟以上。以示对我的重视？还是她真的希望早点见到我？也许这就是她的修养吧。

　　"之梵医生，你穿着牛仔短裤的腿好修长啊，真让我羡慕。"她一看到我从的士上把腿伸出来，就奔过来赞美我。我今天是直接从医院下班而来，就是一身T恤、牛仔短裤、运动波鞋的打扮，头发是普通的马尾。

　　"你也很漂亮，像曾经的乌克兰女总理季莫申科。"我也夸赞她，是真心的，现在很少看到中国姑娘盘辫子在头上了。

　　"不是需要做点菜嘛，我怕有头发落进菜里，我知道你有洁癖，很讲究，所以我盘上辫子，这样干净一点。"她在前面引路，却尽量靠着边上走。她的小心翼翼和卑微的态度，让我心存感动。

　　她住的这个小区因为在珠江边，又是广州所称的河南，相对比我们住的天河更安静一些，而且不在桥头，也听不到汽车过桥的轰隆声。

珠江上桥多，一桥飞架南北，天堑变通途。那些新桥旧桥如海珠桥、解放桥、江湾桥、海印桥等等，的确把南北两岸有机地连接起来。但若你的家就在桥头不远处，那些车辆从早到晚过去过来的轰鸣声会让你崩溃的。

散散住的十八层，不是最高，居中，但看江的北阳台很大，江风习习，视野比我们住的小区宽阔。

珠江不是一条江，而是一个水系，是东江、西江、北江以及下游三角洲诸河的总称。它发源于云贵高原乌蒙山系的马雄山，流经中国中西部六省区及越南北部，在下游从八个入海口注入南海。有人问，既然东江、西江、北江都有了，那么有南江吗？答案是肯定的，但南江没有自己的入海口，它流入西江，所以只能算西江的支流，属于儿孙辈的河流了。

珠江流域的涵盖面也很宽泛，著名的黄果树瀑布、桂林山水都在珠江流域。水利学家们精准地测得珠江水系共有大小河流774条，774并不是广东人喜欢的数字，但珠江却真的是水能资源蕴藏极其丰富的水系，并给广东人带来巨大的文化和经济效益。广东人也是在这云山珠水旁发展壮大起来的。

而土豪和金领们也都以把自己的家安在珠江边上为荣。

散散把我送给她的百合花插到瓶子里，还闻了闻："真香，我非常喜欢。"然后把洗好的蓝莓、樱桃和蟠桃都端到阳台的桌子上来，"来，之梵医生，先吃点水果。"

"谢谢，又不是在医院，医生二字就省略吧。"我示意她也坐下聊天。上次我俩已经打过了也骂过了，哦，确切地说是我把人家又打又骂了，人家低姿态打不还手骂不还口。所以想起那天的事，我真的觉得不好意思。有错必纠、有错必改是我的风格，所以我站起来给她鞠了一躬："对不起散散，那天我动口还动手太粗鲁了，请原谅我。"

散散赶忙站起来也回我一躬："别这么说，之梵，是我自己不对，都是我自找的，呵呵。"她扶我坐下。

"我爷爷奶奶和爸爸都是行伍出身，而你是出生在高级知识分子家庭，从根上追究，我在修养上就差你很多，容我慢慢向你学习吧。"说这几句话，我是诚恳的。我是真的觉得一个人从小的习惯养成十分重要，这和家庭环境确实有相当大的关系。

"之梵，你真的谦虚了呢。其实你不计前嫌能来我家里坐坐就是大度，没拿我当外人，你那么忙，我真的很高兴，我知道你其实还是很关心我的，知道我没有朋友，也把我当朋友。"

"我哥都已经认了你当妹妹了，我能不把你当姐姐看吗？"我望着她那张白皙通透的脸，心底涌出几分怜爱。毕竟在我、哥、她三人的爱情纠葛中，我成了胜利者，虽然她并不知道我哥不是我亲哥的事实，但也深知我哥太拿我这个妹妹当回事。她以不争获得了我哥最真切的关心。这是她的聪慧之处。我在了解了哥的感情完完全全在我身上之后，也乐得顺着哥的思路给她顺水人情。再说撇开女人的嫉妒心，单从医生的角度来讲，关心病人也是我的责任所在，这是真的关心。

"今天带了一瓶香水送给你，你知道我喜欢收藏香水。这瓶是世界最古老的娇兰家族出品的'香榭丽舍大道'。这款香氛在1996年推出，光含羞草一项就是从四十多款不同种类的含羞草中寻找出来的。香水瓶身由巴黎著名大道香榭丽舍上的名建筑组成，三角形底部象征建于卢浮宫前的华裔大师贝聿铭设计的玻璃金字塔，香水瓶盖模仿了凯旋门的形状，瓶身斜线则象征香榭丽舍大道通往凯旋门的路。娇兰公司在1914年迁到巴黎香榭丽舍大道后，这里一直是她们的家，这款香氛也是对这条大道的致敬。法国著名影星，巴黎姑娘苏菲·玛索当年在华灯初上的大道上捧着玫瑰花代言。"

"为什么捧着玫瑰花而不是捧着含羞草？含羞草也开花的，还挺漂亮。"散散突然提个怪问题。

我愣了一下，然后说："我想至少有两个原因吧，第一是因这款香氛中富含保加利亚玫瑰精华，玫瑰香是主打香。第二，含羞草叶子一碰就关闭了，估计拍照也不好看哈。"我说完之后把盒子递给她。

她欢喜地接过来："已经送花了，还有礼物啊？一听你介绍就好喜欢，又上了一课，要知道我从来没有用过香水呢。"

"上次吵完架后我就买了它想找时间送给你，今天正好带过来。这款香水里面的含羞草成分我个人认为是非常适合你的气质的。"我说。

"那我还不得成了羞花的杨贵妃了吗？"她不好意思地自嘲。

"而且，你也有红玫瑰气质，是压抑在你娇羞的个性中的狂野。"我坏笑了一下，她有点不好意思地低下头，开始摆弄这香水。

"散散，你不是说这个房子的衣帽间值得怀疑吗？我可以看看不？"我突然想起什么。

"是啊，我没和别人说过，不敢说，哪怕对我父母我也没说，但我一直怀疑。你来看。"

因为说话间屋子的光线暗了下来，散散就把客厅和过道的所有灯都打开了，我这才发现原来散散的家完全是一个竹器博物馆。我回想刚进门时为什么没有感觉这么震撼呢，可能是阳台外面的珠江正闪着波光，屋内很暗，我就没有太注意。

"哇，这太让人不可思议了，完全可以开个竹器展示会了。"我惊讶得眼睛都瞪圆了。这可不是三五年的功夫收藏而来的。

"米纳的爷爷和爸爸都是竹器收藏家，我们有这新家的时候，我公公就让我们去他那里挑选了几件来，所以我们家就成了木、藤和竹子的世界。"她扶着电视墙下的那个长方形的桌子，她尖尖的十指和桌子的四条尖腿非常和谐，桌子抽屉面和侧面都用了手工绘画，绿色的背景上那些生活场面，让人很有现场感，而穿着绿色渐变裙的散散就像画中人走出来。

"别动，我给你拍几张。"我拿出手机直接就按下拍照键，"美，太美了，你来看。"

散散看到我手机中的她："是你的眼光好，会捕捉。其实我很久都没照相了，有时自拍几张，觉得太丑了，马上删除了。"

"自拍？那么近的距离谁拍都丑，好看一点的都是PS处理过的。"

进门的衣架也好有味道，最顶上做成了细竹编的帽子型，就像海南渔家女戴的那种帽子，四根竹子顶部捆扎在一起，从帽子中间慢慢往下散开站立，中间围成了一个圆形，下面部分的空间用细藤编制围住，还设计了门，可以用来放袜子一类的小杂物。帽子外围和四根竹子的顶部都设计了挂钩，可以挂上下班要穿的衣服饰品以及包包。

"设计得真是奇妙。"我赞叹道。

"你不觉得这屋子里的陈设和这个现代化的时代脱节吗？"散散问，"因为我爸妈非常不喜欢这些旧东西，认为我身体弱，罩不住。"

"古旧的东西是非常有韵味的，也适合你的气质。下次我给你带一幅向日葵的特写画挂在门口，会从风水的角度提升你这屋子的阳气。另外你每天中午以前吃点姜，可以起到提升自己阳气的作用，还能冬病夏治呢。"我让她在衣架旁边靠着，又给她拍了几张美照。

"太谢谢你了，我会照办的。"她说着往天花板上指，上面是个三叶大吊扇，有趣的是三个叶子都是竹子和细藤编成的，"这是我挑回来的，那时我还在上班，我们单位出去旅游，在一个小县城发现的。"

　　"真有眼光，你也有一双善于发现的好眼睛。"我夸她。

　　"其实我们这样生活已经非常美满了，可是人为什么还要那么贪婪呢？比如米纳，要那么多钱来有什么用？晚上还不是和我只能睡一张床。"她长叹了一口气。

　　"这里面有很多原因，有人类自身的劣根性，其实人类本质上就是贪婪；有制度的不完善，监管人没有人去监督；有随波逐流的心态，你在贪，我要不贪好像就是傻瓜。他那个位置，由于缺少了监督，具备了收贿受贿的条件。"我说。

　　我跟着散散在通往主卧室的过道上往里面走，衣帽间在主卧室和书房之间，很隐蔽，不是很熟悉这里的面积和结构的人，尤其我这种理科白痴，基本也看不出什么端倪来。

　　"你怀疑到什么了吗？"我敲敲衣帽间柜子的墙壁，好像也不觉得后面是空心的，还是很结实的感觉。

　　"我曾经对米纳提出过我的质疑，就是新的衣帽间面积小了，他很快压制了我的怀疑，说我胡思乱想。所以我就没有再往下想。"散散叹了一口气，"他后来出了事，这辈子也不知道还能不能出狱，我也就不给他凭空添乱了。他总不至于造个密室藏几个女人在里面吧，那样也早饿死了。"她捂嘴笑。

　　"密室？你的想象力真丰富。女人和钱都没有必要藏在密室里呀，真的要有女人，聚集在一起目标才大，分散在她们自己家里自己的单位，才是隐藏的最好方式吧。至于钱，听说那些个贪官用假身份证到处存钱，存在银行比存在家里要保险得多。"我说。

　　"搞不懂，反正米纳对这房子的态度是神神秘秘的，不是还要我一定不能弄男人进来嘛。怕我熬不住，甚至鼓励我……"说到此处貌似也勾起了她的痛处，她赶紧吞咽回去。

　　我则拍拍她的肩膀："都过去了，现在一切都朝好的方向发展。"

　　"好，我们也该吃饭了。"她也从不愉快的回忆中走出来。

　　"做了什么好吃的呀？我确实也饿了。"我跟着她去厨房端菜。眼前突然闪现了一下小时候我跟在哥哥后面要烤鱼吃的画面。

"我用搅拌机把鲜的铁杆山药打成浆做了枸杞淮山羹，用走地猪的猪皮加沙姜八角桂皮花椒等调料熬制了皮冻。"她从冰箱端出已经冻好的一碗亮晶晶的东西，"我切一下加点醋和香菜就行了。"

　　"好香，沙姜在我们重庆叫做三奈，四川的汉源花椒是最好的，我每次回去都要带些回来。"我说。

　　"我是网购的，知道你喜欢香料的味道。虽然我也是选重庆的卖家，但不一定有你在重庆本地买的品质好。"她笑，把菜板上最后两块皮冻，一块喂我，一块喂了她自己。

　　"谢谢你，有心了，好好吃哦。"我把菜端到北阳台的桌子上，提议在阳台上吃，可以享受江风。

　　散散又陆续端上清蒸桂花鱼、红蟹熬粥、清炒莴笋和苜蓿手卷："这个苜蓿手卷是我刚从冰箱拿出来卷的，要马上吃才脆。"

　　"行啊，你还买到苜蓿了？苜蓿有利五脏的作用，可以洗去脾胃间的邪热气，通小肠热毒。"我咬了一大口，非常爽脆。

　　散散看我吃得很开心，自己也小小地咬了一口。

　　"哦，对了，忘记开红酒了。"她说着起身去拿酒，"这瓶红酒是以前米纳从法国带回来的，都快十年了吧，现在喝一定很好喝。"她直接给我倒了半杯在酒杯中，"我们也不醒酒了，一边喝一边醒吧。哦，对了，你是红酒专家，你和若非哥都有法国血统呢。"

　　我喝了一大口，鼓起嘴巴，以便有足够的空间让酒液在口腔来回流窜，趁它满嘴钻时，与舌头上的味蕾充分接触，然后徐徐下咽，升腾起一股淡淡的覆盆子和黑加仑的味道，非常适合今天的清淡菜肴。我点点头："这酒不错，咸香和果香并存，来，借花献佛，谢谢你的款待。"我和散散碰杯。

　　"你能来真的让我很高兴，你是这屋里的第一位客人，我中午知道你能来就开始高兴，马上制定菜谱，然后去买菜、做菜，这一切让我觉得从未有过的充实，好像是人生的一个小目标达到了。希望以后能多一点聚会。"散散眼里放光，让我想起她的真名金闪闪。

　　"谢谢，我也很荣幸。"我和她碰杯，并试着问，"真是不能让男人来吗？其实新房有男女来闹腾一下，阴阳协调一下，风水会好一点。"

　　"其实不是不能来，是没人可请。"散散低下头，"你知道我没朋

177

友，大学同学和同事也早就不联系了。"

"下次你请我和哥一起来吧，他阳气足，可以把这屋子的生气调节起来。"我说。

"只要你和若非哥不嫌弃，还有明朗，我当然十二万分的高兴。"散散开心地和我碰杯。

对，还有明朗，他们在美国就认识了。

我无法理解为了爱一个男人，一个女人怎么把自己搞到完全没有一个朋友和一个同事？无论何时，手机不会响起，因为没人会找你，即便有，可能是地产的、贷款的、保险的、骗子的。走在外面，即使听到叫和你同样的名字，也可以不回头，因为一定不会有人叫你。这偌大的屋子就只有你和你的影子，开怀大笑的回声也是你自己，放声大哭的回声依旧是你自己的。你不吭声，就更不会有声音发出来。当我置身在这个屋子里时，我有些理解了为什么散散需要一条狗，那狗对她的意义远比一些人养狗作锦上添花状的意义要重十倍，那是唇齿相依，那是相依为命。只可惜她的爱狗行为偏离了正常轨道。

"散散，以你的古典气质，你可以去学习一门民乐，比如古筝，很好上手。等我不想再当医生的时候，我想开个清吧，到时候给你留个时间段，你可以来表演古筝。"这屋子实在是太冷清了，我希望她一个人时能整出点动静来。

"我行吗？我连简谱也不会啊。"她摆摆手。

"不会可以学，这个不难。你考虑一下，如果想学，我去给你找老师，我家就有个现代舞团的艺术总监，她认识的艺术界人士很多。"我想去帮散散洗碗，她不让，说等我走了她慢慢自己洗，当是消磨时间。看看手表已经不早了，于是我起身告辞。

回到家，给我开门的是哥，他第一句话就问："担心死我了，都挺好的吧？"

"比想象的还好，双双都很开心。"我答，同时看到屋子中间站着的师师姐，完全变了个样子。头发剪短了，精神了，改良旗袍裙也巧妙地遮住了她腰间的赘肉，好像一天就减了十斤的感觉。

"之梵，还不错吧？"师师姐好像自己也增添了几分自信。

"不是不错，是相当不错。"我夸她，"看吧，咱师师姐的基础好，稍微收拾打扮一下，立马变个模样。"

"全靠璇子的艺术眼光。今天她费了不少神帮我挑衣服。又找化妆师教我化妆，还让我跟着人家跳了一个小时的肚皮舞，现在肚子好酸痛，但我感觉相当兴奋。我前几年的日子真的白混了，现在的女子真的太爱自己了，活得好充实。"她兴高采烈地讲着。

我很欣慰我们改造师师姐的计划在进行中，但我瞟到凌小零屋子门口多了一个大的拉杆箱，忙过去问："圆圈，这是要去哪里？"

"老爸病情有点加重，我明天带瓦拉回去一趟。老爷子指定的。我让格格也跟我回去，她不同意，说名不正言不顺。"凌小零正给睡着了的瓦拉盖毛巾被。

"这是大事，还是让格格想好再说。回去代我和哥向老爷子和凌妈问好。对了，奶奶身体怎么样？"我问。

"她呀，身体比我爸好多了。"凌小零说。

"老人家身体好是年轻人的福气。她见到瓦拉这个重孙子，肯定很高兴。那你也早点休息吧。"我又玩笑着对众人吼了一句，"吹熄灯号了哈。我可来不起了。上楼洗澡去了。"

29 我和齐格格的私聊

今天下午因为没有安排病人，所以我就轮休了。不赶时间，我回家就坐几站地铁再走一段路。从我们附近的超市买了一些食品出来，我路遇一个老太太拎着一大堆菜昏倒在我们小区附近的人行道上，过上过下的人都不敢停留，怕被讹。我毕竟是医生，哪有见死不救的道理？我摸摸老太太的鼻孔，还有气，赶忙打120，并和120的急救车载着她一起去了最近的医院。

老太太穿得干净整洁，从朴素的发型上看，看不出是城里的离退休高知，有点像从县城来的家庭妇女。她的身上只有一些买菜剩下的零钱，不够付抢救费。我立即刷信用卡垫付了四千多，并在医院找了个临时陪护，给了她三百元，暂时帮忙护理还没醒过来的老太太。医院初步诊断是脑溢血，但不太严重。我在医院一楼的小卖部买了一点苹果和香蕉还有营养米糊，放临时陪护那里，叮嘱她万一老太太醒了就用钢勺子刮刮苹果泥喂喂她。吃对于病人来说是个大问题。

陪护是个快六十岁的阿姨，她流着眼泪说，姑娘，你的心真好，会有好报，我妈就是到这个城市来我弟弟家探亲，在路上临时发病没人相救，最后发现已经去世了。

我说这个社会会走些弯路，但人心还是向善的，不要灰心。你好好护理她，也会有好报。临走时，我告诉医院，明早我再来，直到找到这老太太的家人为止。我还给电视台打了电话，请晚间新闻帮忙寻找一下老太太的家人。

回到家已经是快五点了，今晚，我哥带威廉去参加公司同事的婚宴去了，师师姐仍旧被回璇带着进行我们为她制定的改造计划：练功并学习肚皮舞，以达到减肥和恢复过去灵动身材的目的。虽然这是个漫长的过程，但必须趁她在广州的一个月养成一种自觉锻炼和运动的好习惯。回璇毕竟是跳舞出身，舞蹈演员有一种气质是天生和后天结合练成的，可以感染到身边的人。所以这段时间师师姐就跟着她混。

格格做了几个素菜，我在自己房间拿了一瓶从法国省亲时带回来的红酒，开始我们两个小女人的私聊。

"救人一命胜造七级浮屠，向你学习。"格格和我碰杯。

"职责所致，呵呵。"我笑。

"之梵，我想我最后的归宿可能在凌小零那里。我这么一个把爱情看得第一重要的人，很可能是和这位历经风雨的大导演结了婚再来开始一生的恋爱吧。"格格说。

一生都在恋爱的齐格格，竟然还是决定要选择和一个人先结婚再恋爱。我一时半会词穷。

"我和柳晨只能继续做朋友，其实我和他已经在那七天把七十年的恋爱都谈完了。他现在的生活就是农业啊，有机种植啊，我们之间在工作之外不会再有共同感兴趣的新东西了。本来戏曲是我和他共同的爱好，但农民的喜怒哀乐必须要他投入全部的精力，他没有那样的闲情逸致了。我今天就可以看见我和他结婚五十年以后的生活模样，这不适合我幻想的个性，我需要日日翻新，哪怕是虚幻的。和他保持好朋友关系，起码还有以前的七天可以怀念。"齐格格自己做了分析。

"凌小零又真的适合你吗？"我问。

"正如你所说的，他是导演，我可以在剧本上帮助他，两个人在事业上有共同的东西做，就会有日日新的效果。每个剧本都是一个全新的孩子，这样生活不重复，会有新意。还有，我要时时刻刻警惕他的女主角，这样我就会保持良好的战斗心态。我不会像师师姐那样，让自己松懈下来。"她说。

"真是格格的个性，找男人还要找富有挑战性的。那么网上那些恋情呢？"我眯着眼睛看她。

"那偶尔也是必需的，精神世界的调剂品，是另一种真实。处理得好不但不会给现实生活带来坏的影响，相反是对现实生活的丰富和补充。"她细细地品了一口红酒，"之梵，你知道，我写的东西都是很现实的，可以说是深入百姓底层生活，底层老百姓们现在其实活得很苦很无奈，比如农民面对住宅开发的强行征地，补贴款项的数目还没谈妥，省吃俭用一辈子才建立起来的家，就毫无天理地被强拆。这里面还涉及到政界高官权力庇护、地产集团低价拿地、宗族大佬把控村务等等黑幕，我写起来也是怒火中烧的。现实太无情，我需要网络虚拟世界的抚慰，不然我也活不下去。"

我在她背上轻拍："我完全理解。等凌小零回来，你们俩的事情该有个突破了吧。我感觉你俩的事情缺少点催化剂。"我说。

"听其自然吧，水到渠成。"格格说。

"不能听其自然，要快马加鞭。"我心里暗暗在想，如何帮圆圈设计一个向格格求婚的浪漫场面。

"光说我，你呢？和明朗如何了？你和他真的挺合适，可就是他有家庭让人看不到希望。"格格又碰碰我的杯子。

"明朗确实很不错，我也很喜欢他。但一开始我们两个就目的明确，不谈结婚。"我说。

"不以结婚为目的的感情发展起来会彼此缩手缩脚，尤其你，肯定不敢放肆地把自己的感情释放出来，怕收不住让自己走火入魔。"格格倒是非常了解其中感觉。

"借的东西总要归还，欠债太多我怕以后越来越难还上。所以我在想就此结束我和他不清不楚的关系，做明确的朋友。他又是我哥的老板，或者说合伙人，和圆圈也是多年兄弟。这个家还会有他的位置，至少是一个兄长，一个朋友吧。"我喝干了杯中酒。

格格也一饮而尽："你说我们几个吧，真的是奇葩。你、我、若非哥、凌导，个个无论要长相还是要事业都拿得出手，可个个都单吊着；明朗有家却也孤独着；璇子和黎安稳固一点，甄子漫又杀个回马枪；师师姐和康子哥本来是我们的楷模，却也因为小三问题闹出这么多别扭。真的像林志炫歌中唱到的那样：孤单的人那么多，快乐的没有几个。"

再斟上半杯酒，我慢慢旋转着杯中的琼浆，看那透明却又不屈的液体紧紧地拥抱杯壁，杯壁是很滑的，无异于徒手攀岩，但这些爬满杯壁的液体，总会拼尽全身力气也要尽可能慢地回落杯底。这离曾经在枝头鼓着苞迎风摇摆的日子有些年头了，今天总算以挂杯的姿势再自豪一回。

葡萄有葡萄的追求，被酿成酒也有酒的狂放，和人一样吧，快乐也好，孤单也罢，其实都是自己的心境所决定。明知这样做很可能更为孤单，但总要在生命的绝壁上挂杯一次，作英勇状。哪怕落回谷底，也有可让自己回忆的心事。

"我们回来咯！"威廉的童音把我和格格从各自的沉思中唤回到现实，"姑姑，格格姑姑，这是给你们带的喜糖。"

"哇，这喜糖的盒子真是越来越漂亮了。"我拿着那个竹编的小盒子赞不绝口。

"听说新郎家是广东信宜地区的，那里盛产竹器藤编。"哥补充道。

"那我留着以后送给散散吧，她家就是一个竹藤博物馆。"我想到了散散。

"那我这份也拿去送她吧。"格格把威廉给她的那一盒也交回给我。

"威廉，婚礼好玩不好玩？"我把威廉拉到怀里来。

"比美国的婚礼热闹，美国新娘子都穿白色婚纱，中国新娘子先穿白婚纱，后来又穿红色的裙子，上面有金线绣的龙凤，好威猛哦。"威廉手舞足蹈地回答。

"热闹是咱们中国特色嘛。"我给威廉总结。

威廉看看我，又看看齐格格，突然说："姑姑，格格姑姑，你们什么时候穿婚纱呀？我都等不及了。"

"啊？你都等不及了呀？"我被威廉的话震住了。

"我想当花童嘛。今天我就当了花童。"威廉摇头晃脑挺得意。

"格格姑姑和小凌伯伯的婚礼我想是有眉目了，姑姑我嘛，还早还早，属于八字没一撇呢。"我说着用余光看了哥一眼。

哥没有看我，但我感觉到他的喉结动了一下。

"威廉，兴奋一晚上了，赶紧洗澡去。"哥岔开话题说。

"好吧好吧。"威廉亲了我一下，说了声姑姑晚安，然后给格格做了个飞吻的动作，"格格姑姑晚安。"便由哥带着他去洗澡了。

师师姐也由回璇和黎安送回来了，大家七嘴八舌又谈了一会话，各自歇息。师师姐搬到凌小零那屋子住，黎安和回璇住回二楼我对面的屋子。

我洗完澡，稍微在脸上拍了点玫瑰爽肤水，斜倚在床上等哥，门没有锁，我知道他会像一条鱼一样游来。果然，他也洗漱完，上来守护我进入梦乡。

我和哥初吻之后并没有再越雷池一步，距离那最后一步我觉得还有一点难度，首先是环境不行，每个房间再隔音，总还是感觉隔墙有耳。另外就是我们自己的内心也暂时不能越过这道坎。爱是爱，非常爱，但还没有到什么都不顾及的地步。经过千辛万苦得到的爱，还穿越了现实与梦境，又战胜了自己心中"乱伦"的困扰，必须小心翼翼地呵护，必须克制的时候还真不能随心所欲地放肆。

我的头依偎在哥的胸前，右耳静听着他有节奏的心跳，左腿压在他的双腿上，左胳膊也反着压在他身上，掌心向上。哥笑说我是反爪爪的喵。这是我每天晚上临睡前和我的爱情保持的最亲密的姿势。

自从哥守护着我，那个面纱男子仍旧经常回到我梦里来，只不过面纱最后被揭开，飘着淡淡紫罗兰和山楂香味的哥引领我在月亮河中畅游，飞毯也在旁边盘旋。而那个牛粪梦竟然很久没有来折磨我了。

说起紫罗兰和山楂香味，真的是那么巧，好像冥冥之中注定了的，我有一次帮哥清理从美国带回来的杂物，竟然发现箱子里有好几瓶迪奥华氏温度男香。这也是我特别喜欢的一款能够表现出男人内心深处最为原始的真我个性的香水。它内敛而感性，前调是绿意盎然的紫罗兰叶和轻柔雅致的紫罗兰花香；接着，山楂的纯粹和忍冬花的温暖款款走来；最后当这一切若隐若现的时候，清爽高雅的檀香、安息香、乳香黄连木的精华，散发出温润和谐的香气，久久萦绕在四周。而那钟形的红色渐变层瓶子表现出丰隆的存在感。

"咦，哥，你怎么有好几个这样的瓶子啊，华氏温度是我最喜爱的香水之一啊。"我拿起一个空瓶子不解地问道。

"笨喵儿，有一年我生日时你送了我一瓶啊，就是你拿的这个空瓶。我早已经用完了，可是瓶子还一直当宝贝保留着，因为是你送的呀。然后我就一直用它，已经用了好几瓶了。你咋不记得了呢？"哥摸摸我的鼻子，很是惊讶。

　　"是吗？我送过你华氏温度？"我真的想不起来了。

　　原来，我梦中的面纱男子一直就散发着我自己设定的香气——那清新而温暖的紫罗兰和山楂。可是随着时光的流逝，它们已经成为记忆碎片，要靠哥的帮助，我才能一点点把它们拼凑起来。这仿佛是一项艰难而巨大的考古工程。

　　"哥，看来这心理医生太耗费我的能量了，那些缺憾、那些痛苦、那些丑陋已经把我心中最为美好的东西都撕扯得七零八落。再干一段我准备辞职了，我一直想去开一家茶吧书吧和清酒吧结合的清雅之地，过自己想要的生活。"我说。

　　"无论你怎样决定，哥都支持你。"哥的大手在我背上抚摸着，我接受到他输入给我的能量。

30 意外得知小区有区花

　　哥什么时候关门下楼我总也不知道，我只是知道有哥守护的梦总是安稳而甜蜜的。今早我自然醒来已是窗外放光了，拉开窗帘，东边是橙红与蓝色交织的朝霞景致。有小麻雀在窗外吱吱叫，有两只落在我窗台外面的阳台栏杆上，它们是情侣吗？我羡慕地看着它们，本想拿着喷壶去给阳台的栌兰浇水，拿起壶来又轻轻放下，怕任何动作都会惊扰到两只小麻雀诉说情话的心境。

　　手机是调到震动的，我一看已经有几个陌生电话来过电了。再一看信息，其中有一条这样写道："纪医生，非常非常感谢您，我是昨天您救的老太太的儿子，正在医院等您。王小武。"

　　我赶紧洗脸刷牙收拾打扮，然后下楼："好消息，亲爱的们，老太太的家人找到了！我马上去医院。"

　　"没有讹你吧？"格格问。

　　"没有，留的信息是感谢的话。"我快速地喝着玉米粥。格格和璇子已经把大家的早餐准备好了。

　　"慢点，狼吞虎咽的，别烫着。"哥在旁边提醒。

"现在都有监控录像了，讹人的事情也不那么容易成功。"黎安说。

"等会我陪你一起去医院，反正威廉也放假了，公司那边可以稍微晚一点去，我给明朗打声招呼就行。"哥说。

"我们都一起去呗，看看老太太恢复得咋样。"师师姐说。

"好，大队人马都去。"格格说。

"干啥？都去给我壮胆啊？医院又不是什么好地方。"我笑。

"看看热闹，看看热闹。万一有啥状况，人多力量大。"璇子说。

吃好早餐，黎安开一辆车坐璇子和师师姐，我哥开明朗拨给他用的一辆吉普车，带着我、格格和威廉，全家总动员直奔医院而去。

脑内科在十一楼，老太太已经醒了，我昨天找的临时陪护正在喂她东西吃。自己能吃东西，看样子吞咽功能没太大问题。

护士长也在检查卫生，看见我来，赶忙给家属做介绍："就是这位美女送老人家来的。"

老人家的儿子，一个五十岁左右的魁梧男子起身奔过来直接握住我的手："纪医生，真的太感谢您了。要是没有您的相救，后果真不敢设想。"

"应该的，我也是医生嘛。"我点头说。

旁边还有一老者，也赶紧过来握住我的手："姑娘，姑娘，哎呀，真的太感谢您了。我老伴要是不遇到您这贵人，也许就没命了。"

护士长插话："确实，脑溢血救助的时间越早，恢复的功能就越多越快，发病最初的四五个小时相当关键。"

"咦，姑娘，我们是住在同一个小区的。"旁边的一个大姐叫起来，经过介绍这是老人家的儿媳妇，"你有一双漂亮的蓝色眼睛啊，我们小区的人暗地里都叫你兰花花呢，把你封为区花。"

"啊？还有这事啊？我竟然是区花？哈哈。"我忍不住大笑。

老太太停止吃东西，挥着右手叫我过去："姑娘，谢谢您救了我这条老命。"她握着我的手，说得很慢，眼睛里流出眼泪。

"大妈，好好养病，你看儿子儿媳妇多孝顺啦，还有大伯，多好的一家人啊，放宽心，养好病活到一百岁。"我安慰老太太。

原来老太太的儿子就是我们小区附近那家连锁大超市的老总，但老太太和老伴都是乡村教师，过惯了简朴的生活，总觉得超市的菜比旁边菜市场的菜要贵，所以下午老太太喜欢去菜市场买些菜，还可以还价，符合老人家勤俭过日的习惯。结果昨天就犯了脑溢血，这已经是第二次犯了，其他没事，就是左手麻木使不上劲，右脑还有一点血块。

老人家儿子拿出一个一万元的红包非要我收下，我说这样不行，扣除垫付的四千多元医药费和给陪护的三百元，剩下的钱我还给了他们。他们左推右推一定要感谢我，正在争执不休，我突然想到老人家儿子是超市老总，于是提议："王总，红包我是断然不收的，这样吧，您不是超市老总吗？你们超市肯定要进一些有机农产品的货吧？我们有个朋友正好是一村之长，大学生村干部，他们村正在大力发展有机农业。我牵个线，你们自己去洽谈，也许双方有益呢。特别强调：我不收回扣。"

"唉，纪医生啊，您可真是好人，处处为别人着想。这个没有问题，我们也正在寻找真正的有机农产品，满足一部分消费者的需要，这是好事。"王总立即答应。

王总老爹说："姑娘，既然是一个小区的邻居，我老伴又被您救一命，这是几辈子修来的缘分啊，咱们当一门亲戚相处吧。你们一大家都是面相好的人，小伙子帅气，姑娘们美丽，我们就高攀一下好不？"

"承蒙老伯看得起，好事啊。"我当即代兄弟姐妹们表示同意。

王总爱人也高兴："哇，这下我可以在小区里面炫耀了，说区花可是咱家妹子。"

格格也想起事来了："王总，我两年前采访过您呢，您是省里的优秀民营企业家，省委宣传部做诚信主题的那本书，其中您和您的企业是我负责采访的呢，想起来没有？"

"齐格格作家，哎呀，你看，这关系越来越近了。"王总握住齐格格的手，"等老妈出院了，我们两大家子聚会好好庆祝一下。"

告别了王总一家，我们轻松走出医院。齐格格捶我一下："之梵，你的反应也太快了吧，怎么一下就想到了柳晨的有机农场了呢？"

"你又欠我一个人情啊。"我坏笑着，回敬她一拳。

"我得赶紧把好消息告诉柳晨，他肯定高兴死了。"齐格格摸出手机就打给柳晨。

柳晨在那边大叫："转告之梵医生，太感谢她了，我代表我们村的村民热烈欢迎你们大家休假的时候，过我们这边来生态旅游啊，想吃什么自己摘。"

我哥趁机教育威廉："你看，姑姑随手帮助一个陌生老奶奶，就多了一门亲戚，还为农民们的农产品进城搭了桥，我们大家都跟着沾光。"

威廉一蹦一跳："我以后也要多做好事。"

师师姐非常感叹："之梵啊，这次来广州，我真的大开眼界了。你们的生活丰富多彩，见识也多，境界也高。而我完全陷入小家庭，与时代脱节，居然还身在首都，汗颜汗颜。但现在觉悟还不晚，我回去以后一定要重新出来工作，还年轻，还可以为社会发份光和热。"

"物以类聚人以群分，我们大家是相互感染的。我们一起经历过大灾难之后的煎熬，尤其圆圈和格格把非亲非故的瓦拉视如己出，这又是为了什么呢？人间大爱嘛。"我说。

"我这当哥的真的以你们为荣。"哥拍拍身边的格格。

格格说："我们这个大家庭不许散伙，这是永远的缘分。"

"欢迎师师姐和康子哥经常来省亲哈。"回璇说。

"哼，这下想甩我是甩不掉了，我就是一块牛皮糖。"师师姐紧紧挽住了回璇。

黎安大叫："哎呀，我都不想去美国了，那边简直太孤单了。"

"没事，过段璇子带队，我们集体去探望你。"我说。

正兴高采烈地说着话，前面不远处发生了碰瓷，一个中年女子在众目睽睽之下，故意钻进停在斑马线外的一辆公共汽车前轮下，人们纷纷指责她的行为，她抱着车轮不出来，已经影响交通了。一个年轻交警过来把她拉出来，说是要带到派出所进行教育。

"爸爸，什么叫'碰瓷'啊？"威廉摇着他爸爸的手问。

"就是一些心术不正的人，故意说别人碰坏了他手里的物品，或者说车子碰伤了他，等等，为的是讹人家的钱。这世界很大，什么人都有。"哥说。

"那怎么办呢？"威廉脸上露出很担心的神情。

"如果出现这种情况最好报警，现在到处都有监控录像，到底是什么情况基本上一清二楚。"哥说。

"哦，那就太好了。"威廉拍手。

大家分手，各干各的事情。哥把威廉带着公司去，让他成为正在设计的一款新游戏的体验者。

路上我约明朗今晚吃饭聊天。明朗则说晚上他做菜，约我去他的小窝聚会。我说你那里太暧昧，我可不想再走回以前的情绪中了。他说，你应该清楚我是非常尊重你的，不会强求也不会奢求，放心好了，只是我那里安静，说话更方便。酒店吃饭会被服务员打扰，家里则不会。我想了想说，那好吧。需要我顺便买点什么带过来吗？他说人去了就好。

31　绿色积架的檀香结

　　今天的病人中最有意思的是一对姓李的夫妇，五十来岁的年龄，是妻子陪丈夫来的，她说丈夫得了开车强迫症，一开车就骂人。李先生有点妻管严，不愿意来医院也给妻子吆喝来了。

　　"还说我得了强迫症，老婆，我看你的强迫症更严重。我不愿意进医院，你非要强迫我来，你说你是不是严重的强迫症？"李先生数落妻子。

　　"纪医生啊，我真的受不了他了，一上他的车，他就开始骂人，一会儿堵车了，一会儿人多了，一会儿中国人该死掉一半就轻松了。我说谁来死？你死还是我死？他说没文化的死，这样中国人素质会高一点。我说如果活着的都是大学生研究生，那些体力劳动谁愿意去干？你会去干啊？你还不是只晓得当你的老总！"李太滔滔不绝地说。

　　"喂，到底听你的还是听人家纪医生的？听你的现在我们马上走人，别耽误纪医生看别的病人。"李先生说。

　　我饶有兴趣地望着他俩，别说，这种夫妻感情其实挺好，相互有话说，至少不寂寞。吵吵闹闹也是交流。

"咱们中国人是多，不单国内都是，全世界每个角落都能见到中国人和华人。你们说说你们的爸妈生了多少兄弟姐妹？"

"我老妈生了我们九个姊妹。她老妈生了六个。"李先生说。

"对哦，把这一茬忘了。你说人多堵车，我看堵车的人大部分是你们李姓的人，要死先把你们李家的先死一半。"李太去拧丈夫耳朵。

"哪个说我们李家最多，明明是你们张家现在人数最多嘛。要死你们张姓也跑不脱。"李先生回敬太太道。

"反正你们自己家里就超生得太多，你没得权利说人多。"李太太不依不饶。

"哎呀，我也就是那么一说，哪里真的要别人死嘛，不过是心情烦躁说的气话而已。"李先生下矮桩。

"前三十年的计划生育，让我国少生了四亿，表面是控制了人口。但问题来了，首先，独生子女的教育成了问题，一部分独生子娇生惯养，吃不得苦，自私自利，以自我为中心。其次，一个孩子要负担上面两代人的六位老人，精神压力就特别大。再者，城市的计划生育做得相对好，可是有些农村依旧超生得多，农村的教育环境相对城市来说是比较差一点，这就导致人口素质降低。而现在城市里有文化的人也不代表都有素质，文化和素质不能划等号。另外，现在我们有些行业中间力量已经青黄不接，形成了断层，人口逐渐老龄化。而现在生活负担这么重，很多家庭可以生两个结果都不敢生。"我一一分析道。

"我们的父母生得太多，把我们下一代的指标给侵占了。真惭愧。"李先生说。

"这下你知道人多主要是我们这一代和上面那一代的问题了吧。"李太说。

"以后尽量少抱怨，我知道错了。"李先生倒是一个爽快人。

"你们的工作压力也大，自己要保持一份平和的心态。你肯定在山里喊过话，你吼什么，回声就是什么。心情这东西就是回声，你抱怨，回来的也是负面的东西。而你如果积极一点，回馈你的也是积极的东西。"我说。

"老婆，还是你对。今天没白来医院，和纪医生聊一聊，我心情舒服多了。纪医生，用不用给我开点药物巩固一下这舒服得多的心情呢？"李先生幽默地问。

"药物能不吃就尽量不吃，但是可以吃些让人愉快的食物。比如干果一类，像富含维E维B的杏仁、开心果、核桃等等，这些生命的种子能给人增添能量，让坏情绪乖乖呆在一个角落不出来捣乱。"我说着看看日历，"另外根据科学家们的研究，人在周三情绪比较坏，可能是工作压力的原因，所以别把最繁重的工作安排在周三。"

"是吗？真是处处都是学问呢。"夫妻俩表现出一副很虔诚的样子，"我们对自己的生理和心理其实都不了解，看来以后要多来纪医生这里聊聊。"

下了班，我先去商场，我想给明朗买一瓶香水当礼物。大约只有买香水我是比较内行一点。

回忆和他在一起的第一个晚上，醉意朦胧中闻出他喷的是古奇的"嫉妒"男香，其实在多瑙河酒吧的时候就已经闻出这气味了。这气味也让我对他有了好感。气味和味道，给人的冲击很直接，你无法伪装。

但我一直非常想送一款绿积架给明朗，我个人认为那经典的檀香味和他的气质非常配。作为积架的第一款香水，它已经二三十年依然屹立香水世界，足见其经典与不凡。那造型简洁明快的墨绿瓶身，像一棵百年老树，沉稳、高贵，又魅力无穷。它以一只正在跳跃前扑的"美洲豹"作为它的形象代言，透出男性的力与美。明朗的个性在我眼中是传统与时尚、沉静与敏锐的结合体，与这只美洲豹多少有些相像。这款一开始散发着熏衣草、佛手柑、罗勒香的香水，随着时间的一秒一秒流逝，檀香、杉木、广藿香也分别登场，然后在不经意间，麝香和琥珀的气味也悄悄走来做压轴的主角。一款好的香水总是层次鲜明，就像一个有品味的男人，总是一层一层有着丰富的内涵吸引着欣赏他的女人。

明朗已经提前回家了，正在厨房里面忙着，不过看不出他的忙乱。他从白衬衫换成套头T恤，戴了围裙，看起来还蛮悠闲。

"要我帮忙吗？"我问。

"你来帮忙估计越帮越忙。"明朗开我玩笑。

"是谁揭我短呢？我哥还是其他人？"我嘟起嘴巴，觉得很没面子。不过，关于美食，我的确是只会说，不会做。

我们的大家庭中齐格格和回璇以及北京的康子哥都会做饭，我哥更是烧得一手好菜，特别是鱼，那是一绝。为了我这只梵梵喵嘛，各种味道的鱼，被他烹制得有声有色。就我和凌小零还有师师姐在厨房事务上笨拙一点。我还吃过散散做的菜，也不错。不知道明朗的手艺如何，因为没有吃过，我对他还抱着怀疑的态度。但看他布置的餐台，倒是充满了情调。

天蓝色的水晶蜡烛台，又配了海水灯塔的餐台纸，餐具也是天蓝色的琉璃制品和玻璃制品，白色高脚酒杯的底座也是蓝色的，很合我意，他也知道蓝色是我的主打色。

"天热，我今天为你做的都是水果菜。"明朗把菜陆续端上来，"凉菜是梨子拌苦瓜，热菜是荔枝烩虾仁，这是时令菜吧。还有苹果香菇烧鸡中翼，菠萝炒牛肉，火龙果炒青椒木耳。主食是香橙卷和水果冰粥。"

"哇，明朗，我对你真是刮目相看啊。快说说，这卖相这么好看的香橙卷是怎么做的，这橙子是画上去还是贴上去的？"我简直不敢相信我的眼睛，这么一个大男人竟然能做出这么精致的水果菜肴。

"你的兴趣又不在厨房，学这干吗？只当美食家就行了，千万莫抢我们的生意哈。"明朗把椅子为我拉开，扶住我的肩头让我坐下。

"医生嘛，知道得多一点，在咨询的时候话题也多一点，显得我博学呗。你知道我是靠耍嘴皮子吃饭的。我不一定真要会做，但我一定要说得头头是道。"我歪着头不以为然地说。

"咱们的梵梵大美女够博学的啦，再学要成灭绝师太了。"明朗把事先在醒酒器里醒着的红酒倒在两个杯子中，"若真想知道这菜中的秘密，换个时间再告诉你，现在开饭了。来，尝尝我的手艺。"

"等等。"我起身凑过去像小狗一样闻已经冲过凉的他，又换的白色T恤上没有气味。

"怎么啦？不是属喵喵的吗？怎么又改属狗狗的啦？"他笑。

"你今天没有用香水，我送你一瓶我一直想送你的香水，绿积架。"我从包包里面拿出香水递给他。

"谢谢啊，收到香水达人为我私人订制的香水，真是荣幸啊。"他接过香水把包装打开，又递回给我，"可以为我亲自喷上吗？"

我退后两步，在他头顶上喷了几下，新香水的前几下是没有液体出来的，因为吸管里面有空气。当细细的雾气像仙女散花般降落到他头上和身上时，他眯缝着眼睛沐浴在香氛中，说了声："我很享受，非常

194

喜欢这个味道。"他起身走向我，很自然地将我搂进他的怀中。我无力挣扎，也不想挣扎，拿着香水瓶的一只手和空着的手自然垂着，头靠在他结实的肩头上，那雅致迷人的檀香调让我有点眩晕。

自从哥哥回国，我就再也没有和明朗亲热过，尤其是爸妈把哥的身世告诉我，我的整个身心都转移到哥的身上。除了那唯一的深吻，揭开了我多年的梦中男子的面纱，其他时间里我和哥还是很克制自己的冲动的，因为我们的爱情之舞还无法做到在蓝天白云下自由跳跃。所以有时想起和明朗在一起的日子，尤其是他体贴入微的关爱，以及他全身上下传递给我的性感且有攻击力的信息，我心里还是非常的温暖，甚至有时候还会有强烈的冲动，想和他发展到最后一步。我承认他的各方面都是吸引我的，包括身体的吸引。

我垂着的手始终没有像以前那样热烈地回抱他，我不敢。所以明朗两手扶住我的肩膀移开一尺，看看我的脸，然后温和地说："来，吃饭吧。"

我品尝着明朗细致入微的手艺，享受着他为我制造的酸甜苦辣。那花式的摆放，都表达出他对我的重视。

"梵梵，永远别说要和我分手的话，好吗？我们早已经是亲人了，要如何分手？你是刻在我骨子里的人，我希望你不要拒绝我对你的一份关爱。你尽可以放心，我不会去破坏你心中的爱情。我是知道分寸的。"明朗很深情也很诚恳地说。

"可是明朗，在这种很私人的空间和你相处，我就会方寸大乱的，你懂吗？你明白自己的魅力和性感吗？它们现在都在侵犯我吞噬我，我不和你明明白白说出分手的话，我要怎么才能躲得开你的温柔？你告诉我？"我毫不隐讳地说出我的忐忑。

"你认为说出来了就表明分开了吗？你无法从思想上把我剥离，因为我也深入了你的骨髓，尽管不能和若非比。我也从来没想过和他比，因为你们从小到大的深厚感情从萌芽、生长，又被压抑，然后父母看在眼里疼在心里，终于给了你们真相，给了你们勇气。但现实的无奈仍然不能让你们的爱燃得轰轰烈烈，你们必须小心翼翼呵护对方。其实，我也是真心心疼你们，只想给予你们一份关爱，这样我自己也会感到温暖。"明朗伸手摸摸我的脸，"我没有邪念，自从知道了你们的故事。或者说我把自己的邪念都留到我一个人独处时，绝对不在和你相处时把它释放出来捣乱。"

"你是怎么知道的？"我很惊讶他的敏感。

"若非回国的时候，你在机场闹情绪，我就猜到了八九。后来和若非喝酒，我们推心置腹地长谈了。两个都深爱你的男人，其实都是非常懂对方的。"明朗碰了我的杯子，喝下半杯酒，"我经常在你和我太太之间权衡，我太太如果没有我，她可能会死。你知道她得了癌症，虽然我并不是天天都陪着她，但我是她的丈夫，她有我作为她的精神力量，她心里是踏实的。而你，如果没有我，你还有若非的爱，不会有危险。所以我选择不离婚，继续为责任而活。这种选择于我是很痛苦的，有时候我也想，豁出去了，我要和若非决斗去赢取你的爱情与婚姻，但一想到那个也是我亲人的有病之躯，我又不得不压抑自己的冲动。我还没有力量和资格去和若非争你的爱情，尽管我在爱情的世界里也非常可怜，非常需要你的爱。我想，再浓烈的爱情最终都会转化成亲情，我希望我们也能在亲情中感受到各自的温情，让我们的余生不会那么冷清。"

不说了，我决定什么都不说了，我突然意识到上帝给了我很多人都不曾有过的幸福和满足，我要握紧它们，珍惜它们，分分秒秒享受它们。破坏很容易，就像我们的那些百年老城、百年老屋，糟蹋起来不费吹灰之力，重建已经是四不像了。我们不能总是重复走被扼杀了再来怀念的老路。明朗，我的亲人，从今以后我会握紧你的手。

32 蝴蝶牵走了他俩

回璇的双胞胎姐姐和哥哥在老家八楼的阳台上浇花，回璇的妈妈在厨房里准备晚上的饭菜，哥哥比较安静，认真完成妈妈交给的浇花任务。姐姐偷懒，到处张望玩耍，不好好干活。此时，一只漂亮的花蝴蝶飞来停在阳台的扶手上，姐姐去捉，蝴蝶飞来飞去像和姐姐在捉迷藏。一会儿，蝴蝶就飞到旁边的公共过道那扇窗户边去停住了，美丽的翅膀在即将下山的落日映照下，闪着耀眼的金光。姐姐一贯淘气，阳台是用铁栅栏封住的，她拉起哥哥，捂住他的嘴巴，就悄悄开门朝屋外走去。妈妈注意力在食物那里，并没发现姐弟俩溜出门去了。公共过道的窗户是没有安装铁栅栏的，姐姐为了扑飞走的花蝴蝶，一跃就栽出了窗户，直接砸向楼下，砸在一个从这个单元走出去买菜的老奶奶身上。本来并没有砸中要害，只是砸中了腿部，没想到哥哥发现姐姐不见了，也探头去外面找，没站稳，自己也飞了出去，不偏不倚正好砸在老奶奶的头上。

不到一分钟，三条命都没了。

那只花蝴蝶被紧紧攥在姐姐的手中，待回璇妈妈从八楼狂奔下来掰开女儿的手，望着已经被捏碎的蝴蝶，她呆呆地问，你是来收我儿女的命的吗？

消息传来已经是晚上，我们也傻眼了。站着和师师姐聊天的回璇眼一黑，直接滑坐到地上。我赶紧掐她人中，喂了一口水，她这才慢慢舒缓过来。

"璇子，你这中流砥柱要挺住啊，不然爸妈怎么办呢？"我提醒她。

黎安抱着她，一直说："有我呢，璇子，明天我们就飞回去处理哥姐后事。"

格格说："我也陪你们一起回去吧，多个办事的人。"

师师姐也说："肯定很多事要打点，我也和格格一起去，都是一家人。"

哥拿出一张信用卡，递给黎安："这是一张十万额度的信用卡，先拿去救个急。"

我仔细一想，不是还把一个老奶奶给砸中了吗？肯定要赔款的。钱准备得越多越好。我上楼拿了我的一个也是十万额度的信用卡，又给明朗打电话，讲了回璇家的事。明朗一听，赶紧安慰我："别急，梵梵，我马上过来。"

格格去网上订四人机票。大伙正安慰回璇，明朗就到了。他拿出一张金葵花卡和一个信封交给回璇和黎安："这张卡里有五十万，信封里有五万现金，先拿回去用，如果不够，来个电话，我再想办法。"

回璇还是难过得说不出话，只知道摇明朗的手。黎安谢过大家，扶回璇上楼准备明天回去的行李。

师师姐也回屋做准备，哥去给威廉洗澡，我给明朗倒了一杯茶，就和他并坐在客厅沙发。我的思绪回到从前到回璇家去玩的那些日子。见过的两个活生生的人就在一瞬间没有了，两个老人的心肯定也一下被掏空了吧？近四十年生活的重心失去了，以后的日子该如何过呢？生活下去的信心该如何重建？在我们这群人中，除了当初散散以离世的谎言折磨过我，我们大家的爷爷奶奶和父母都还健在，虽然我是医生，但不在死亡率高的科室，我还是一直觉得死亡这个话题离我们这个大家庭很遥远。可是一瞬间就发生了不幸，让人措手不及。

这一对双胞胎都是唐氏综合征患者，又称先天愚型，这种病是由染色体异常（多了一条21号染色体）而导致的疾病。百分之六十的患儿在胎内早期即流产，而他俩却在回璇父母的精心照顾下平安地活着，虽然快四十岁的他们已经明显有老年性痴呆症状。有时面对过分淘气的姐姐把屋子弄得一团糟，回璇父母也会埋怨自己命苦，遇到了两个来讨债的累赘，但哥哥能看懂父母的脸色，会摇着父母的手简单地说，妈妈爸爸原谅姐姐。做父母的心立即就软了。该给予他们的关爱一点不少，他们自己都说，这个家其实是欠了回璇的，因为他们的爱几乎都给了这两个不健全的孩子。

这一对双胞胎携手而来，一起错位，离世的时候更是一前一后一起走，生命有这样相约而行的吗？有这样心酸的相伴吗？真是让人不胜唏嘘。

生死离别是人生最大的悲剧。他们或许并不完全懂这个世界，这个世界也不完全懂他们，但是骨肉从此分离，天各一方，离去的人解脱了，却把痛苦留给了活着的人。

明朗拍拍我，叫我上楼休息。我嘴唇有点发麻，看了他一眼，机械地上楼洗漱去了。

哥安顿好威廉睡觉，和明朗小声说了一会话，送走了他，就上楼来陪我。

看我发呆，哥安慰我："这也许是他们体谅父母的一种表现吧，他们来这世界走了一遭，享受了父母四十年体贴入微的照顾，享受了妹妹为他们的付出，该放手了，父母和妹妹也该为自己活上一回。蝴蝶是来领他们回天堂的。人生总有离别，什么日子离别，都是有定数的。"

哥是我的心理医生，我长长地出了一口气，好像把积郁吐出来了，内心没那么沉重了："哥，比起璇子，我真是好幸福啊。"

"好好睡上一觉，明天又是崭新的一天。"哥的唇贴在我的额头上，好像把能量一点点地输给我，我呼吸慢慢放平缓，渐渐进入梦游状态。

然而，很久不来侵犯我的牛们又用它们黑糊糊的粪便掩埋了我的脚、膝盖，甚至快到大腿了。"有完没完啊？有本事用你们的牛角进攻我呀！"我拿着草绳对攻击我的牛们乱抽。

"醒醒，醒醒，梵梵，做噩梦了吗？"哥把我从梦中摇醒，幸好哥在我旁边看书，还没下楼，不然我和牛们在梦中的战斗还不知道要进行多久呢。

我冲进洗手间，打开淋蓬头，仔细冲洗我膝盖以下部分，还抹了一次松木香的沐浴露。

　　哥望着我的行为，很是奇怪。待我重新回到床上，用白色的毛巾被将自己包裹起来，哥将我搂进怀中："告诉哥，梦里究竟发生了什么？"

　　"哥，这事我从来也没敢告诉任何人，我不愿意回忆，不愿意重复，不愿意记起，不愿意被人笑话，太脏。"我拒绝对哥讲。

　　"哥不是你的心理医生吗？也许你对哥说了，哥能帮助你走出困境。"哥为我整理额上的乱发。在他的再三请求下，我才答应告诉他。

　　"那好吧。"我深吸一口气，开始对哥讲我的梦，"从我有记忆起，就一直重复做一个梦，在梦中，我跌落进一片草地上，一头牛和我打架，我拿着草绳抽比我重好几倍甚至十几倍的牛，那牛并不用惯用的牛角顶我，只是屁股对着我往我身上狂喷牛粪，并且回头'哞哞'叫着，以蔑视的眼光瞅我。它的叫声又召唤来了一群牛。那群黑乎乎的牛，集体拉出了黑糊糊的牛粪，漫过我的脚背，直接将我的膝盖掩埋。我就这样挣扎着，大叫着……"

　　"牛粪？"哥大吃一惊，他放开我，在房间来回踱步，"你的洁癖症是不是和这个梦有关？"

　　"是，我从此在生活中特别讨厌深棕色和黑色的东西，尤其近似于牛粪的颜色，我见了就想吐。"我一次一次做深呼吸以调整自己的情绪。

　　哥的右手大拇指和食指做成八字型，放在下巴下，努力想着什么，他看看我，又看向其他地方作沉思状，一会儿又急抓着头发，嘴巴里倒吸气发出嗞嗞声。

　　"哥，难道你有线索？"我见哥这个样子，本来不抱希望，现在却反而有点着急了。

　　"我不太肯定，隐约记起在外婆家那段，你的脚得了无名肿毒，好像还有其他症状，西药打针都治不好，外公外婆请教了一个乡间老郎中，回家后他们就用一块深颜色的东西垫在你的脚下，尤其是在你睡着之后。又用那个东西熬水给你洗脚。有一回我带着几个乡间小孩子回外婆家玩，正好撞见，我们问是什么东西，外公外婆说是牛粪，后来还叫我千万别对任何人说，也包括你。"哥好像记起点什么事来。

"有这种事？"我大吃一惊，根据我掌握的医学常识，牛粪并不具备排毒治病的功效啊，外公是农学家，不至于这么没科学常识吧？

"对了，我还想起一件事，有一次一个小孩，外婆农村那个家村子里的，叫什么蛋，二蛋？好像是，因为什么事情，骂你牛粪水泡脚，臭小妞，你哇哇大哭，因为这事那臭小子被我狂揍了一顿，鼻子都给打出血了。后来外婆还拉我去给人家家里道歉了。"哥又陆续想起一些往事。

"这事也被其他人知道了？"我一头虚汗流下来。

"但后来我想，那东西肯定不是牛粪，我闻过，好大一块东西，枕头般大小，不规则，散发出一种奇香。"哥的思绪飞向远方。

我给了哥一拳："牛粪肯定不会有奇香。咦，为什么这些事情你不早告诉我？"

"肯定不能告诉你，外公外婆叫保密，连爸妈和爷爷奶奶在内都不让知道。再说你后来又有严重的洁癖症状，妈还带你看医生。我更不敢说牛粪的事情，我怕你活不下去。"哥紧紧把我的双手抓住，好像怕我有意外举动。

"给外婆打电话。"我挣脱开哥的手。

"都几点了，明天再打吧。"哥阻止了我。

看看手机，夜里一点了，我只好作罢。

"你现在感觉怎么样？不会因为听说被牛粪水泡了脚又去洗个不停吧？"哥问。

我又做了一次深呼吸："不会了，既然你说有奇香，那肯定不是牛粪。但外公外婆肯定有秘密，不愿意让人知道，甚至连爷爷奶奶和爸妈都不给知道。"

"可能我潜意识真是想把这件事给忘掉，因为你的洁癖症曾经是爸妈和我特别为之忧心忡忡的事情。结果这事长久不提，真就在记忆中退位隐居了。"哥说。

"哥，明天找外公外婆揭秘。"我说。

"那好，今晚你好好睡上一觉。别再想其他事情。"哥拍拍我。

我乖乖点头，真的好困，于是把自己缩进毛巾被中，在哥的轻拍下，又一次梦游去了。

33 什么最能让人激动？

　　明朗一早开车过来，这样，他和我哥一人开一辆车，大家先去机场，把回璇、黎安、齐格格和师师姐送走，然后再把我送去医院，他们带着威廉回公司。

　　今天上午来咨询的病人只有两个，一个是以前的老患者，老伴最近去世了，儿女各忙各的，没人和她说话，主要来找我聊天。老阿姨是个退休职工，平时生活比较节省，花两百大元来找我聊一小时，其实我挺过意不去的，叫她在我义诊的时候再来找我。但她挺乐呵的，说，纪医生，每次来找你我其实都赚了。

　　这次，我帮她串联了同样失去老伴的几个老阿姨和老伯，要他们约在一起去公园打打太极拳做做八段锦，或者轮流去谁家打打麻将；又把八段锦的八个动作教给了她，怕她记不住，还画了动作图。阿姨大声说："你看你看，一来找你就赚到了吧？"她谢了我，蛮高兴地走了。

　　这之后来了一个四十多岁的男子，叫林辉，咨询的内容竟然是什么能使他激动和感觉刺激。

　　我暗自打量他，一个普通广东男子的长相，阔阔的嘴巴，深陷的眼窝，颧骨突出，皮肤还比较白净。穿得干干净净，穿的虽然是短到膝盖上的运动裤，短袖T恤，但皮凉鞋里面却穿了袜子。这一下让我产生了好感。这并不代表什么审美水平，只和我的洁癖有关。

我问："林辉大哥，你喜欢音乐吗？"

听我叫他大哥，他愣了一下，然后笑了，他摇头："基本不听。路过广场，那些广场舞的音乐真是难听死了。"

"那喜欢看电影、戏曲、舞剧或者书籍吗？"我又问。

"不看。"他回答得很干脆。

遇到一个怪人，我暗自对自己说。

"那你喜欢旅游或者喜欢看各种展览吗？"我不死心。

他仍旧摇摇头。

"你和你太太以及孩子相处得怎么样？"我又问。

"我是孤儿，一个拾荒的人把我养大，后来我养父去世了，我就一直一个人。"他的语言表达没有障碍，粤语味道的普通话还说得不错。

"那现在你做什么工作呢？"

"每天下午推车到大学门口卖牛腩萝卜，我的普通话就是跟大学生们学的。"

"牛腩萝卜？我最爱吃了，路边摊吗？生意还好吧？"其实我不爱吃，因为我有洁癖，尽管那香飘数里的味道让我流口水。但我必须用善意谎言拉近我们之间的距离。

"是吗？是很好吃，我从来不做假，都是用好材料。尤其不用地沟油，我都是买瓶装调和油。"他第一次露出了笑容。

我对他伸出大拇指："在这个问题上你是个好人，有良心的好人。"

他搓搓手，又抓抓头，露出不好意思的神情。

"林辉大哥，我告诉你啊，美国有所著名的斯坦福大学，里面有个药理学教授叫高德斯坦，他曾经分析了250个人对激动和刺激的反应后，在《今日心理学》上发表了一篇研究报告，最能让人感到激动的东西，你猜是什么？"我望着他。

他摇头："我猜不到。"

"第一是音乐的片段；第二是电影、舞台剧、芭蕾舞、书籍中的某一景；第三是大自然和艺术品中伟大的美；四是与他人的肉体接触，比如握手、拥抱；五是歌剧的高潮；六是性行为。"

"这样啊，这些我都没有，难怪没法激动。"他露出一副很泄气的样子。

我拿出两本齐格格的书，和一张《长发姑娘》的电影票递给他："书是我姐妹写的，上面有她的签名，大作家来的。电影票是我们医院发的福利，迪斯尼的动画片，叫'长发姑娘'，送给你。"

他受宠若惊地站起来，把手在裤子上擦了擦才接过去："这，这太贵重了。"

"你的手机是智能的吗？手机上可以下载很多好的音乐和电影。"我问。

"没手机，因为没什么人可以打。"他的孤独让我吃惊。

"你能来找我，我很高兴，你是怎么知道我的呢？"我很好奇。

"上周吧，有两个大学生来吃我的牛腩萝卜，他们谈起你，说和你聊天后，好多憋在心里的问题得到解决。我就动心了，我按照他们说的地址来过两次，之前一次没敢进来，今天是鼓足勇气来的。"他说。

"有没有后悔？挂我的号有点贵，而且咨询一个小时也够你卖好多碗牛腩萝卜了。"我笑。

"值得，值得，纪医生，你让我了解了很多我以前不知道的东西。还有礼物送，我和刚才走出去的婆婆一样，也是赚到了。"他把书和电影票捧在胸前。

"以后争取每周去看一次电影吧，有些电影是不错的。电影有时候是打折的。另外新中轴线上的新广州图书馆办借书证也不要钱，旁边的广东博物馆也经常有展览看。如果买了手机，下载一些名曲，比如莫扎特的、雅尼的，还有我们广东音乐，都能够让你激动，提升生活信心。"我突然想起他还是单身，"还是争取找个伴，生个娃娃。"

他又抓抓头发："我这种小贩，哪个女人会跟我吃苦呢？"

"不一定女人都是贪图钱财的呀，有车有房固然是条件，能自食其力也是条件啊。"我安慰他。

"我倒是有车有房，车是卖牛腩萝卜的推车，房子是我养父留下的三间私房，如果以后拆迁，应该可以补回来八十到一百平方米的房子。"他说。

"林辉大哥，你看，你有幽默的潜质，再读点书，从书中寻找一些快乐，人会更有魅力。再说你是一个富人啊，有房子，有本事。我还没有自己的房子呢，现在还租房子住。我帮你观察一下，如果有合适的女子，我介绍给你。"我拍拍他。

送走了他，我静下来喝口茶，突然想起该打电话给外公外婆了解一下牛粪问题，拿起手机，手机却响了，是哥打来的。

"梵梵，我打过电话给外婆了，她要你放宽心，说那个曾经给你垫腿和泡脚的东西绝对不是牛粪，是世间少有的绝好的宝贝，让我们周末抽个时间开车回去一趟，有家族的秘密只能告诉你和我。"哥说，"这个周末公司要去海边度假，威廉想去玩沙子玩海水，明朗要我把威廉放心交给他带，让我们开车回去解决你的问题。"

唉，明朗真是体贴。当然我哥更是，总是把我的事当作最重要的事情去办。

到底是什么绝好的宝贝呢？难道还真有传家宝不成？既然不是牛粪，为何要说成是牛粪？这其中隐藏了什么秘密？连自己的女儿女婿也不能说，只能给外孙外孙女说？又是隔代亲？

只要不是臭烘烘的牛粪就行了，不然我这一辈子或许都要在梦中与喷大粪的牛们进行斗争了，而且是在看不见的战线中和牛们大战，那真是对我这个有洁癖的女子最高级别的折磨啊。

散散来了电话，约我今晚去她那里吃饭，说她最近一直做梦，总梦到一些让她醒来后特别纠结的事情，想听听我的意见。我答应了。

下班后，我拿上为散散准备好的一张向日葵的大幅照片，再打的去她附近的超市，这个时间的士很难打，我是有御用司机的，所以顺便在医院前台吼一声有谁愿意搭我的顺风车。一听说是免费，前台小兰和药房的钟药剂师笑嘻嘻说要坐，她俩正好住河南，就和我一起上车，这样比较环保。

到了超市，我给散散买了一组春夏秋冬的熏香，散散那屋子大厅和两间客房都朝北面，比较阴，再说家具都是老竹子、老木头和老藤，在进门后的玄关位贴上一幅向阳花，再用有点火的东西熏一下阴冷的空气，阴阳结合可能对散散的身体要好一点。

这组香都是用香柏粉和香料做成的，春花用的樱花香料，夏泉用的是绿茶香料，秋叶用的是熏衣草香料，冬雪用的是玫瑰香料。现在夏天，正好用绿茶香，这是我特别喜欢的气味。用了觉得好的，我就喜欢推荐给朋友。

　　从超市步行到散散住的小区不远，一路上都是高架桥，快把广州的天空瓜分了。好在广州此时的高架桥上都种满了紫色的三角梅，正开得艳丽缤纷。我一直觉得三角梅可以成为广州市花，因为处处可见，而那真正的广州市花红棉花，现在倒是越来越少了，而且它们高高在上，英雄得有点不平易近人了。

　　原产于巴西的三角梅，还有其他的美名，如九重葛、簕杜鹃、叶子梅、南美紫茉莉等，它现在除了分布在南美洲的巴西、秘鲁、阿根廷，在我国南方户外也有大面积种植。我喜欢三角梅，就像一个熟悉的老朋友，抬头可见，一点都不做作。细看它，总是三个或紫色或洋红或白色或粉红的苞片护着一朵小小的花，花儿也毫不嫉妒苞片的色彩抢了自己的风头。

　　三角梅的花语："热情，坚忍不拔，顽强奋进。"这和广州的城市精神也很相配。而它的另一种花语"没有真爱是一种悲伤"，总让我浮想联翩。尤其想到我们这个大家庭，包括明朗和散散，虽然也有各自的悲伤，但每个人都寻找到了自己的真爱，从这个层面上讲我们是幸福的。有的人真的是一辈子没有爱过也没有被爱过。爱的缺失，的确是人生中最大的伤悲。

　　散散仍旧在小区门口接我，看到我递过去的春夏秋冬四季熏香，她非常欢喜："之梵，你总是能送我这么贴心的好礼，谢谢啊。"

　　帮散散把向日葵的照片挂好，我看到阳台桌子上的电磁炉和火锅，有点惊讶，夏天好像并不是打边炉的最好季节。

　　见我不解，散散说："我爸爸单位去汕头那边拉了一些海鲜回来分给职工，爸有痛风，妈不让他吃太多海鲜，把一大半都给了我，所以我叫你一起来分享。就这样放点姜葱白水煮，然后点一些酱油，原汁原味才好吃。"

　　海螺和鲜鲍鱼是用开水煮了一下然后放凉后冰镇的，当刺身来吃；其他的虾、牡蛎、花蛤、青口，吃的时候现煮，青菜有冬瓜、菜心和香菜。

　　"好丰富啊。"我赞了一句，广东人吃东西最最讲究一个"鲜"味。

　　"好东西邀请你来品才有意义。"散散也强调了一句，"今天我们喝点什么酒呢？"她征求我的意见。

"今天的海鲜是清淡做法，来点白葡萄酒吧。"我提议。

"行家！"散散夸奖我，去拿了一瓶白葡萄酒。

"你不是说这些天总是被梦纠缠吗？"我突然想起她在电话里说的。

"是啊，之梵，我不能在电话里面说，怕有监控，我毕竟是贪污犯的妻子嘛。"散散说着还压低声音，"不知道为什么，最近我总是做梦，梦到衣帽间后面藏了很多钱。"

我被散散的神情吓了一跳："不会吧，肯定是你想多了。因为你总是觉得新装修面积小了，所以你才认为后面有机关。"

"要是真有很多钱怎么办？"散散像是在问我，也像是在问她自己。

"米纳的案子已经结了，他已经坐牢好几年了，你就别凭幻想再节外生枝了。我觉得你这里阴气重，因为南边只有卧室和书房，其他房间都在北边，又是你一个女人住。过段时间等我们家那帮男男女女回来了，我带两瓶香槟，叫他们都来为你的新房贺一贺，热闹一下阳气足一点，你就不会那么疑神疑鬼。你看可行？"我和她碰杯。

"好好，也许真是我一天闲得无聊，就爱胡思乱想吧。"她叹了一口气。

面对这个美人，我现在心生怜爱，曾经有过的气恼、嫉妒、愤恨都随风而去。我俩俨然是一对闺蜜，因为没有了可争的、可夺的、可抢的，一切还原到最初的关系，我是她依赖的心理医生，再加上后来各种关系的揉捏，又新生出无话不说的朋友关系。当然，无话不说只是她对我，我的心事并不对她说起。不要说她了，就是对我亲爱的哥哥，我一样要选择性地保密，比如牛粪梦，如果早一点告诉他，我何来这么受罪呢？但是，我这个美女垃圾站，就是为别人来倒垃圾的，自己的垃圾我无法全部倒给任何人。想来我可能只对多瑙河酒吧不设防，我彻底信任的只有那里的啤酒，它们能挤走我的悲苦、挤走我的忧烦、挤走我所有想丢掉的精神垃圾。

34 枕着誓言入眠

小威廉交给明朗了，他和这个叔叔亲热得很，他们坐下午的飞机飞去汕头度假。

把儿子交出去的那一刹那，我看出哥的不舍，因为自从嫂子去世后，都是哥独自带孩子，又当爹又当妈，几乎没有离开过。我正想说服威廉别麻烦明朗叔叔，跟我们回去，明朗一眼看穿我和哥的想法："别不信任我，每年我去美国也是日夜照顾我女儿吃喝拉撒，可能干了，带小孩子我也有一套，放心。"他拍拍我哥的肩膀，又柔情地看我一眼。但他一转身，我还是从他背影里读到了一声叹息，虽然只是胸腔里一丝细微的吐纳，依旧被我捕捉到。毕竟他爱着我，却要为我和哥创造一个属于我们自己的空间。有的人把爱当作占有、当作控制，有的人把爱当作呵护、当作成全。我对明朗给予我的呵护和成全默默致以敬意。

哥说今晚要给我好好展示厨艺贿赂一下我，然后养好精神，明早开车出发奔外公外婆家揭秘去。

"哥，出去吃更简单，我不想让你那么辛苦嘛。"我摇着他的胳膊撒娇。

哥刮了刮我的鼻子说："做喵食不辛苦。这段时间明朗和散散都在用厨艺大肆贿赂你，我已经落后了。爱一个人就要关心她的胃，这是名言。另外，明天我们要在外面吃一天，夏天外面的饮食卫生条件不保险，所以今天还是我自己做，以免明天一出门就拉肚子，那可就糟糕了。你对厕所又那么挑剔。"

我像个小跟班跟着哥很快就把东西采购回来，偌大的房子第一次只有我和哥两个人，我觉得好自在。我冲了个凉，换了一件纯白色背心小短裙，简单的样式，正好露出我修长的美腿。

看见哥也冲了凉，换上了大花的沙滩裤、白棉背心，我笑说："哥，咱俩今天不约而同穿起了背心情侣装了。"

哥瞄我一眼，笑道："现在别勾引我哈，免得吃不上饭就吃掉你。"然后从后面环住我，轻轻在我后颈窝亲了一下，"咱梵梵喵真的好美。"有一股暖流从心底涌出，我真希望此时被定格。

"好了，继续做喵食吧。"感觉到哥克制了自己。他放开我，套上围裙去厨房那边忙碌了，并让我把花插好，他特别为我买了白色和蓝色的玫瑰。我给花儿们剪着枝，调理盐水，就听见哥在厨房用口哨吹着《月亮河》和《斯卡布罗集市》，这是两首我们最喜欢的曲子。等我布置完鲜花，就去用钢琴配合他。

"好久没听到咱梵梵喵弹琴了，亲切啊。想起最初让你学琴，你讨厌极了，你说钢琴有黑色键，死活不弹。妈这时才知道你有洁癖，才及时带你去看医生。"听哥讲以前的事情，不好的部分我总是要赖不承认。

"哥，你又夸张了吧？哪有那么严重？"我极力反驳哥。

"哼，先是怪黑色琴键不干净，后又怪妈那台钢琴是深棕色的，脏，说啥也不碰。后来爸和妈合计，才给你买了一台白色的琴，把那台棕色琴搬到他们屋子里去了。"哥过来敲我的脑袋，"你是个小折腾。"

我转过身去吊住哥的脖子："你怕啦？"

"不怕，陪你一辈子，看你能折腾到几时？"哥做个鬼脸。

我嘟起嘴巴索吻，哥只给了我一个蜻蜓点水，就溜掉了。

"讨厌，吝啬鬼。"我假装生气。

终于开饭了，哥端出一盘烤鱼说："这就是加了《斯卡布罗集市》

歌里面唱到的芫荽、鼠尾草、迷迭香和百里香烤的，芫荽、鼠尾草要最后才放。"

"哇，太香了，好特别的味道。"我大赞，在哥脸上亲出了响声，"哥，你知道鼠尾草和迷迭香的花语吗？"

"是什么？"哥也许是故意反问我。

"鼠尾草的花语是热爱家庭啊。喜欢鼠尾草的人是极具创造力的，被你爱护的人可享有十足的安全感。你为了达到自己的理想，不惜消耗时间和体力，属于大器晚成。"我说。

"梵梵喵，那你觉得有安全感吗？"哥笑。

"没有，完全没有。"我故意气哥。

"看来我不是属于大器晚成型，而是属于失败型嘛。"哥自我解嘲，然后拧了我鼻子一下。

"迷迭香则被定义为爱情、忠贞和友谊的象征，而它的花语则是回忆，拭去回忆的忧伤，你给我的承诺我不会忘记，请你永远留住对我的爱，思念我、回想我……"我还想继续说，哥出其不意地给了我一个深吻，然后小声说："你就是我的迷迭香，常常让我迷失。"

"这下可要抓紧了哈，免得我又跑掉了。"我淘气地说。

"敢？！"哥又做个鬼脸。

"咦，怎么有一股啤酒香呢？"我顺势闻了闻。

"果然属喵喵，鼻子好灵，这是漓江的鸭嘴鱼做成了，用啤酒和辣酱煮的。"哥去把鱼端上来，那长长的鸭嘴已经让我口水直流了。

"还有一个菜，这是浓米汤煮大鱼头，加了黑木耳和红枣，红黑白健康菜。啤酒鸭和烤鱼味道浓烈，这款就清淡一点。"哥舀了一勺喂我。

"好吃好吃，太好吃了！哥，原来今天你做的是全鱼宴啊。"我恍然大悟。

"给喵喵做饭，鱼是第一要素嘛。"哥说。

吃别人专门为我做的菜，确实很享受，而吃哥为我做的菜，除了享受，还很充实，很有幸福感。这种幸福感可以伸缩，既可以回到从前，也可以拉向未来，还可以停在当下。

"知道吗，梵梵喵，哥愿意这样一辈子为你做饭，因为真的很幸福。"哥和我喝交杯酒，我从他的眼神中已经感受到他胸中的火山即将爆发出滚烫的琼浆。那是我盼望了很久很久的。我愿意在他的爱火中被燃烧，被锻造，直到烧成钻石。

这是一个神圣的夜晚，之所以神圣，是因为彼此相爱的两个人这一路走来终于合二为一。三十年中不管是近在咫尺，还是远隔万水千山；不管是亲密无间，还是欲擒故纵，有一层纸始终不曾被捅破。而今晚神圣的负距离，我们用了三十年才走到。这一刻，我惊喜，因为我竟然还有能力再次在现实中开放自己的花瓣。十年未开的一棵顽固的铁树，今晚终于被一个叫纪若非的男人催生绽放。

这一刻，仿若蜜蜂吮吸了花蕊，甜蜜满腹，花儿更加舒展多姿；又如冰钻钻开千年冰封，让清泉喷薄而出，冰钻也被这清泉冲洗得锃亮明澈；也如风箱在手，推一下，炉膛更旺，四处飞舞的火星把一锅水搅得沸腾再沸腾；更如浪花涌向礁石，每一次相拥，都是一次更加靠近对方的塑形……这一刻最终让我成为一个惊艳的飞天，我拿千年功力交换，得到爱情之泉浇灌。我拥着我的爱人，在一条闪着波光的河流上空飞去又飞来。七月的河流，上面铺满了从雪山上流下来的还没有融化的碎冰，钻石般的光艳把河面映照得通透明洁。我飞身腾空，恣意于云朵间，翱翔在月亮河上，看这河水把天上那一个月亮复制成不见首尾的一串月亮，作为自己的标签。这时，我的爱人引领我一个猛子扎入月亮河里，把那一串长长的月亮给打碎了，波光沾染到我们的身上，我们被镀成了一片银色，圣洁而奇妙的银色，那是爱人为我披上的美丽的婚纱。

"我的梵梵宝贝就像是一个水做的苹果，比我想象的还娇美艳丽，还晶莹欲滴，真的让我欲罢不能。"

"我的若非哥哥也比我想象的更加性感、更加威猛，为什么要'罢'？我发芽开花为你都准备了一万一千天了，你得加倍为我浇灌才行。"

"曾经，我们谁也不知道，爱情和明天哪个先到；今天我们才仿佛知晓，明天永远抓不住，然而爱情既然已经来临，就好好呵护她、滋润她，让爱情之花在无数个明天来临之时依旧娇艳明快，永不败色。"

"若非、若非，若非昔乘匹马去，哪得今驱万乘来？我们都经历过失去与得到、失望与希望、放弃与坚持。明天何时来到我已经不关心，我只关心是否已经牢牢地抓住你和被你抓住。你是我的昨天、今天，更是我的明天和永远。"

"路还很长，梵梵宝贝，为了我们的长辈和下一代，你这朵蓝玫瑰还暂时只能在暗夜里开放，我也只能在众人的视野外为你浇水、培土、剪枝。我知道你不喜欢黑，可我们只能在夜幕下合练或'抚琴按箫'，或'池边调鹤'，或'松下对弈'，或'扫雪烹茶'，来获得满满的血，以对付烈日下的残酷与无奈。你能坚持吗？"

"能，必须的！其实我们的爱情以什么方式存在我无所谓，只要你在身边，只要你爱我。这才是最重要的。"

"不，梵梵宝贝，存在的方式对我而言也很重要。我期望有朝一日，我俩会在海边的灯塔旁，面对牧师的提问：你愿意娶纪之梵为妻吗？不论贫穷与疾病，不论困难与挫折，都会陪在她身旁，爱她，保护她吗？我必定使出全身力气又轻轻地回答：我愿意！我愿意！"

"我也愿意，哥，我们会梦想成真的！"

"是的宝贝，以我们对家人的责任，对爱情的坚守，对工作的热忱，对朋友的爱护，上帝会让我们梦想成真的！"

"亲爱的若非，我们是两个并不完美的人，我们只有组合成一体，彼此照见对方的缺点，携手修炼，才能向着完美靠近。"

誓言虽然没有保质期，但它刻在人的心上，心没变，誓言就在。有的恋人之间，誓言只是一个眼神、一个微笑、一个动作，甚至是一句恶在表面爱在骨子里的痛骂。誓言必须有，它是爱情火箭发射的助推器、油料、空间站、回收站。

今夜，我和我的爱人枕着誓言入眠。

35　原来真有传家宝

花了两天，路上住了一晚，和哥轮流开车，终于到了外婆家。

"摇啊摇，摇啊摇，一摇摇到外婆桥，外婆夸我好宝宝，请我吃块大年糕。"这是幼儿时期外婆哄我睡觉唱给我的歌谣，一晃都快三十年了。而外婆和外公已经八十有余了，每次相见，发现外婆的白发更多，外公的皱纹频添，我心里都会酸楚一下，但又不敢表现出来。只能在心里感叹，这是生命的规律啊。

不过，与爷爷奶奶相比，外公外婆算是非常健康的，这可能与生活方式有关。爷爷奶奶是军人，生活比较粗糙。

"两个宝贝，你们终于来了，路上辛苦了吧？"外婆待人接物方式欧化，一一拥抱亲吻我们。

"我不辛苦，哥辛苦，不好的路段都是他开。"我气呼呼地说，"有的路段明明是新建的，结果豆腐渣工程，垮塌了，又重新施工，浪费人力物力。"

外婆做了个太极拳中把气沉入丹田的姿势，意思是叫我消消气。

外婆很有范，银边眼镜后面的蓝色眼睛依然没有浑浊，大红花绿边

213

的棉质连衣裙，把依然硬朗的身姿清晰地勾画出来。银白色的头发是自然卷曲的，与衣裙同样的绿边红花布做的三角头巾把头发围住，干净整洁。

"可怜的梵宝贝儿，为什么从小被牛粪折磨，却从来没有听你对大人们说过一次半次？知道外婆最疼爱你，还不告诉外婆，小坏蛋。"外婆对我举起手，却不落下来。

"怎么光你疼爱梵宝贝了，还有我呢，是不是？"外公插嘴道。

"去去，老头子，赶紧把好东西捧出来给宝贝们看。"外婆推外公，并朝书房指指。

"外婆，丢人的梦啊，我哪好意思说，我希望醒了就忘记了，根本不愿意再回忆。"我一副垂头丧气的样子。

外公前后捧出来两个布包的大家伙，解开，里面是两个高两尺、直径近一尺的玻璃罐，一个里面是黑乎乎的一块不规则的东西，另一个里面是长长的流线型的有点发绿的东西，两个都类似于树根。

"外公外婆难道还收藏根雕？"我问。

外公摇摇头，他打开黑乎乎的那个，叫我们闻。一股清雅之气沁入心扉，游走全身，突然觉得神清气爽。

"顶级黑油海南老头沉香。"外公压低声音说。

"啊，是沉香啊？好珍贵哦！在学校学药理的时候，学过一点沉香的知识。"我惊讶得捂住了嘴。

外公是农学家，对于植物他也很有研究："是的，李时珍在《本草纲目》中记载：沉香性辛，微温、无毒、有降气、纳气、调中、清肝之效，为香帝冲动药。沉香的主要药理作用：一是解痉；二是止喘；三是镇静、镇痛；四是降压；五是抗菌；此外，沉香也有抗心律失常和抗心肌缺血作用。最新研究发现，沉香还有明显的抗癌作用。"

"你小时候，腿上得了无名肿毒，呃逆不止，吃不下饭，打针吃西药怎么也治不好。无意中遇见一个乡间郎中，他说，如果有上好的沉香泡水或喝、或熏、或敷，你就会好起来。我们这才想起家里的传家宝，于是偷偷切一点给你泡水喝，熬水敷腿泡脚，等你夜里睡着了，还给你熏香，把沉香直接给你垫脚。"外婆还清楚地记得这些往事。

"原来我从小就在这么珍贵的沉香世界中熏陶啊，难怪我喜欢收集香水，喜欢香道。"我恍然大悟。

"那为什么这么好的东西一直和牛粪联系得那么紧密呢？"哥不解。

外婆举起手装出要打哥的样子，但依旧没有放下来："还不是怪你这淘气蛋，走到哪里都太有号召力了呗，大院里有三结义，到了农村也呼朋唤友一大帮。有一天我正在给梵宝贝切沉香呢，你带着一帮裹满泥浆的小子就撞进屋子里来。孩子们就问我，奶奶你这拿的是啥东西啊，黑乎乎的。我不想张扬啊，顺嘴就说是牛粪，因为刚用牛粪浇了菜地。就这样，孩子的嘴是漏斗，你们一吵架，就传到了梵宝贝耳朵里，大概就这样给了她一点糊涂的记忆吧，没想到转移到她的梦中去了。"外婆叹了一口气。

哥对我偷偷做了个抱拳的姿势，意思是对不起。我则长长地吐了一口气，仿佛是要将几十年来牛粪攻击我之后积蓄的浊气全部排空。

外公拿来刀，叫哥切下两小片沉香，一块泡了水，一块放电子熏香炉上熏着。当只闻其味、不见其影的香味围绕在我们四周时，我顿时觉得自己收藏的那些法国意大利的香水，都成为拿不上台面的小气之物。中华民族自古形成的香道文化真是雅哉！

我又指着另外一个瓶子里的发绿的东西问："那这又是什么呢？"

外公轻轻打开瓶子，自己很享受地吸了一口，叫我和哥凑过去也吸一口。我无法形容我闻到了什么香气，有几丝清凉之感，只觉得这个世界变得很美好，自己也变得身轻如燕，眼睛更明亮。我突然想起苏轼写沉香燃烧的诗句："岂若炷微火，萦烟袅清歌。"

外公自己又再吸一口，叫我和哥也再去吸一口，咦，好像香味有所变化，和第一口之香略有不同，如果说先是雅致清凉，现在有微微的奶香气，好似香水的初调和中调。

外公叫外婆也去吸上两口，然后把盖子盖紧。过了一分钟，外公打开盖子让我们再去吸一口气，这回好像清甜味更浓。

"你们听说过一句话吗？叫'今生得品棋楠韵，三世善缘始修得'。这就是世人难得一见的绿棋楠。它是沉香中最高级的品种。"外公说得神秘，我们听得也起了鸡皮疙瘩。

"这么贵重，哪里来的呀外公？"我的心快要跳出来了。

"我们家祖祖辈辈留下来的传家宝啊。"外公抚着瓶子，回忆起他的祖先，"祖上都是乐善好施之人，不管是当官还是教书还是做生意，都广结善缘。家谱里面单独有条文规定，这几块神奇之物，不卖不捐不献，只为亲人的身体谋福，凡有疑难杂症，皆可用这奇物来解。所以这奇物都没有雕刻成什么艺术摆件，因为不想高调宣扬。而且不是所有的家族成员都知道有这宝贝，只有保管的人知道，这就要求保管的人不贪、不邪、要有救人之心，让整个家族成员都能在需要的时候享受到它的神奇。"

"你们的奶奶三年前摔跤了，造成经脉阻塞，血液淤滞，半边身躯疼痛难忍；你们的爷爷多次外感寒邪所致腹痛，饮食不节，我们都切了沉香去给他们泡水喝。"外婆正说着，外公抢话："不过我们只说是买的，没说是传家宝。你爷爷奶奶革命一辈子，清廉一辈子，见到这些东西，又会说是资产阶级的玩意儿，准会叫我们去上交给国家。我们爱国，可以用其他的方式，比如贡献我们的知识，但传家宝是家族血脉的象征，还是要一代代传给后人的。"

"对，外公，传家宝可不能让贪官污吏拐去了。"我抱住外公，以示支持。

"你们的爸妈前段时间可能是更年期综合症吧，失眠，头晕耳鸣，潮热盗汗，五心烦热，健忘多梦，腰膝酸软，我们也切了些沉香叮嘱他们泡水喝，他们坚持了一阵子，效果非常不错。"外婆爱抚地摸着那两个瓶子。

"这次叫你们开车回来，就是想把这两块传家宝交给你们带回去保管，我们老了，该传到你们手里了。上次梵宝贝生日的时候我们就想交给你们，但那次你们是坐飞机回来的，飞机上带这些东西恐怕有麻烦，我们就没说，以免造成什么误会。这次听非儿说起梵宝贝受牛粪梦折磨已久，才叫你们开车回来一并解决问题。"外公说。

"外公外婆，这么贵重的宝贝，还是保管在你们这里吧。再说还有爸妈呢，他们也可以保管吧。"我担心保管不好这传家宝。

"你爸爸是部队上的人，军人，还是不沾这些财富为好。你妈是知道有这个东西的，但她也表示既然对你们的爸爸保密，也不保管这奇物，直接交给你们两个保管。"外婆说。

外公把我的手放到棋楠的罐子上："在古代，尤其是种有沉香的那些南部地区，民间女儿出嫁时，娘家会将一片沉香放在嫁妆的箱底，以备女儿分娩时镇痛之用。当妇女生产时，还可以将小片沉香磨粉泡水冲服，可活血止痛；再将小片沉香点燃，有催产作用，所以'女儿香'也有这种含义在里面，是代表父母对出嫁女儿的一片爱心。这珍贵的棋楠交给梵宝贝保管，你是学医的，相信你会很好地利用它为亲人们服务。这沉香啊，除了之前说过的作用外，还对胃寒呕吐、阳虚便秘、久病虚喘有很好的疗效。"

外公又把哥的手放到顶级老头沉香罐子上，压低嗓音说："这块就由非儿保管，沉香对遗精滑精、温肾暖精、精冷阳痿都有奇效呢。"

我"噗哧"笑出声来。其实我是想到了前晚和昨晚若非哥的威猛。

哥瞪了我一眼："小丫头片子，笑啥？！"

"梵宝贝，你是医生，你懂的，男人到了岁数，会有这些问题。"外婆打圆场。

"外公外婆，棋楠交给梵梵保管，我帮她站岗就行了。但老头香你们留着，万一你们和爷爷奶奶爸爸妈妈有个病痛，我们又无法及时赶回来照顾你们，你们就可以用这个救人救己。"哥说，并把外公的手放回到沉香罐子上。

外公露出小孩子般的得意神情："非儿你们就不用担心了，先祖为我们后代留下的沉香本来不止这两块，但几代人为了亲人们的身体，用掉了其中一些。我和外婆还留了一小罐棋楠碎料和一块小的壳子香，够我们几个老的有病时使用了。再说这又不能当饭吃，不必天天吃顿顿吃。"他又拿出两个小罐子，在那个约半尺高、三寸直径的装有棋楠碎料的罐子里，是一些好像烟丝的东西。外公打开罐子，抓了一点给我，有清甜的气味滑向鼻尖，呈软丝状，还有点粘手。再闻，气味若有若无，但我眼中幻化出一股袅袅青烟，有着动人的曼妙姿态，飘舞在空中。真是神奇之物。

夜里，外公外婆睡了，我和哥翻看外公给我们找出来的沉香书籍。书里这样记载，说沉香的珍贵，众所周知。但棋楠的珍贵，却是沉香所无法比拟的。"棋楠"两字，并非来自汉语，唐代时被称为"多伽罗"，是从古印度语音译过来的。到了宋、元时，又被写成"迦阑香"和"伽蓝木"。后来是因为中国话"音转"，才写成了"棋楠"或者"奇楠"。

而棋楠又有绿棋楠、黑棋楠、紫棋楠、黄棋楠、白棋楠、蜜棋楠、红土棋楠之分，何为最高级，众说纷纭。而外公要交给我保管的这块，介于绿棋楠和黑棋楠之间。

有专家还反对"棋楠只是达到一定油脂程度后的沉香"的说法，他们认为，棋楠和沉香属于两种完全不同的物质。他们所包含的油脂成分已经不单纯是量变，而是达到了质变。棋楠的产生相比沉香，需要更多的时间和机缘巧合。

品香最为顶级的材料现在公认是棋楠，它和沉香的香味有着很大的不同。沉香的香味虽然因为产地和品质的不同，也有一些变化。但是同一块沉香在品香的过程中，气味是相当稳定的，只有浓淡之分。而棋楠则不相同。品味棋楠时，可以说是一刻都忽视不得。因为棋楠的油脂成分复杂，在不同的温度下，不同的时期会散发出不同的气味，神秘莫测。在当今香道品香中，一般把品味棋楠分成三个时期：即棋楠的初香期、本香期和尾香期。各个时期香味转变十分明显。

看了这些资料，我不胜唏嘘："哥，这么珍贵的东西，先祖们是如何保存下来又不张扬的？光说土改啊、'文革'啊，这些当时属于封资修的玩意儿，要躲避抄家是何等的艰难？"

"是啊，这需要智慧和力量。外公不是说了吗？幸好这东西像树根，没几个人认识，扔到柴火堆里面，可以暂避一时之难。"哥说。

"哥，那我们拿回去如何保存？该放哪里呀？"我有点头疼。

"你那屋子里，不是有个房子主人留下来的保险柜吗？从来没放过贵重物品，这回可以把棋楠放进去了。"哥拍我脑袋。

"对哦，这回可以做个保险柜里有财产的人了。"我做了个"耶"的胜利手势，"不过我得在罐子外面写上'防潮香柏木'，再放上两万块钱。另外一块沉香，也如此操作，就放在不显眼的书柜里面，估计就是小偷来了，他们也对朽木不感兴趣，拿了钱他们才会窃喜。"

"小精灵，有一套嘛。"哥说。

"好歹咱俩成了家族传家宝的护法，得有点责任心才行。"我得意地笑。

"这次来见外公外婆很有收获吧？意外知道传家宝的事情，最关键的是把折磨你几十年的牛粪梦谜底给解开了。哥给你道个歉，要是不领回一帮小破孩回家撞见切沉香的外婆，估计不会有这牛粪的风波。"哥说，"随你处罚。"

"哼哼哼，处罚的事先记在账上。"我一脸坏笑，"我要罚你一辈子，你小心点哈。"

36 有爱就有一切

　　只匆匆陪了外公外婆两天，到爸妈和爷爷奶奶那里报个到，吃顿饭，我和哥又匆匆开车回到广州。回去时给老人们带了很多礼物，回来时又收了老人们很多礼物，尤其是两个大罐子，分量不轻啊，它们承载着祖先们的重托。不过还是外公说得好，不要被身外之物牵着鼻子走，要让它们为人服务，为亲情充当纽带作用。

　　家里不是一般的热闹，可以说该到的都到齐了。

　　凌小零带着瓦拉回来了，当着大家的面向齐格格求婚，这家伙求婚的礼物竟然是把西瓜刀，吓我们大家一大跳。

　　哥还是要求我们安静下来，说先听听这圆圈大导如何将这把刀的故事编圆了。

　　凌小零拿着刀，对齐格格说："格格，我在二十七岁的时候，遭到了我的初恋纪之梵的坚决拒绝，曾想用一把刀结束自己的生命。幸亏没有死成，不然这么好的格格和这么好的瓦拉就让我错过了。刀代表我的过去，我想和你还有瓦拉一起开始崭新的未来。你有胆量接受我的过去吗？这可是我们广东名产十八子的好菜刀哦。"

齐格格一点都不扭捏："当然敢，我抓不住你的过去，我一定抓住你的现在和未来。"她伸手去接西瓜刀，不想凌小零变魔术了，刀瞬间不见了，变成了九十九朵红玫瑰。齐格格呆住了，大家也大叫着将一颗心放回胸腔。

"妈妈，这是爸爸找魔术师学的，爸爸笨，学了很久才学会。"瓦拉揭凌小零老底。

红玫瑰、两克拉的钻戒，单腿下跪，凌小零给足了喜欢浪漫的齐格格面子。

"在一起，在一起！"众人齐吼。

凌小零终于拥住了齐格格。我的心也彻底放下了，这个被我辜负了的童年伙伴，在花间醉倒多次，这回站直了，终于找到了他愿意给予一个家的女人。

柳晨也被邀请来做客，也许他的内心有一丝酸楚吧，但他被一只手挽住了胳膊，这是王总超市的一个采购部经理，叫于丽丽。自从我把柳晨他们的有机农产品牵线给王总的超市，双方经过考察相当满意，王总就和柳晨的村子签了五年供需合同，王丽丽是这个项目的负责人，在和柳晨的工作交往中，爱上了这位研究生村长，正在倒追他呢。

康子哥也从北京飞来接师师姐了，他站起来拉住老婆的手也发了言："看到我的兄弟圆圈导演四十终于不惑找到了要一起生活的爱人，我真是太高兴了。大家都知道我犯了错误，在婚姻生活中开了小差，今天当着大伙的面，我给老婆承认错误，以后绝对不会再犯了。"他看着在精神面貌上已经有了起色的师师姐，眼睛里充满了愧疚，他给师师姐戴上一条施华洛世奇水晶苹果项链，"老婆，原谅我吧。"

"在一起，在一起。"大伙又起哄。

我顿时想起大人们说的，小时候，如果其他男孩子给师师姐一把糖，康子哥就要给师师姐一个苹果。今天这条水晶苹果项链，一定让他们回忆起童年时的单纯美好。

师师姐也发言："这次飞过来，大伙给予我了很多启发，我也有错，在婚姻中自己不成长，以为躺在丈夫的爱中可以混吃混喝一辈子，现在明白了，婚姻要保鲜不是一个人的事情，是两个人一起努力。谢谢兄弟姐妹们的敲打和锻造。欢迎大家去北京做客。当然这里也是我们会常来的一个大家庭。"师师姐给大家鞠躬，特别拥抱了天天带着她训练的回璇。眼前的师师姐，比来的时候精神了许多，虽然体重还有待于继续坚持锻炼，但穿着打扮、精神气质有了可喜的变化，年轻了，时尚了，也自信了。

黎安也站起来，拿出两个小红本："我也要宣布一件事，大家都知道璇子的双胞胎哥姐不幸遇难的事情，这次回去处理后事，我也给璇子爸妈当场表示了加入这个家庭的决心，我说，爸妈要坚强起来，走了一个儿子和女儿，我这儿子又来了，以后我和璇子再给你们俩生两个孙子，咱家还是红红火火的。所以今天我和璇子去办了结婚登记。"

"哇，祝贺新郎新娘啊，喜事啊。"大伙欢呼着。

回璇充满爱意地看了黎安一眼，说："由于黎安的假期快结束了，他后天就要飞回美国了，等下次回来，我们这一对和凌导格格一对，办个集体婚礼吧。"

"太好了，如果谁还要加入到我们的队伍，动作就要快一点呢。"齐格格看了柳晨一眼，柳晨不好意思地笑了。

王总还悄悄地告诉我，曾经在医院照顾他妈妈的那个临时陪护吴姐，因为照顾得好，也请到家里来照顾老妈妈了。那个卖牛腩萝卜的林辉也在我的牵线下，被请到超市门口的熟食摊位去经营了，这样他就不用风吹雨淋在街边卖了，他做的牛腩萝卜味道确实是一绝，超市也需要他这样的人。另外超市有一个农村来的女工，才三十四五岁，丈夫车祸去世，和一个女儿过日子，人老实本分，长得也蛮顺眼，也在熟食档经营烤鸭，他俩你有情我有意，好像好事快近了。

"今天是什么日子啊，我们这个大家庭人品大爆发啊，都是好事。"我高兴地叫起来。

王总太太拉住我的手说："妹子啊，你可是我们小区的区花呀，现在就剩下你的问题没有解决了，嫂子我可是着急得很呢。"

我看看哥，又看看明朗，拍拍大嫂说："嫂子，我心里有爱人了，不过好事多磨，慢慢来，你妹子不会成为剩女没人要的，还挺抢手，我向你保证。"

散散也被邀请来了，但她很郁闷。虽然她强装笑容，我还是看得出她的忧伤。

事后她告诉我，衣帽间的问题还是时常纠缠着她，她就一点点研究那里的每一寸墙，终于找到了一个非常隐蔽的机关，原来墙后面真有一个大柜子，只不过里面装的并非钞票，而是一些米纳和不同的女人鬼混的照片。

"三百九十一个，我数了十遍，一天玩一个，一年还有多。"散散的眼神充满了绝望，"我会和他离婚的，他配不上我对他的爱情。"

我将散散拥进怀中："女人，要学会坚强和独立，有人依靠当然好，没人依靠就得自己站直了。"

回璇本想接父母来广州过一段，但老两口说要为离去的儿女守完七七四十九天。再说一个新成立的社区医院想请回璇妈妈再去坐诊，妈妈说也要向一直坚持工作的老伴学习，好好发挥点余热，多为别人家的孩子治病。

双胞胎一起来一起走，为了有个伴，回璇依照父母意见给哥姐买的双墓把他和她葬在一起。墓地在一个名寺里面，回璇妈妈信佛。

在双胞胎事故中去世的老太太本来是个儿女双全的人，且有两男两女，但儿女都不孝顺，很少来看母亲，老太太孤独着，多次以死相要挟，也没能挽回儿女的心，不曾想被双胞胎砸中。那两对儿女听说可以得到赔款，这下疯了似的装孝顺，为妈的后事大操大办，不管邻居和亲戚怎样唾骂，一门心思找回璇父母要钱。后来经过私人律师调解，四十万摆平此事。那兄妹四个各拿十万还不罢手，又为老太太留下的房子大打出手。邻居和亲戚们更加厌恶这四个没有感情的男女。

"也是当初老爹老妈太宠爱了，娇惯出逆子啊！"大伙这样说。

回璇和黎安的钱加上回璇父母存的钱还凑得齐墓地和赔款，所以把明朗的五十万卡和五万现金以及我和哥的各十万额度信用卡都还回来。

甄子漫在戒毒所表现很好，听说回璇家出了事，画了一批约二十张设计图转送给回璇，说如果投入生产，应该会赚钱。明朗就把五十万的金葵花卡再度给回璇："算我一份投资，或者我借给你们到时还我利息，看这些设计，说明甄子漫还是非常有设计天赋的，以我个人的眼光，我看行。"

我和哥还有格格和圆圈，看了设计图，都夸甄子漫是个人才。回璇去找工厂加工，准备投入生产。

凌小零的新房家具已经买齐全了，是和齐格格、瓦拉一起去挑选的，齐格格已经搬过去，并且和凌小零已经办了结婚登记，一家三口开始了新生活。

为了让瓦拉不要忘记自己是"云朵上的民族"，凌小零和齐格格特地托朋友买回一些羌族乐器，如口弦、羊皮鼓、响盘、肩铃等，放在瓦拉屋里。当然，大幅的羌绣装饰更是少不了。

我对门原来齐格格住的房子就腾给哥和威廉住了，因为房间里面就有洗手间，对于小孩子半夜起来要方便一些。

回璇既要忙着艺术团的排练，又要忙服装生产，她就有时候住团里黎安的宿舍，有时候回来住。楼下的两间房子仍旧当客房，有时散散也来住，因为她被回璇请来负责一些工厂的事宜。时不时明朗过来和我们一起喝酒，酒后不能开车，也在客房里住一下。齐格格和圆圈自然是很留恋这里，所以也每个月要回来住一下客房。柳晨有时候因为工作要来市里面谈事，也会来住一下。

房东打电话来说如果我有心想买这套房子，可以优惠我。我说大哥大嫂啊，两套房子上千万，我哪里有钱买得下来的，我替你们把房子住得热热闹闹、阴阳结合风水好就行了。房东说这套房子是两个房产证啊，你可以买其中一套，另外一套依旧租给你们，买的那套分期给我们钱就好啊。哥和我一合计，觉得可行，反正我们在广州必须有个家，不能总是租房子住吧，按照中国习俗，一辈子似乎还是必须买一个房子。而这里又似乎是住习惯了，因为发生了太多值得回忆的事，都和这房子有关。

房东大哥大嫂要回来探亲，说顺便把其中一个房产证转到我的名下，至于房款十年二十年慢慢给，君子协定。

我的心很安定，因为有爱情滋润着。本来在哥结婚之后，我就抱定当独身主义者的打算，因为我断定自己曲高和寡找不到可以相守一辈子的人。但爸妈的疼爱让我们的爱情复活了，爱情终于比明天来得更快。那么，有爱还怕黑暗吗？有爱还怕孤独吗？有爱还怕肮脏吗？我已经在哥和外公外婆的帮助下，找到了洁癖症的根源，我会慢慢彻底地战胜它。我是学医的，其实我非常清楚，无菌只是生物技术中的概念，很多细菌会伴随我们一生。

另外还有一件让人神伤的事情发生，那就是明朗的妻子还是因为癌症复发而去世，本来做完手术好好的，但听说是泡了两个小时温泉回来就复发了。温泉本来是有治疗疾病的作用的，但泡的方式很有讲究，一次最多十分钟，就要上来休息一下才能再下去泡，而且温度不能太高。

如果连着泡几个小时，会不会激发癌细胞活跃，这个还必须经过更为严谨的科学研究才行。

孩子的外祖父和外祖母离不开外孙女，所以孩子还在美国由老人家带着，明朗依旧隔两个月要往美国跑一次去看女儿。他在和我哥聊天中带几分玩笑、又带几分认真地说，我再为妻子单身两年，如果你和之梵两年后还不结婚，我就要重新加入到追求之梵的队伍中来，到时候绝对不手软不客气。

明天还没到，我依然守着我的爱情充实地过着今天。若非哥的臂膀很坚实，我更会携着我的爱勇敢自信地走向明天。

有同事提醒：防水防盗防闺蜜，防火防盗防师兄。就像长辈的教诲那样：防人之心不可无。一个"防"字，道出了多少无奈、多少心酸、多少感慨。但我们这个大家庭又岂是闺蜜师兄所能概括的？我们曾经历了生死与共的时刻，所以，我们之间不设防。其实，真要发生什么，防也防不住，不如快乐地享受今天的爱情，让每一个明天都充满期待。